第七年夏天

惟兮 著

江苏凤凰文艺出版社
JIANGSU PHOENIX LITERATURE AND ART PUBLISHING

图书在版编目（CIP）数据

第七年夏天 / 惟兮著. -- 南京：江苏凤凰文艺出版社，2023.9
ISBN 978-7-5594-6451-4

Ⅰ.①第… Ⅱ.①惟… Ⅲ.①长篇小说－中国－当代
Ⅳ.①I247.5

中国国家版本馆 CIP 数据核字 (2023) 第 178139 号

第七年夏天

惟兮 著

出版统筹　曾英姿
责任编辑　张　倩
特约编辑　夏　沅　刘　星
封面设计　苏　荼
出版发行　江苏凤凰文艺出版社
　　　　　南京市中央路 165 号，邮编：210009
网　　址　http://www.jswenyi.com
印　　刷　湖南天闻新华印务有限公司
开　　本　880mm × 1230mm　1/32
印　　张　9.5
字　　数　255 千字
版　　次　2023 年 9 月第 1 版
印　　次　2023 年 9 月第 1 次印刷
书　　号　ISBN 978-7-5594-6451-4
定　　价　45.00 元

魅丽文化 花火工作室

目录

CONTENTS

第一章

「初见」

蝉在校园内此起彼伏地鸣叫着，仿佛在抱怨着这个夏天的炎热。

林漾一只手打着太阳伞，一只手拿着一个文件袋。

她抬起头，原本白皙细嫩的皮肤此时已经被晒得微微发红，一双杏眼黑白分明，此刻却染上了几分烦躁的情绪。

离高一开学还有几天，校园里除了正在上课的高三学生，还有今天刚开学的高二学生。只不过现在正是上课时间，校园里看不到几个人。林漾要去教导处，询问保安后，保安大致给了她方向，告诉她要拐两三个弯。

长川三中的建筑偏古典风格，并有许多中西合璧的建筑。十多座青灰色的瓦楼被本市指定为重点保护区域。因此，第一次来三中的林漾，由于教学楼分布得七零八落，走了不少冤枉路。

林漾之前在三中的初中部就读，但初中部和高中部相隔较远，所以她之前没来过这里。高中本来想留在家附近的二中就读，但由于父母离婚，她便跟着母亲从城北搬到了城南。

由于家庭关系及居住地变更，三中的负责人打电话通知她有些档案需要重新递交。后天要来学校报名，明天还要搬家，林漾只能赶在今天下午将档案送过来。

穿过一座石桥，终于来到了一条林荫大道。林漾抬头看着面前的“怀德楼”三个大字，回想起刚才保安说的是“思学楼”。

正想着，一个男生从大楼里跑出来，带起一阵风，与林漾迎面相遇。

那男生停下脚步，打量了她几眼。在视线移至她伞下的脸上时，他明显多看了几秒，笑着问道：“你是高一的学生啊？”

林漾点头：“是的。”

“来交档案？”男生有些自来熟，极为热情地询问，“不认识教导处，是吧？我带你去吧，就在我们高二教学楼的后面。你现在来的这里是高一教学楼，你走错地方了。”

林漾自己也不想再迷路了，说了声“谢谢”，就直接跟在男生后面。

一路上，男生详细地给她介绍了三中各个教学楼的位置：高一在怀德楼，高二在思学楼，高三在逸夫楼。相比高一和高二，高三离得更远。高一和高二之间有一段走廊相连接，男生刚刚就是从思学楼跑到怀德楼再出来的。

林漾心中疑惑，问道："这会儿不是上课时间吗？"

男生沾沾自喜地说自己逃了自习课，出去吃个冰再回去。

林漾没再说话。

那个男生自来熟地说自己叫杨瀚，然后询问她的名字。他还说她长得挺漂亮，脸型和五官都很标致，比他们高二年级最漂亮的女生还要好看。他认为在前段时间参加军训的高一女生中，就没几个人的皮肤像她一样又白又亮。而林漾因为家庭的变故没有参加那几天的军训，也因此逃过了高温暴晒的折磨。

刚到思学楼门口，杨瀚正要说话，不知从哪里又出来一位男生。他看了林漾两眼，径直走到杨瀚面前说："沈哥让你过去一趟，你赶紧去，别拖延时间。"

那男生说完话就离开了，似乎笃定杨瀚不敢不去。杨瀚的神情也明显僵了下来，他紧张地咽了一口口水，看着男生的背影，结结巴巴地对林漾说了一句："你……你在这儿等我一下，我马上就回来。"

林漾还没开口，杨瀚就下意识地跟着那个男生走向思学楼的侧后方。

她拿着伞站在树下，抬头张望了一会儿。

林漾想着要不自己去转转，但脚步刚动，思学楼侧后方就传出了一阵痛苦的叫喊声。那叫喊声持续了十多秒，断断续续的，但足以让林漾辨认出那是刚才那个叫杨瀚的男生发出的声音。

意识到那里正在发生着什么，她一时之间走也不是，留也不是。她只是觉得，这是在校园里，大家都在上课，这帮人竟然敢如此明目张胆？

想起刚刚杨瀚说的时间表，她抬手看了下时间，估摸着还有十多分钟才下课，林漾收起了伞，往思学楼的后方走去。

林漾倒不是想逞能，只是杨瀚刚才帮了她，她现在没法做到视而不见。十多分钟的时间，能让那帮人收敛下就行。

思学楼的侧后方有一个破旧的篮球场，这边是三中的南门。墙角处有一片紫红色的花，虽然只有几株，却在烈日下开得极为茂盛。

南门连接着一条大坝路，由于太偏僻，附近也没有住户，因此平常这扇门并不打开。现在因为是暑假，小门打开了，倒是方便了这里的几个人。

走近后，林漾的视野也逐渐变得清晰起来。

那里有个篮球架，除了旁边站着的两个人，杨瀚身后还站着一个穿黑T恤的男生，身形挺拔，肩宽背阔，一头干净利落的短发。那个男生微睨着的侧脸线条冷峻锋利，压迫感很强。

从林漾的角度可以清晰地看见那个男生斜靠在掉了漆的篮球架上，单手搭在了杨瀚的肩上，吊儿郎当地将一条长腿伸到他前面，看似跟他交好，实际上却是挡住了他的去路。

杨瀚表情有些难看。

有人看见林漾，朝着她的方向叫了声："沈哥。"

穿黑色T恤的男生缓缓侧头，林漾不由得呼吸一滞。男生肤色偏白，此刻他一双黑眉不耐烦地皱着。他的眼尾很长，此刻看过来的眼底充斥着浓浓的烦躁和戾气，连带着他那高挺的鼻梁也添了几分锐利的气息。

林漾还是第一次看见眉眼如此有攻击性的男生，睨向她的目光透着一种凛冽的不悦气息。

但这张脸，确实让人挪不开眼。可能是因为她失神的注视，沈妄薄唇的弧度又绷直了一些，看过来的眼神锋锐直白，浑身由内而外透着一股张狂桀骜的气息。

林漾倏然间回过神来，她没有再多看，指了指手臂擦破皮的杨瀚："我要找他。"

"找他？"男生开口了，清朗的声线略显低沉。

杨瀚正低着头，听见男生说话，不由得咽了一口口水，喊他："沈……沈哥。"

男生瞥了他一眼，嘴角嘲讽地扬起："你倒是找了个帮手过来，"他停顿了一下，又侧头瞧了一眼蹙眉的林漾，一字一句地说道，"不过找个女生来算什么本事？你就这点儿能耐？"

话音刚落，他搭在杨瀚肩上的手臂看似随意地压了压，说道：“怎么，你是打算连着之前的账一起算了？”

像是在提醒什么，杨瀚身体哆嗦了一下，额头上冒出一层薄汗：“沈哥，我真的错了，我以后再也不敢了。”

林漾秀眉皱得更深了，她的长相本就清冷明艳，不笑时那种疏离和淡然的感觉倒还真有几分贴合当前的情境，但她其实心情并不如表面上那么冷静。

沈妄似乎嫌弃脏，于是松开了手，不知从哪儿拿出了一张纸巾，斜靠在那根铁杆上慢条斯理地擦着手。旁边一直站着的两个男生径直走到杨瀚身边，弯腰在他的口袋里摸索。其中一人掏出了一个黑色钱包，打开时咒骂道：“就这点儿钱，这小子早就花光了。”

杨瀚真的很害怕，他扶着胳膊肘，说道：“沈哥，我保证，今天我真的没有做错事，你已经警告过我了，我哪里还敢啊。”

“闭嘴！”一开始去叫杨瀚的那个男生嫌弃地皱着眉，越想越生气，正想再警告杨瀚几句，眼前忽然闪过一道身影。

沈妄的神情冰冷，他三两步走过来，双目沉沉地盯着杨瀚说道：“我跟你说了多少次，不该拿的钱别碰，你这一次次的，是不是觉得我不敢把你怎么样？”

“沈哥，我，我真……”杨瀚是真的害怕，他紧张地颤抖着，没敢再撒谎，忙承认，“我，我今天没拿多少，沈哥，我保证，今天是最后一次。这次你放了我，我回家肯定拿钱给你补上，一定会给你的。”

“呵。”

男生嗤笑一声，嗓音低沉，这声笑却带了点儿不易察觉的磁性。

林漾蒙了一下，不过很快就缓过来。虽然她意识到这是什么情况，但眼前男生的凶狠模样让她毫不怀疑，杨瀚在他手里不吓破胆也得挂点儿彩。她不是想多管闲事，但这威胁人拿钱的行为真的令人鄙夷。

林漾不想再旁观，她开口问道：“杨瀚，你们谈完了吗？”

“怎么？”黑 T 男生松了手，站直了身子。

他从口袋里拿出一盒糖，正要把糖倒出来时，似是想起来自己的这只手刚碰了杨瀚，于是有些嫌弃地皱了皱眉，然后换了另一只手。他的手指在糖盒上轻轻摩挲了两下，修长的手指按在盖子上，然后他低头拿起一颗糖放到了嘴里。夏日的阳光下，他的侧脸因为咬糖而微微动了一下。

沈妄微微眯着眼睛，喉结动了两下，才抬头看过来，笑了一下，然后继续问道："你来替他还钱？"

如此散漫的动作被他做得潇洒随性，连带着问出口的话都带了点儿不容忽视的挑逗性。

林漾自觉不能再跟眼前的这个人打交道，摇了摇头说："不是。"

众人一脸蒙。

杨瀚也蒙住了，紧跟着看过来。

林漾深吸了一口气，不慌不忙地说道："我是来找他要钱的。"

众人一时间都怔住了，被她的话弄得莫名其妙。只有沈妄，他的视线紧紧地锁住她，慢条斯理地将盒子又放回口袋里，眯着眼睛问她："他欠你多少钱？"

林漾镇定地回答："很多。所以，能让他先跟我谈一下吗？"

后面看着杨瀚的两个男生无语地笑了笑："你这小子真厉害，这是要在整个学校扩展你的挣钱业务啊？"

杨瀚怔住了，反应有些慢地张了张口，又不知道该不该解释。

在这极其诡异的气氛中，学校的下课铃声终于响起。林漾也松了一口气，但不知道怎么回事，她总感觉那个黑 T 男生看破了她的借口和伪装，如果再这样下去，她真的害怕他会当众揭穿她。

校园内响起了欢呼声，沈妄身后的男生没有再逗留，提醒他说："沈哥，先回去吧，时间长着呢，总有机会再收拾他。"

这时候人多，如果被老师和同学看见也不好。

他们两个倒无所谓，但是沈哥的家庭情况很特殊，他爸的身份摆在那里，不能出错。

沈妄低声应了一声，又笑了两声，脚在地上随意地踩了两下，似乎不经意地瞥了一眼林漾，开口问道：“你在帮他吗？”

林漾直接否认：“没有。”

沈妄显然不信。他扬唇嘲讽地笑了一下，然后像看垃圾一样看着杨瀚：“别让我说第二遍，自己把那些钱补上，否则……”

“我知道，我知道，沈哥你放心。”杨瀚忙回应道。

等人走后，杨瀚尴尬地扶着墙站起来。

“刚才谢谢你了。”他知道林漾是出于好心帮他，有些不好意思地抓了抓头发，“刚才是个误会，你别在意，他们那帮人经常这样，我都……”

“没事。”林漾打断他的话，从包里拿出一包纸递过去，“你不用跟我说这些，先擦擦吧。”

杨瀚手臂磨破了点儿皮，此刻渗出了不少血丝。

他忙接过那包纸，说了声“谢谢”，准备继续带着她去教导处。林漾撑开伞说道：“我自己去就行了，你先好好歇一会儿吧，马上就要上课了。”

她临走前还是真诚地告诫了杨瀚一句：“如果你真的没做什么却被威胁的话，应该把这事告诉老师，总不能一直被威胁下去。”

林漾说完就离开了，自然没有注意到她转身时杨瀚眼神的躲闪。

从思学楼再到教导处就方便了许多，林漾进去交了资料，拿到校服再出来时，已经是下午三点半了。

卓季芳的电话正好在这时候打进来：“怎么还没好？都去了一个多小时了。”

林漾往回走着，心不在焉地答道：“已经回去了，一会儿就到家。”

或者是话语中的某个字眼刺激到了对方，卓季芳安静了一瞬，之后便开始抱怨：“哪里还算什么家啊，你看看你爸，从上个月跟我办完离婚手续到现在也就回了两次家，他现在跟那女人倒是自在了，留我们母女俩在家是什么意思？

“明天我们就搬走了，他今天倒好，都没说回来看看你这个女儿。我看他是前脚跟我离婚，后脚就跟那女人结婚了。”

林漾听得心烦，但仍没有挂断电话。毕竟，妈妈也是受害人。

直到上了出租车，卓季芳的电话才挂断。林漾看着窗外不断掠过的景物，有些疲惫地捏了捏眉头。她的妈妈卓季芳和爸爸林贺这段长达二十年的婚姻，终于在上个月走到了尽头。

原因是林贺出轨了，和公司里的财务总监勾搭上了。被卓季芳发现后，林贺解释说公司遇到了核心项目的问题，面临危机，他因此心烦意乱，才喝酒酿成大错。卓季芳因为公司的事情和林贺每天都在争吵，这次出轨更是让夫妻间脆弱的情感彻底瓦解。

卓季芳没有大哭大闹，只要求离婚。林贺大为沮丧，但仍答应了她的两个条件：赔偿费用和林漾的抚养权。

其实，林漾刚才没有说出来，他们签字离婚后，林贺曾经私下来找过她一次。

他们的谈话内容很简单："爸爸不是不要你，只是公司出了事，资金链断裂。你妈如果要跟我闹上法庭，我也耗不起。如果爸爸真的和葛阿姨在一起，你就有了后妈。但是，没有几个后妈会真心对待不是自己生的孩子。万一以后我和你葛阿姨生了孩子，你就会更难过。希望漾漾你能够理解爸爸的难处。"

理解啊，怎么可能不理解呢！

林贺不知道有没有看出林漾的敷衍，继续说："即使你妈嫁给别人成了别人的妈妈，对你肯定也是用心的。她不会让你吃苦，跟着她总比跟着我要好。再说，她也不会那么快就让你的后爸出现。"

然而，讽刺的是，离婚后没多久，卓季芳就给林漾找了一个后爸。

卓季芳年轻时就是他们小镇上的一位出色女子，家境虽不富裕，但外貌出众、举止大方。她在十七八岁时就已经出落得亭亭玉立，越发标致。

即便如今已经接近四十岁，由于保养得宜，卓季芳依旧风韵犹存，曲眉丰颊，傲气不减反增。

因此，卓季芳离婚不久，就接连有人给她介绍条件优秀的男性。在众多人中，卓季芳选择了最优质的一位。对该男士，林漾了解甚少，只知道他住在城南，离婚已有一两年，不在乎感情等问题，只渴望有一位女士能够维护门面。该男士的身份和条件也十分出类拔萃，当然，卓季芳也无意与档次不够的男人扯上关系。

而林漾却对此了然于心。卓季芳与林贺之间的婚姻早已名存实亡。两人当年之所以结为夫妻，并非仅仅因为年轻时的冲动，更多的原因在于林贺的家庭背景。

他那时已经小有成就，公司业务做得风生水起。卓季芳的父母年纪较大，家中只有她一个孩子，过了很长一段时间的苦日子，深知碰到一个有钱男人就要紧紧抓住的道理，因此两人迅速领了证结了婚。

婚后的家庭琐事以及柴米油盐早已磨灭了两人当初相遇时的青春悸动，剩下的只是靠着演技维持的衣食无忧的表面生活。

林贺勾搭上葛青出轨只是他们离婚的导火索。如果不是这么多年每日享受着不用考虑花费的富太太生活，卓季芳跟林贺根本维持不了表面的和谐。此时公司恰好又出了问题，严重点儿说，甚至有可能会破产。这更让她担心未来。卓季芳早有意发作，因此离婚的补偿费和抚养费，也只不过是卓季芳为避开可能面对的贫苦生活找的冠冕堂皇的借口罢了。

而林贺，同样只是为自己的软弱和逃避找了一个很好的犯错理由。

人性的本质，好像本就是丑陋的。

父母都说他们爱她，她也相信他们真的爱她，只是这份爱夹杂了许多其他因素，不够纯粹。

出租车司机的报价声将她拉回现实，林漾付完钱就下车了。

回到家中，卓季芳已经收拾好了大小几个包裹，只等明天搬家公司派人过来拉走东西。

她和城南那位男士之所以迅速走到了一起，可能也是因为对方足够优秀。自从卓季芳和那位男士见面那天起，笑容就一直挂在她的脸上。这位男士家庭关系简单，只有一个儿子，而且也不用担心将来的婆媳问题。

说得直接一些，卓季芳这几天一直在扮演贤妻良母的角色。

“你看看你那屋子里的那些小东西，还有没有落下的，赶紧收拾一下。

以后我们去那边离得就远了，估计再也不会回来了。”

这也是卓季芳选择那位男士的原因，离得远，她就不用再为遇到林贺而心烦了。

林漾走进房间看了看，桌子上的东西基本收拾干净了，床上还放着林贺在她十岁那年送的玩偶大熊，旁边的书架上放着林贺在她几岁生日时送给她的一些小玩具。

她的目光在那些玩具上停留了好一会儿，然后平静地环顾了一下室内，重新关上了门。

隔日，林漾跟着卓季芳一起坐上早已预约好的出租车，带着搬家公司的车辆去了位于河对岸的城南——长川市繁华的商圈。

似乎对方一直在家里等候，临下车前，卓季芳替她整理了一下白色连衣裙的衣领，又检查了一下自己的妆容，才放心地下了车。

“记得等会儿见到沈叔叔就要喊人，嘴巴要甜一点儿。”她叮嘱道。

来的路上，卓季芳已经向林漾介绍了这位“沈叔叔”。沈叔叔全名叫沈柏裕，早年与人合伙创业，如今长川市著名的沈氏企业就是由他一手发展起来的。尽管林漾对他不甚了解，但知道他身边的人都称他为“沈总”，在长川市的地位举足轻重。

林漾记得沈叔叔有个儿子，比她大一岁，所以她应该称呼他“哥哥”。

从下车走到门口，林漾在心里默默地“演练”待会儿见面的场景。正如她所料，她的嘴角抽搐了一下。

沈柏裕确实让林漾小小地惊叹了一下。四十多岁的男人，正值壮年，身材维持得很好。不像林贺，腰腹间赘肉累累。沈柏裕身形瘦削高挑，面相清俊，气质出众。也难怪卓季芳会立马同意跟他在一起。

只是，林漾在他那张颇有辨识度的脸上，看到了另一张脸。

“漾漾，干什么呢？赶紧叫人啊。”

林漾被卓季芳拍了一下，便乖巧地低头笑着说：“沈叔叔好，我叫林漾。”

客厅中响起小姑娘清脆的声音，沈柏裕怕吓到她，于是和蔼地问道：“渴了吧，要不要喝点儿饮料？”接着，让保姆倒了杯饮料。

“沈妄今天还没回来？”他收起了笑容，问保姆。

“应该快了，这会儿差不多该到家了。”保姆刚说完，门口传来开门的动静。

卓季芳忙拉着林漾起身。林漾在心里叹了一口气，她的母亲未免小心翼翼了些。

只是下一秒，当林漾看清走过来的人时，她顿时睁大了眼睛。

沈柏裕的声音在她耳边响起：“这是我儿子沈妄，比漾漾大一岁，以后就是漾漾的哥哥了。”

“沈妄，这是林漾，你妹妹。”

少年肩上搭着校服，两条长臂劲瘦有力，黑色的书包被他歪斜着挂在另一边的肩上。他步伐懒散，眉眼间原本带着不耐烦，在看清对面站的人时挑了下眉。但在听到“哥哥”“妹妹”的字眼时，薄唇扬起一抹挑衅的弧度。

卓季芳让她喊人。林漾眨眨眼，缓过一时的无措茫然后，还是无奈地低了头：“哥哥好。”

她用乖巧好听的语气开口回应，她面前的男生却发出了一声不轻不重的冷笑：“哥哥好？”

她立即抬头，对面的男生扯下书包，仿佛有意提醒她。他微微眯着眼睛看着她：“来，你跟我说说，我这哥哥有多好？”

气氛顿时尴尬起来。

沈柏裕语气威严地喊了声：“沈妄！”

沈妄对上他的视线，漆黑的眼底夹杂了几分不悦。

“怎么了？”他问道，“我在自己家连句话都不能说了吗？”

沈柏裕的脸色瞬间变了，正要呵斥，卓季芳立马上前打圆场：“小孩子之间认生很正常，这没什么，只是开个玩笑。”

她一开口，沈妄才想起这就是即将和他父亲一起生活的人。他嘴角的弧度略显冷漠，偏偏还颇有闲情逸致地倚在沙发旁甩了甩校服，声音冷淡地说道："人我都暂时接受了，你难不成还想让我跟她们演什么母子情深、兄妹相爱的戏码？"

他轻飘飘地瞥了一眼站在一旁的女孩。女孩见他看过来，立马回了个笑。她乌发红唇，眼眸清澈，模样清丽，但是那笑容显得好假。

太假了，一点儿都不真诚！

"沈妄，你注意点儿自己的言行！"沈柏裕的脸色更加难看了。

沈妄没再说话，他慢悠悠地笑了笑，仿佛是在嘲笑。

"李姨，我先上去睡一觉，吃饭的时候再叫我。"

李姨是沈家的保姆，已在这里服务多年，自然更偏向沈妄。看着他上楼的背影，她大声应道："好的。"

卓季芳尴尬地笑了笑，让沈柏裕先坐下来消消火。

"漾漾，我替他跟你道歉，是我没有管好。"

林漾倒是不在意，毕竟突然闯入人家家庭，正大光明地住了他们家的房子，任谁也不会欢迎。

她已经考虑了更糟的情况，自然不会在意这件事。

她很懂事地替沈妄说话，安慰沈柏裕，表示自己以后会和哥哥和平相处。

不只是沈柏裕，卓季芳也满意地点了点头，心想幸好这丫头明白她的难处。

三人又坐了一会儿，沈柏裕让李姨带林漾上楼看看房间。

二楼的空间由楼梯分成了两个部分，中间是个方形走廊，走廊左边有三个房间，右边有两个房间。

左边最靠里的那间是沈柏裕的书房，中间是沈柏裕和卓季芳的卧室，靠近楼梯口的那间原本是沈妄母亲的卧室，现在空着，通常不住人。

而右边靠楼梯口的那间是沈妄的卧室，最靠里的一间则被收拾出来作为林漾的卧室。

也就是说，两人的房间是相邻的。如果林漾要进自己的卧室，就必须经过沈妄的房间门口。

她不禁为自己今后的生活感到担忧。

怎么会这么巧，昨天刚碰见的那个人就成了她的哥哥？她昨天还跟这个哥哥对着干，搞砸了他当时的事情。

不过想想，林漾还真不后悔。沈叔叔知道沈妄在学校干的这些事吗？

李姨介绍着房子的布局，见林漾听得出神，便板着脸问道："林小姐，你听见我说的话了吗？"

林漾颔首，态度谦恭地说道："李姨，我在听。"

话音刚落，门啪的一声被打开。沈妄站在门口，他已经洗完澡换了身灰色的短袖家居服，身形高大，小臂的肌肉线条分明，上面还挂着晶莹的水珠。

他拿着毛巾漫不经心地擦着湿润的黑发，有几根落在额前，很快被他用毛巾拂开。

"你叫林漾？"他问。

林漾毫不躲闪地和他对视："是的。"

盯着她看了几秒，沈妄垂下眼睛收回视线。他停下正在擦头发的动作，把毛巾随意地搭在肩上，一只手插在兜里，眼底似乎有一丝嘲讽之意，却又似乎并不明显。

"我不管你跟你妈打的什么主意，但在这里，你们最好把那些乱七八糟的心思给我收起来，别跟我玩花样，我不是我爸，也没那么好说话。"

林漾早知道自己不受欢迎，因此听完也并未显得多气愤，而是笑意盈盈地应了一声："好的，哥哥。"

沈妄咕哝了一声，他总觉得她那笑容太刺眼。

"还有你妈，"他皱眉，神情烦躁，"跟她说清楚，少把她那虚情假意的关心用在我身上，她要想搞母子情深那套，让她自己生一个去，别太把自己当回事。"

林漾深吸了一口气，还算比较友好地回答道："哥哥，我知道了。我现在可以回房间了吗？"

沈妄挑了挑眉，向旁边的李姨询问了一下。两秒钟之后，他嘭的一声关上了门。

林漾闭上了眼睛，再次提醒自己这是很正常的。

房间装饰采用了大多数女孩子都喜欢的粉色调，不仅床单和衣柜是粉色的，甚至连窗帘都是粉色的。

她看了两眼，瞬间没了观赏的心思，有些惆怅地在床边一坐下。

她偏就不是大多数女孩子之一，她喜欢白色，对这些粉色的布置甚至有些反感。

不过眼下，林漾并不想给人添乱，寄人篱下的生活本就要小心翼翼的。

晚饭的时候，一桌人自然吃得有些沉闷。沈柏裕原本说这是她们过来的第一顿，要请她们去外面吃饭。沈妄直接丢下一句“要去你去，我没空”。

卓季芳自然又是那个打圆场的人，她说正因为是第一顿，才更应该在家里吃。

这顿饭注定吃得不愉快，整个过程连李姨都感觉到气氛十分压抑。

沈妄吃得很快，他和沈柏裕似乎养成了多年的习惯，饭桌上都不爱讲话。

直到沈妄放下碗筷，沈柏裕才开口说：“明天我让司机送你和漾漾一起去上学。你已经是高二的学生了，林漾才刚进入三中，你在学校要多照顾她。”

沈妄意味深长地看过来，林漾心领神会，忙说：“不用了，叔叔，我认识去三中的路，我自己一个人去就可以了。”

沈妄倒没有急着走，反而缓慢地瞥了一眼坐在主位的沈柏裕，似乎在说：“你看到了吗？人家自己不想和我一起去，我又能怎么办呢？”

沈柏裕身居高位，习惯了在开会时使用领导训话的模式。因此，他冷着脸看了沈妄几秒钟，又开口道：“送一个也是送，送两个也是送。和你哥哥一起坐车去吧。”

林漾察觉到沈妄那道锐利的目光，因此并不想答应。她正思考着找一个合适的借口，对面的卓季芳朝她轻轻摇了摇头。

林漾默默地在心中叹了一口气。她佯装开心地接受道："那就麻烦哥哥啦！"

沈妄一直盯着她，黑眸微眯，目光有些冷漠。他似乎低估了她，装得还挺像那么回事！

入夜，长川市下了一场小雨，淅淅沥沥的声音萦绕在林漾耳边。早上起床时，她被从窗户吹进来的冷风激得抖了一下，于是换上了长袖衣服。

由于长川三中的课程安排比较紧，早晚自习从高一就开始了。这是开学第一天，林漾起得更早。当她收拾好下楼时，沈妄已经在门口换鞋了。

李姨正在收拾碗筷，饭桌上还有一份早餐没有吃。

沈妄单手拎着书包，眼神没有往她这边扫，他慢悠悠地坐在凳子上系鞋带，开口时声音低沉微哑："我们沈家不养懒人。现在去学校，自己选要吃早饭还是不吃。"

如果去学校就不要吃早饭，如果想吃早饭就不要坐车去学校。

林漾听出他的言外之意——不是我不带你，是你自己睡懒觉，起床太晚了。

她昨晚答应沈叔今天要和这位"哥哥"一块儿去上学，她可不想等会儿坐在这里吃早饭，遇上下楼的沈叔，再次平添误会。

于是她调整好面部表情，快速下楼。

"哥哥，我跟你一起去学校，早饭我不吃了。"

回应她的是沈妄十分不满的大力开门和关门声。

林漾心里也烦到了极点。她只希望等会儿在车上，这人千万别跟她说话，她怕自己忍不住，真的跟他发脾气。

好在这一路上沈妄都戴着耳机闭眼听歌，眼皮都没眨一下。只是在某个红绿灯路口，他突然出声："王叔，还在这儿停下吧。"

林漾心中疑惑，望了一眼窗外，还要拐个弯才能到长川三中门口啊。

"哎，在这儿停的话，你们两个还要再多走一段路，我直接开过去吧，反正这会儿早，学校门口的人应该也不多，一会儿应该好掉头。"

“不用。”沈妄睁开眼，他扯下耳机，说道，“就在这儿停吧，今天高一开学，人多。”

他说完就径直推开车门下去了，也没有理会旁边的人。

沈妄走了两步后又突然折回，他打开车门，冷着脸说道：“怎么，你还真把自己当大小姐啊？等着让人把你送到学校门口才肯下车？”

林漾正向司机询问从家到三中的小路，被他这莫名的火气刺激到了。她这一次甚至连笑容都不想给，绷着一张脸下了车，掠过他身边，快步向前走去。

沈妄的眼尾稍微蹙了一下，他的脸棱角分明，流露出几分戾气。

他盯着那个背影，用冰冷的语气说道：“提醒你一下，在学校里不要说认识我，也不要跟任何人提起我的名字，最好不要让人知道我们的家庭关系。”

林漾的脚步稍微停顿了一下，她突然明白了他让司机提前停车的原因。

她攥紧了拳头，然后转身微笑着说：“放心，我连哥哥的名字是哪两个字都不知道呢。”

沈妄的心情越发不爽了。

开学第一天，林漾的心情却没那么美好。

见时间还早，她先去学校的小超市里买了面包和牛奶。等到到达教室时，班里的学生已经到了大半。

长川三中是省重点高中，每年重点大学录取率远超一中和二中。而从初中部选拔上来的学生，大多是在市中考榜上排名靠前的。

进入三中后，学校会挑选出一部分成绩优异的学生单独组成一个班，俗称“实验班”，一班就是这样的一个存在。

一班大部分学生都是全市成绩名列前茅的人，另外的十多个则是在某个科目上极为擅长和突出的，整体成绩也不会太差。

林漾没注意自己在全市的排名，只在报名的那天瞥了一眼自己进班的名次，发现自己排到了本班的第八名，不算特别优异的成绩。

昨天晚上，卓季芳到她房间，提到她那位名义上的哥哥，表示他在进班时成绩是全市第一。

想到这里，林漾烦躁地咬了口面包。

她知道卓季芳是什么意思，但要让自己取得第一的成绩确实有点儿难度。

早上，班主任老钱刚往他们班领来了第一名。她的中考分数和这位第一名的许纵，相差将近四十分。

早自习下课的时候，沈曼凡过来对林漾说："漾漾，你看看吴泽昊那个样子，简直太丢人了。"

沈曼凡、吴泽昊都是她的初中同学，三人正巧分到了一个班级。

林漾转过头去看了一眼，发现吴泽昊正在跟第一名套近乎。她没什么反应地转回头，喝了一口牛奶。

"说起来，你们家现在搬到哪儿了？离学校远不远啊？"沈曼凡知道林漾父母离婚的事情。一开始，她还顾忌着尽量避开这个话题。后来，她发现林漾并没有什么反应，也就不再刻意回避了。

"不远，很近。"林漾早上刚问完司机，知道有一条小路，走路十几分钟就能到家。

两个人又聊了一会儿，上课铃响的时候，沈曼凡叫住了林漾："一会儿大课间，我们去小超市买水喝吧。虽然是阴天，但总感觉闷热。"

林漾现在坐在第一排，同桌马钰的性格大大咧咧。听见两人的对话，他热情地加入："一会儿帮我带一瓶水吧，回来我给你钱。"

林漾随口答应，拿出这节课要用的英语课本，并不想过多交流。

大课间有半个小时的休息时间，吴泽昊听说她们要去买水，硬是加入其中，说道："一块儿啊，我请你们。"

自初中时起，吴泽昊便经常跟林漾和沈曼凡一起玩，两人都已经习惯了。沈曼凡经常说他没脸没皮。

从怀德楼到食堂的小超市只要穿过一座石桥就行了，因此，和他们隔了一个走廊的高二年级学生大多会从怀德楼抄近路去小超市。

楼梯间来来往往的人有些多，三人走得慢了些，吴泽昊在一旁和沈曼凡斗嘴。

林漾习惯性地叹了一口气，一上午的烦闷让她现在一点儿也不想说话。

刚上了石桥，迎面走来一群人，校服颜色和他们高一年级的明显不同。

那是三中高二年级的青蓝色校服，林漾早上才在某人身上见过。

此刻林漾又见到了沈妄，对面的沈妄自然也看见了她。他一只手插兜，另一只手拿着一瓶矿泉水，神情悠闲，因为正在听旁边的人说话，走得缓慢。

两队人一左一右，即将擦肩而过。

两人倒是心照不宣，一个眼神都没给对方。

倒是吴泽昊突然想起什么，没有什么顾虑地问道："对了，你不是刚搬进你那位后爸家里吗？他们那家人对你怎么样？"

林漾："……"她眼角的余光明显看见那人的身影停了一瞬。

她违心地回答："还不错，挺好的。"几个字的回答极为清晰而缓慢。

三人的身影渐渐远去。

另一队中有人聊着聊着才突然发现沈妄落在了后面，最边上的展子鑫深感奇怪地往后看："沈妄，走快点儿啊，你在想什么呢？心不在焉的。"

沈妄扬起手，把还没拧开的矿泉水瓶扔给他，朝身后某个方向望了一下，又回过头，嘴角浮起了笑意。

"我在想，人在说谎的时候是不是真的可以做到脸不红心不跳。"

展子鑫："……"什么玩意？

刚过了石桥，沈曼凡就拽着林漾惊呼："刚刚那男生你看见没？好帅，五官真的好有侵略性，我好喜欢这种长相！"

"什么？"吴泽昊讽刺道，"你能不能有点儿出息，看见个男生就说帅。"

沈曼凡骂了他一句，又继续跟林漾说话："他就是我之前在三中宣传片中看到的那个人，好像叫什么沈妄，去年还是市中考状元，没想到开学第一天就能遇见他，真是太幸运了。"

她激动得忍不住欢呼起来。

一个许纵就已经够饱眼福的了，没想到又来了个沈妄，这长川三中到底是什么神仙宝藏学校？

林漾一直听着，没什么反应地拿了马钰要喝的那款饮料，又给自己拿了瓶橙汁，见沈曼凡一直等她回应，才淡淡地应了声：“嗯。”

“你怎么了，漾漾？”沈曼凡这才察觉不对劲，说道，“你一上午好像都不怎么高兴，发生什么事了吗？”

吴泽昊也紧跟着看过来，说道：“是不是有人欺负你了？我帮你出头！”

“没有。”林漾随意找了个借口，“就是昨晚没睡好，没什么精神。”

她又叮嘱吴泽昊：“早上班主任才刚批评过你，你以后注意点儿，别再做那些事了。”

吴泽昊自以为是地把这句话理解为林漾是在关心他，于是不好意思地摸摸头：“放心吧，以后不会了。”

付完钱，三人一起准备回教室的时候，林漾突然想起什么，慢吞吞地喝了口橙汁，拧上瓶盖问他：“你之前受过的最严厉的处分是什么？”

吴泽昊无所谓地耸了耸肩：“我们又没真的动手，只是吓唬人而已。顶多就是通报批评、留校察看，再严重一些就是停课，让家长带回家教育。但如果真的把人打废了，学校就会直接开除了。”

想起昨天的事情，林漾杏眼微眯。沈妄说要废了杨瀚，应该不是真的吧？

中午吃饭时，家里只有她和卓季芳两个人。沈柏裕中午很少回来，沈妄自然不会回来给自己添堵，所以他一般选择在学校食堂吃。

饭桌上，卓季芳问她：“早上和沈妄相处得怎么样？”

“就那样。”

卓季芳皱眉说：“漾漾，我们刚到这个家，一切都要小心翼翼。虽然沈妄不是你的亲哥哥，但你只有和他好好相处，妈妈才不会左右为难。”

“就当是为了体谅妈妈，有些事情忍一忍，好吗？”她盛了一碗汤放在林漾手边，劝说道。

林漾沉默片刻，低头抿了一口汤，然后说道："妈，我知道了，你不用担心。"

卓季芳笑了起来，催促她赶紧喝汤。

因为是第一天开学，学校里的课排得还不算多，布置的作业也不多。晚上回家的时候，林漾发现沈柏裕还没有到家。

由于林漾和沈妄的晚自习放学时间不一样，所以两个人也没能碰上，林漾感到很自在。

这几天，林漾没有再坐司机的车上学，而是和顺路的同学一起走小路，也算有个伴儿。因此，除了早上吃早饭时两人会碰见，一天下来倒也相安无事。

除了开学那天，沈妄每天也是走路或者坐公交车上学。

周五那天，林漾从楼上下来的时候，沈妄已经吃好了早饭。在林漾失神的间隙，沈妄正好抬头看过来，两人对望了一瞬，她不好再装作没看见，主动打招呼："哥哥早。"

沈妄看出她的犹豫，胳膊肘搭在玄关的鞋柜上，从糖盒子里倒出一颗糖，随意地丢进嘴里，然后咀嚼起来。

懒散的态度中，他眼角微微上扬，林漾听到了一声低低的笑。

"既然这么讨厌我，那为什么还要违心地跟我打招呼？"

淡淡的薄荷糖气息在周围弥漫开来。

沈柏裕喜欢吸烟，而林漾不喜欢烟味，这薄荷糖的味道正好中和了她讨厌的烟味。

她的脸上并没有表现出来，只是扬起嘴角，说道："哥哥是要我以后在家里也假装不认识你吗？"

如果能够如愿以偿那就太好了，可现实是沈柏裕和卓季芳的关系摆在那儿，即使林漾想要做作一些，也不能和沈妄撕破脸。

沈妄笑了，笑容非常淡漠。他咀嚼着糖，喉咙滚动，眼角流露出略微遮掩不住的弧度。

他说："林漾，你就这点儿能耐吗？"

门关上的声音惊醒了林漾。沈妄刚刚在离开时说道："你为了你妈还挺会委曲求全的。"

她靠在楼梯的拐角处，手指攥紧了旁边的扶手。空气中还弥漫着薄荷糖的气味，令她有些窒息。

沈妄的话直白、锋利，准确无误地揭开了她努力掩藏的难堪。

自从那天以后，两人周末的时候都没有碰面。

沈妄周六要补习，不在家，顶多周日中午在家吃一顿饭，晚上继续去学校上晚自习。林漾特地在周日那天约了沈曼凡出去玩，避免了和沈妄见面的尴尬。

周一早上去学校时，沈柏裕吃早饭时提醒道："明天我和你妈要出去参加个活动，晚上回家会晚一些，李姨明天也有事，你就在学校食堂吃饭吧。"

他说着要给林漾钱，林漾不想让他觉得见外，也不多说，接了钱，答了句"好的"。

"对了，沈妄最近跟你相处得怎么样？他有没有欺负你？"

卓季芳看向林漾。

"没有，沈叔。"林漾说，"哥哥对我挺好的。"

沈柏裕满意地点头："漾漾，把这里当成自己家，如果有什么让你不舒服或不开心的事，可以直接跟叔叔说，叔叔会替你做主。"

"好，谢谢沈叔。"林漾保持着面上的笑容。

临走之前，卓季芳突然想起一件事来，她说："家里还缺一把钥匙，今晚李姨不在，你放学后去找你哥，拿他的钥匙先回来。"

家里只有四把钥匙，其中沈柏裕拿了一把，林漾和沈妄各拿了一把，还剩一把放在家里。平时卓季芳和保姆出门时随意拿着用。但由于沈柏裕昨天在公司换衣服时弄丢了一把，李姨明天下午来的时候必须带一把钥匙开门，沈妄早上已经拿走了自己的那把钥匙，现在只剩下一把沈柏裕要带走，所以没有多余的钥匙给林漾使用。

她跟沈妄在一个学校，暂时共用一把钥匙倒也正常。只是想起那人对自己的态度，她感到无比心累，长长地呼出一口气。

晚间放学的时候，林漾故意磨蹭得久了一些，同桌问她为什么不走，她谎称还有点儿作业要写，不急。平常和她一起回家的周弦思过来找她，她又用了同样的借口。

等到人都走得差不多了，林漾才开始收拾书包。高二的第一节自习课下课铃声也在这时响起，她无可奈何地朝中间的走廊走去。

没办法，沈妄比她晚一个半小时放学，她总不能一直在学校等着。

整个高二年级教室里灯火通明，这时刚刚下课，班里的学生基本出来了，在走廊上聊天、打闹。

幸运的是，她跟沈妄都是一班，他们在同一层楼。刚穿过走廊，林漾就看见了那个熟悉的身影。

此时，那个人正在走廊与楼梯口的拐角处和其他几个男生站在一起，几人围成了一个圈，遮住了通往办公室的方向，从远处看就像是几人在聊天的样子。

而身高最突出的沈妄，站在人群中央。他双臂松散地环绕着，那张俊朗的脸上透着些许薄凉的笑意，狭长的眼尾轻挑，轻蔑地看着面前瑟瑟发抖的人。

林漾看清了那人的脸——又是杨瀚。

她不知道这两人到底有什么过节，但像这样在下课时间就在楼梯口如此明目张胆地针对别人，应该不是什么小仇。威胁人拿钱好像也不至于。

林漾看了一圈发现，虽然有人注意到了，但大家都对此视而不见，恨不得离这几人八米远。

沈妄曾说过，让她在学校装作不认识他。林漾想等人群散了再上前跟他说话。

只是那边有人发现了她，喊了声：“沈哥。”说话的是那天在篮球场见过的一个男生。

沈妄侧头，他的黑眉仍然皱着，灯光下他的脸显得棱角分明，多了一些不耐烦和冷冽。

一秒后，他带着极具攻击性的眼神扫视着林漾和杨瀚，懒散地挑了挑眉毛问道："怎么，又来找他要钱？"

林漾："……"

这个哥哥，可真是太难伺候了……

她摇头："我是来找……你的。"

所有人都看向她，有的神情意外，有的挑眉看戏，有的则是冷眼旁观。

沈妄沉思了几秒钟，才慢慢松开了交握在胸前的手臂，抬起下巴说道："让他先走吧。"

这话的意思是要散了。展子鑫和纪磊还没来得及发问，沈妄就朝那位女生走去。他主动搭话："走吧。"

"这是什么情况？认识这么多年，你见过哪个女生喊动过他？"展子鑫睁大眼睛说道，"现在不仅喊得动他了，沈妄还主动跟她说'走吧'！"

纪磊上次见过林漾，表情并不惊讶。他说："你说，沈哥是不是被她的颜值吸引了？"

别说他第一次见她的时候多瞄了两眼，就连刚才他周围的男生见到她也都两眼发直了。

展子鑫总觉得不对劲，想起上次沈妄提起家里来了个拖油瓶，不由得多想了一些。

旁边传来窸窣的动静，两人这才想起杨瀚那个混账小子。

纪磊把手搭在他的肩膀上，说道："杨瀚，你但凡有点儿良心都干不出这些事。偷老人的东西、骗老人的钱，你真是禽兽不如。"

杨瀚哆嗦着说不出话，他的腿这会儿还软着呢。

展子鑫特别想再教训他一顿，便警告他："滚吧，最近这两天别让我看到你，不然我见你一次打你一次。"

另一边，林漾跟着沈妄来到了走廊中间的高一年级洗手池旁，这里遮挡住了高二学生的视线，只是偶尔会有高一的值日生过来接水。

沈妄站在第一个水龙头前，撸起袖子的动作十分潇洒，洗手时非常细致和耐心。

他一根手指一根手指地仔细洗着，指节的皮肤在月色和灯光下越发显得白皙干净，指甲修剪得圆润整齐，在水流的冲刷下微微泛着冷光。

这是一双漂亮的手。骨节分明，手腕有力，十指修长匀称。

他不带温度的声音在此刻响起：“找我什么事？”

林漾移开眼睛说道：“拿钥匙。”

沈妄关上水龙头，抬眸看向林漾。

林漾把事情的原委告诉了他，沈妄审视般盯了她几秒，然后移开了视线，倒也没有为难她。

“等一下。”他抬脚走回去。

钥匙被沈妄放在桌子抽屉里，他回去翻了两下才找到。展子鑫一直在身后意味深长地打量着他。当他掏出钥匙时，展子鑫也跟着他出去。沈妄看着他。

展子鑫说道：“如果我猜得没错的话，她就是最近刚到你家的那个，你名义上的妹妹？”

两人快步走到洗手池边，沈妄也不避讳地望着某个方向，不轻不重地重复：“妹妹？”

“不过是我爸从别人家捡来的罢了。”话音刚落，他看了一眼展子鑫。

展子鑫心里明白，站在原处等待，没有再上前。

几米远的地方，此刻林漾正趴在最边上的护栏上，她的发梢被风吹起，侧脸线条优美，只是此刻沐浴在月色下的她安静得有些不真实。

展子鑫不由得感慨，这个妹妹气质里藏着勾人的婉约娴静。

沈妄把钥匙扔给林漾，见她踌躇着没有走，意有所指地问她：“还有事吗？”

他以为她会提刚才自己说的那话。

“哥哥，你以后还是不要找那人的麻烦了。”林漾纠结了好久感觉还是应该说出来，“沈叔应该也不希望你在学校犯错误。”

沈妄觉得可笑，一瞬间神情变得冷漠：“你管我？”

虽然意识到自己会被呛，但这带刺的反讽还是让林漾有些窝火。

她强压住这股火气，勉强装出一副好脾气："那哥哥当我刚刚没说就好了，哥哥再见。"

她转身就走，笑容也在顷刻间消失。只是走了没两步，察觉到身后刺刺的目光，林漾还是气不过，转过身眨了眨眼，嘴角一扬："那我就祝哥哥永远不会输啦。"

一分钟后，展子鑫实在忍不住大笑起来。他走出来，朝着远处的身影指了指："你这妹妹是在祝福你还是在诅咒你，哈哈哈哈，我还是第一次看你被呛得说不出话。

"我说，你这妹妹脾气挺大啊。"

沈妄垂眼，没有搭腔。他微微转动眼睛，看向她刚才趴着的护栏。

沈妄确定，他说她是他爸捡来的那句话，林漾绝对听到了。

听到这句话，她没有发作，反倒是一句"你管我"勾起了她内心的怒火，倒确实挺为她妈着想的。

他们回到教室时，坐在最后一排、平时几乎不怎么开口说话的叶炜正在等他。

他因为生病，脸色十分苍白，身体瘦弱得不像个男生。看到沈妄过来，他走上前，有些胆怯地攥着衣角，垂着头不敢看沈妄，说："纪磊跟我说了，谢谢你帮我教训杨瀚。"

沈妄抬头，冷冷地看了一眼正努力降低自身存在感的纪磊。展子鑫倒是认同纪磊的做法，他可不赞成沈妄做好事不留名的行为。

"叶炜，沈妄为你这事没少找杨瀚，如果真出了什么事，你记得替沈哥说句话就行。"

一听到这话，叶炜立刻感到不安："你别为我找他麻烦了，你别因为他而受罚。"

沈妄语气淡淡地说道："没事，我并不是完全为了你，我只是看他不爽。"

饶是叶炜再不聪明也知道，这是沈妄为了减少他的愧疚感而找的借口，他固执地补充了一句："谢谢你，沈妄。"

“不用。”沈妄的视线从他紧绷的身体上掠过，没再多做停留，说道，“先上课吧。”

展子鑫叹了一口气，拍了拍叶炜的肩膀，回到了座位上。

大家都说沈妄凶恶狠戾，可是谁又知道他连班里没什么交集的同学都能不遗余力地给予帮助呢，而且从未多为自己解释过一句。

沈妄结束晚自习回到家已经是晚上十一点多了。想到自己晚上刚刚把人激怒了，他已经准备好翻墙进去，却没想到那个丫头给他留了门，此刻大门被夏日的晚风吹开了一大半。

他站在门口瞥了一眼楼上亮着灯的那个房间，轻哂了一声。

这人，心可真够大的！

沈妄进去后关上门，动作没有刻意放轻，反正他知道林漾还没有睡觉。

经过自己的房间时，他也没有停下脚步，直接走到林漾的门前，然后抬手敲了一下门。

过了十多秒，门打开了。

她应该是刚吹完头发，飘散的黑发蓬松地落在她漂亮的颈肩上，一张脸白净细腻，毫无瑕疵。她半斜着身子倚在门上，穿着夏日的睡衣和睡裤，这会儿不知道是有意还是无意的，又披了件外套，不知是防着谁。

两人对望着，好半天都没开口。

沈妄靠在她房间门口的墙上，薄唇扯了个若有似无的弧度，目光落在她充满戒备的脸上：“气还没有消？”

“什么？”林漾一瞬间有些没反应过来。

沈妄也懒得再提。

“号码给我。”他掏出手机，显得没有什么耐性，“我家虽然不是家财万贯，但也禁不起你这么捣乱。门开得这么大，你是想招贼还是留门呢？”

见林漾没有反应，沈妄皱起眉头，变得烦躁起来：“快点儿给我电话号码，下次提前打电话给你。”

林漾立即报出了自己的号码。几秒钟后，她放在卧室里的手机响了起来。

沈妄没有心情跟所谓的妹妹交流感情，只把他父亲最重要的命令传达给她："明天早上早点儿下来，王叔开车送我们去学校。"

"不用了，哥哥。"林漾懂事地说道，"明天我走小路去学校就好。"

沈妄深深地看了她一眼，觉得她事真多。要不是因为懒得听他爸那没完没了的大道理，他为什么要浪费时间跟一个毫无血缘关系的妹妹周旋呢？

"你如果不想坐，就自己给你沈叔打电话，别在这里和我讨价还价。"

林漾心想：这人会玩变脸吧？！

第二天，司机王叔依然很早就到了，因为要照顾沈妄的上课时间，林漾为此也早起了十五分钟。

她本想着，如果沈妄像上次一样不等她的话，就先出门买个早饭，再慢悠悠地走小路去上学。

但下楼的时候发现沈妄还在客厅坐着，于是林漾只好打了声招呼："哥哥早。"

沈妄起身，笑容有些冷淡："王叔在外面等了半个小时，我等了你十五分钟。"

沈妄原本准备走了，然而王叔拦住了他，称必须照着他父亲的指示把两人送到学校。王叔已经预料到沈妄会违抗，刻意打情感牌表示如果他不这么做会被扣工资，请求沈妄理解。

如果不是为了顾及王叔的工作，沈妄也不至于浪费这么久的时间等待她。

林漾一时忘记了今天早上李姨不在家，不必在家里吃早饭。她错算了时间，才让沈妄等了她这么久。

"抱歉，哥哥。"

沈妄没理她，长腿迈得飞快，全身上下仿佛写着四个字——我很不爽。

上了车后，林漾再次向王叔道歉。

王叔早在来的时候就给两人带了早点，他常年跟着沈柏裕，一贯是会看眼色的。

因此，当意识到这两人之间气氛不对时，他一路上也没敢开口说一句话，直到快到某个红绿灯路口时才把早点递给他们。

林漾接过早点，说了一句“谢谢”，又把其中的一份递给旁边的人：“哥哥。”

沈妄一路上都在抿着唇闭眼休息，听到声音才睁开眼睛，沉默了几秒钟，黑色的眼底缓缓恢复了清明。

他把早餐拿了过来，对着她清澈的眼睛一顿，然后转过脸去，低声问道：“你和杨瀚很熟吗？”纪磊说，昨晚杨瀚在打听她的情况。

“不熟。”林漾没有隐瞒，“就那天去学校交资料时见过一面，再后来就是昨晚碰巧遇见了。”

“你见过他一次就帮他？你倒是挺善良的。”沈妄嘲讽地说。

林漾觉得自己解释还不如不解释，于是干脆不说话了。

车子很快到达了下车的路口。

她先开了车门，但沈妄的声音在她耳边响起：“杨瀚不是什么好人，离他远一点儿。如果以后真出了什么事，我可不会给你收拾烂摊子。”

关门声传来，他先下了车。

第二章

「 愧疚 」

周四的课程有些繁重，上午语文课较多，下午又是一连串的理科轰炸。

林漾感到困得不行，但因为坐在第一排，也不好明目张胆地睡觉。旁边的马钰精神倒是极好，仿佛有使不完的精力似的。

见林漾很困，马钰提醒她下课去买瓶冰水喝，可以提神。

于是林漾和周弦思、沈曼凡三人在晚餐时间去了一趟小超市，除了买冰水，林漾还买了咖啡。

沈曼凡饿得不行，买完东西问林漾要不要一起去食堂吃饭。林漾坐在那里昏昏欲睡，说道："你们去吧，我一会儿买个饭团回教室吃。"

周弦思和沈曼凡就去食堂用餐了，林漾则坐在小超市里的休息区，打算把冰咖啡喝完再走。

冰咖啡的确让林漾清醒了一些，但她的眼皮依旧沉重得抬不起来。

昨晚被某人气到，写完作业已经快午夜一点了，又加上早起，她今天的精神状态能好才怪。

小超市里人来人往，几分钟后，有人在她对面坐下了。

林漾上一秒还在半睡半醒间，下一秒瞬间就清醒了。

"怎么，看见我这么惊讶？"陶文霜开心地笑着，"你不就是跟着你妈重新换了个家庭，认了个新爸爸吗？你不至于脸色这么难看吧？这才几天，你就这么受不了了啊？"

林漾熬夜又加上没睡醒，状态自然不好，整张脸透着恹恹的倦色。相比平常清丽的她，多了一份颓靡。

虽然林漾脸色不好看，但她底子好，自然也说不上"难看"这个词。

林漾知道陶文霜在故意找她碴儿，也不想搭理，只是点了点头："嗯，你说得对。"

林漾打了个哈欠，拿起咖啡准备离开。

刚从门口进来的男生不经意间看向这处，饶有兴致地多看了两眼，然后拿出手机进行现场播报。

陶文霜自然不会轻易让林漾走，她跟林漾之间可是从出生起就结下的梁子，所以逮到机会就要对她讽刺一番。

“听说你妈找的那家还有个儿子？你是不是多了个哥哥啊？”陶文霜提高声音说道。林漾回头，她不喜欢被人盯着看。但陶文霜像是怕没人知道一样，故意提高了声音。

“怎么样，有哥哥的感觉好吗？也不知道你这个哥哥对你到底是不是真心的。我听说有钱人家的孩子都挺看不起像你这样的拖油瓶，也不知道你这个哥哥会不会好一点儿。”

咖啡并没有缓解多少困意，林漾利落地一口喝完。冰和苦的双重刺激让她的眼睛半眯起来，冒到嗓子眼的怒火总算是被压下去了。

她毫不掩饰自己内心的烦躁，说道：“对，我多了个哥哥，有哥哥的感觉还真不错，你没有吧？要不，我现在喊我哥哥过来，让你也认识一下？喊声哥哥？”

“你……”陶文霜一时间气得说不出话。

“陶文霜，别惹我。”林漾把杯子扔进垃圾桶里，没看她一眼，直接离开了。

展子鑫看热闹不嫌事大，把最后一条消息发送出去。

然而，看到消息的男生没有丝毫的轻松感，他的嘴角抿成一条直线，眼睫下的眼眸像浸泡在冰里一样冷冽，盯着屏幕上的几个字——她让别的女生认你当哥。

沈妄瞬间脸色变黑，他是商品吗？还打算推销给别人？

晚上放学时，沈曼凡拉着林漾到学校旁边的巷子里的小吃摊买了些小吃。周弦思没和她们在一起，她妈妈来接她后就直接回家了。

司机王叔上午跟林漾说好了晚上来接她，林漾给他打了电话，让他稍等几分钟，自己马上就过去。

“她妈好像挺不喜欢我的。”沈曼凡走到一辆小推车前停下，这里是一位老奶奶在卖素麻辣烫，旁边的地上摆着她老伴卖的一些文具。

两位老人因为年纪较大，所以动作比较慢，来买的人并不多，生意也算不上好。

林漾之前来这里吃过一两次麻辣烫，觉得味道还不错。她也喜欢在老爷爷的摊上买些文具，因为两位老人很和蔼、慈爱。

听见沈曼凡的话，她回忆道："我以前见过一次，思思的妈妈好像对她管得比较严。"

"何止是严，她妈就想让她跟成绩好的同学玩，平常都限制思思出门，你没感觉思思这安静内向的性格跟她家庭有关吗？"

林漾想了一下，但没过多评论。

"麻辣烫好了。"老奶奶笑着把菜捞出来，细心地询问她们能不能吃辣，要不要加醋或者是香菜。

老奶奶打包的动作慢了些，两人在巷子里耐心地等着，也不催促。

钱盒放在那里，方便学生付钱，大家也都很自觉。

两分钟后，老奶奶递过来麻辣烫，旁边卖文具的老爷爷好心提醒："时间晚了，丫头早点儿回家，别在外边逗留。"

两人道谢，说了声"好"。

刚刚跟沈曼凡分开走了几步，高二第一节自习课下课，学生趁这点儿时间出来买食物，林漾从迎面走来的人群中看到了一个认识的身影。想起早上沈妄说的话，她下意识地要避开。

只是杨瀚已经看见了她，热情地走过来，指着她手上提着的麻辣烫说："你也喜欢吃这家麻辣烫啊？我正要去买，这家味道挺好的。"

林漾点了点头，神情疏离地回了一句："我先回去了。"

她跟杨瀚本来就不熟，就算没有沈妄的提醒，她也没打算跟他有过多接触。

"哎，你……"

"怎么，又来吃叶炜家的麻辣烫啊？"这时，从他身后走过来两个男生，看似和善地把胳膊搭在杨瀚肩膀上，说出的话却并没有那么友好，"这是又要去白吃还是又要去偷钱偷东西啊？"

杨瀚脸色发白，有些害怕地低下头："没、没有。"

林漾认出了这两人，都是沈妄的朋友。

展子鑫意识到林漾还在这里，就向纪磊使了个眼色，把杨瀚带到旁边教训，还友好地向林漾介绍自己："妹妹，我是你哥哥的同学，你上次见过的，我叫展子鑫。"

男生笑容阳光，皮肤有些黑。在林漾的印象里，这人好像挺幽默的。

她有些冷淡地打了个招呼，展子鑫也没在意。他想起纪磊跟他说过，这个妹妹那天在篮球场上帮了杨瀚，便忍不住提醒道："妹妹，他真的不是什么好人，只是一个人渣，沈妄他是在做好事。"

林漾不解。

这时候出来了很多人，下课后有十五分钟的休息时间，展子鑫走到她旁边简单地解释了几句。

"就你手上的这个麻辣烫，是我们班的一位同学家开的。他家条件不好，从小就没有父母，是他的爷爷奶奶把他拉扯大的。你也看到了，两位老人不容易，这么大的年纪了，还在这儿摆摊做生意。

"他们没有其他收入来源，只能依靠低保生活，加上这点儿微薄的收入供家里支出。我们班的那位同学的学费都是靠贫困生补助金支付的，而且他身体不好，时不时还需要去医院，一家人的生活状态令人心酸。"

因此，他们高二年级的学生大多会照顾他们，买文具和吃饭都会经常来这摊上。

但杨瀚还真干出了畜生才干的事，他仗着这条巷子里没什么人注意，又看准了两位老人动作慢，眼神不好，每次买麻辣烫不但不付钱，还从放钱的盒子里拿钱，买文具时也总会顺手牵羊。

这事还是沈妄先发现的，他经常来这里，买东西只是一个借口。偶然间，他听见老奶奶跟老爷爷算账挣的钱少得可怜，感到很不对劲。从那之后，他就更加留意这里的情况，没想到发现了杨瀚干的坏事。

林漾第一次见到杨瀚时，他刚从两位老人的摊位上拿了不少钱，沈妄气急之下，出手才重了几分。

那天得知的一瞬间，沈妄二话没说，直接从钱包里掏出钱递给叶炜："不是白给你，记账，以后还我。"他在这时仍注意着不伤害叶炜的自尊心。

展子鑫的这番话让林漾一直到上了车还没完全回过神，她好像误会了沈妄。

司机王叔见她手里提着个塑料袋，主动跟她聊天：“你这是饿了？回家吃点儿夜宵？”

林漾从思绪中抽离，应声说道：“对，随便吃点儿。”

她其实并不饿，只是觉得两位老人夜晚摆摊辛苦，才动了恻隐之心。

“其实要是饿了，可以直接跟家里的李姨说，她人挺好相处的。”王叔很少八卦，但这段时间也看出这个小丫头在这个家里有些拘束，放不开。可能是因为寄人篱下，才一直过得格外小心翼翼。

他自己也有一个跟林漾年纪差不多的女儿，因此打心眼里很怜惜这个可怜的小姑娘。

“沈总人挺好的，他工作忙，经常在公司，不怎么在家，可能会让你觉得有疏离感，但其实他还是挺关注你们在学校的生活。他经常在车上给老师打电话了解情况，沈妄也没有你看到的那么难相处。”

林漾听着，身子无力地向后一靠，说道：“但我好像做了一件错事。”

“什么错事啊，没什么的。沈总和沈妄都很好说话的。尤其是沈妄这孩子，他其实没表面那么冷酷深沉，他是个热心肠的孩子，心思比谁都细腻。”

王叔终于找到了一个能倾诉心事的人，他每天都像个哑巴一样开车，感觉自己的心理状态已经要严重受到影响了。林漾微微坐直身子，表示很有兴趣地“哦”了一声，示意他继续说下去。

“比如说，他每天早上都让我在上一个路口提前停车，你是不是认为他不想让别人知道他跟你的关系？”

“不是吗？”

“丫头，你真的想多了。”车子刚好停下等红灯，王叔指了指自己的膝盖，说道，“我之前有一次送他去学校的时候，因为校门口人多，在下坡路时出了车祸，膝盖受了伤，休息了两个月才好。从那以后，我载他去学校时，他就不再同意我开车到校门口了。每次都是让我提前在路边放下他，自己再走过去。”

林漾神情错愕，嘴巴张了半天也没说出话来。

卓季芳因为要睡美容觉，每晚都睡得很早。

林漾到家的时候，那碗麻辣烫已经凉透了，想起老人的艰辛，她还是吃了大半后才扔进垃圾桶。

李姨确实没睡，从房间里出来，闻见香味后问她是不是饿了。

“没事，李姨，我从外面买了饭，您赶紧回去睡觉吧。”

李姨毕竟是长辈，也明白这个姑娘的不易，于是像叮嘱晚辈那样对她说外面的东西不干净，要少吃，以后饿了就回来告诉她，她给做夜宵。

林漾乖巧地应了声“好”，让李姨赶紧回屋睡觉。

“你和沈妄一样，每次一说要给他做夜宵就让我回去睡觉，还告诉我不要等他，饿了他自己做，这孩子啊，就是懂事。”李姨欣慰地说着。

林漾端着一杯水站在桌子旁，有几秒钟的失神。

她想起之前看到过李姨手被烫伤时，沈妄给她找药膏和创可贴的情景。

她喝完水，仰头看了下墙上的钟表，估摸着高二的下课时间。她琢磨着，今晚必须做一件事。

林漾先去洗了个澡，完成了英语作业后，觉得时间差不多了，便拿着杯子下楼倒水。

沈妄打开门，看到的是她端着杯子从厨房出来，站在餐桌旁的身影。

他心中了然，微微眯起眼睛：“在等我吗？”

平常这个时候，她一般都会在房间里写作业。就算下来倒水喝，也会刻意避开他回来的时间点。今天倒是赶得正巧，沈妄不相信这是偶然。

林漾倒也承认得坦然：“我是在等你。”

沈妄站在玄关处，扔了书包，从糖盒里倒出一颗糖扔进嘴里，神情淡然地看着她：“说吧。”

这个人心情不好，就非得对她摆一张臭脸？虽然不是很明显，但林漾看得出来。

她有些莫名其妙，喝了一口水，然后才说道："我没有别的意思，但是上次杨瀚那件事，是我不清楚事情的始末，先入为主地做出了错误判断。之前误会了你，我向你道歉。"

林漾说完后，屋子里就变得安静了起来。

鼻息间渐渐弥散开的薄荷糖味，让她感到既不讨厌也不喜欢，却仍站在餐桌旁没有径直离开。

她对沈妄的想法有些看不透，就像此时他口中嚼着糖，腮帮子微微动着，时不时地抬头瞥过来，神情冷漠。

片刻之后，沈妄走过来，盯着她问道："谁跟你说了什么？"

"说什么了？"她迷惑地回答。

"林漾，你早上可没有这觉悟。"

早上下车时，沈妄提醒她杨瀚不是什么好人。那个时候，林漾可不是现在这样的反应。只过了一个白天，晚上特意等他向他道歉，必然是知道了什么。

林漾没想到这个人会猜到这些，她犹豫着要不要把展子鑫说出来。

没等到回应，沈妄又走近了一步，离她只隔着一把椅子的距离。他抬脚踢了两下垃圾桶，说道："林漾，说话。"

"展子鑫，你的同学，他说了你们班那个同学的事情。"知道也瞒不住，林漾这次说得很爽快。

闻言，沈妄心底的烦躁又增加了几分。

"没有的事，少听他瞎扯，我就是单纯看杨瀚不爽。"

"……"

行吧，你爱怎么说就怎么说吧。

道完歉，林漾也不想多待，她拿起杯子，说道："哥哥早点儿睡，我先上楼了。"

"等一下。"

沈妄收起糖盒，手背上不知何时沾上了泥土的痕迹，他眯眼望着她，抬了抬下巴，说："水杯给我。"

林漾明白他的意图，也没有拒绝，直接把水杯推了过去。

沈妄一只手端起杯子，灯光映在他的脸上，他也不在乎。他脚踩着椅子，眯着眼将水倒在自己沾染了污渍的那只手上，动作带着痞气。

林漾再低头看去时，他手背上的痕迹已经洗去。

他仍踩着椅子，修长的手指将杯子推回，对上她发怔的目光，他挑眉道："怎么？用你点儿水都不行？"

"不是。"林漾有些无语，"我上去了。"

"等一下。"

林漾不耐烦地问道："还有什么事？"

沈妄倒是气笑了："这就是你跟我道歉的态度？"

"……哥哥，你还有什么事吗？"她微笑着问道。

沈妄轻飘飘地扫了她一眼，拎起书包大步往楼上走："以后少在外面给我认什么弟弟妹妹的，我没钱，养不起。"

林漾有些不明所以，她什么时候给他认弟弟妹妹了？！

周六那天，沈妄罕见地回来吃了午饭。

四个人难得聚齐，沈柏裕心情好，卓季芳自然而然陪着笑，并问林漾这段时间学习情况如何。随后，她巧妙地转移话题，假装关心地问起沈妄的学习情况："高二课程比较紧张吧？这段时间我看你都学习到很晚。"

沈柏裕也看向了沈妄。

林漾的咀嚼动作也减缓了，她叹了一口气，只希望沈妄不会让她妈太难堪。

沈妄觉得有些好笑，但并未拆穿，也没有抬头，只是应了一句："还行。"

这语气虽然算不上好，但总归跟她不是敌对关系了。卓季芳瞬间松了一口气。

沈柏裕笑道："你们上次高二的月考成绩我看了，考得不错。"

从上学到现在，他一直保持在年级前三，这夸奖已经是家常便饭了，对此，沈妄没什么反应。

“对了，漾漾，你们下周好像也要月考了吧，准备得怎么样了？”沈柏裕关心起林漾来。

他们高一的月考会比高二晚一个星期，林漾这段时间也没怎么好好准备，三中的课程抓得紧，她也没空放松偷闲。

“可能不太好。”她明白自己的接受能力，这一个月明显学得吃力。

沈妄挑眉看了过来。

“也不用给自己太大压力，我看你进校成绩是年级第八名，很不错。”沈柏裕说道，“只要能保持在这个成绩区间就可以了，不能为了进步给自己过分施压。”

“你沈叔叔说得对。”卓季芳看着她，笑容淡了些，“但你也不能太放松啊。”

林漾很平淡地应了一声“嗯”。

之后，饭桌上卓季芳的话明显变少了。

吃完饭，沈妄准备去学校。

卓季芳一番妈妈式的叮嘱结束后，又向还坐在客厅沙发上吃水果的林漾使眼色，神情不悦。

林漾走过去，站在玄关处送人：“哥哥，路上慢点儿。”

沈妄缓缓抬眼看过来，很快又掠过，但也没忽视。

“嗯。”他应了一个字。

林漾也不惊讶，自从上次她跟沈妄道歉后，平常在家里碰见他也不讥刺她了。虽然仍臭着张脸，脾气也不好，但他好歹应了她的那声“哥哥”。

月考定在周三。

周二那天，各科老师都忙着给学生讲题、让学生做题，连体育课都被班主任老钱占了，林漾和同桌周弦思为一道题发愁了将近一节课。

她前同桌马钰由于太活跃喧闹，被老钱调开，换了话少、内向的周弦思过来。老钱私下里也跟林漾谈过话，让她多帮帮这个腼腆的新同桌。

林漾跟周弦思玩得不错，换她过来倒觉得更舒服。

见两人都急得出了汗，吴泽昊下课便跑了一趟小超市，回来后豪气地把冰橙汁往桌子上一放："我请客，喝吧。"

周弦思诧异，她跟吴泽昊不熟啊，话都没说过几句。

林漾摆摆手："你拿走吧，我不要。"

她过两天就是生理期了，这段时间不宜吃冰凉的东西。

吴泽昊一听就急了："为什么不要？我俩之间还需要这么见外？天这么热，你赶紧喝了吧。"

"你拿回去自己喝吧。"

"我给自己买了！"他笑嘻嘻地晃了晃手里的那瓶饮料，说道，"我这不是顺便嘛，又不是只有你有，我还带了一瓶给沈曼凡。"

他大声地喊了一声，然后跑过去给了沈曼凡另一瓶水。

周弦思抬头看了一眼林漾，然后回头看看正心虚地收回视线的吴泽昊，大概明白了点儿什么。

林漾很专注地做题，把那瓶水推远了一些，并没有在意。

好不容易熬到放学回家，林漾正准备洗澡休息，卓季芳又进了她的房间。

"虽然那天你沈叔叔说你成绩不错，但沈妄的成绩在那里摆着呢，你就不能比他差，还是要在学习上用点儿心。

"妈妈也不能要求你一下子就做到最好，不过你这次月考能考进前面几名最好，总要提升一些。"

等卓季芳说完，林漾才有了说话的机会："人家拿第一的成绩我怕是提升不到，而且哥哥在高二年级的分数很高。"

她看过学校展示栏里的排名榜，第一名的沈妄比第二名高了六十多分。

"事在人为，你用点儿心在学习上，以后肯定能赶上……"卓季芳停了下，又道，"你现在跟沈妄的关系好像挺好的。"

“你觉得我跟他挺好？”林漾无语，只要这个人能不给她脸色看就很好了。

“你刚刚不是喊他哥了吗？”

林漾说道：“不是您让我当个称职的妹妹吗？我那是习惯性地喊的。”

“你一定要跟沈妄处好关系，这样你沈叔叔也能更喜欢你。”

是喜欢她这个女儿呢，还是喜欢她呢。

林漾并没有点破卓季芳的心思。见卓季芳还想再说些什么，她拿出书本说道：“妈，我还要写作业，您想让我熬通宵吗？”

见状，卓季芳叮嘱了几句就出去了。

林漾随意翻了几页书，却看不进去几个字。

听了刚刚卓季芳那番不间断的碎碎念，现在耳朵还嗡嗡响。她仰头无力地往床上一躺，裹着被子想盖住头时瞥见上面的粉色。她忍了忍，最终还是放弃了。

来到这个新家之前，林漾就想过自己这个尴尬的身份可能不会受到欢迎。

说得直白一点儿，就像陶文霜所说的，她是个拖油瓶。这样的存在无论到哪里都不会受人欢迎，因此沈妄最开始表现出对她的排斥并不令她感到意外。如果是她自己，也同样会讨厌这么一个占了自己家、分走了父爱的人。

因此，林漾可以理解他莫名的情绪和敌意。再说，最开始的时候，本来就是她误会了别人。

当然，除了这个缘故，更多的是因为卓季芳在这个家庭中显得非常小心谨慎。

她妈之前那么一个高傲的人，现在却处处看人脸色，讲话温声细语，生怕得罪任何人，让人抓到她的把柄。

虽然这是她为了富贵生活所要付出的代价，但林漾就是看不过去。

这是她母亲，前段时间还遭受了她父亲出轨的伤害。尽管她自己和父亲的血缘关系不会改变，但是她妈妈在这个世上只剩下了林漾这个亲人，她必须去守护她。

只要自己多忍一些，和沈妄维持着一个表面上的和谐关系，就可以换来卓季芳在这个家的和平共处，然后也能稳固自己在这个家庭的地位，她也不会有所损失。

林漾掀开被子，深吸了一口新鲜的空气，看着天花板，双眼失神。她这个女儿做得还算是称职吧。

第三章

「 误会 」

月考的日程排得很紧，一门接着一门。考完所有科目的那天，吴泽昊提议国庆出去玩密室逃脱。几人约好了到时一起组队，然后又拉上三班的两个男生，共八个人。

约好了时间，吴泽昊和那几个男生去篮球场打球，而周弦思和沈曼凡直接回家。因为林漾今天考试，沈柏裕特地让司机王叔过来接她，估计路上堵车，现在还没到。

九月底已是初秋天气，但仍残留着夏日的热意。

林漾没在外面等，她进了旁边的奶茶店，点了一杯柠檬水，找了个位置坐下。

过了几分钟，她对面坐了个人，是三班的高辰俊。这个人是吴泽昊的朋友，林漾不太好拒绝他，但她很不喜欢他一直用那样的目光盯着自己。

和他第一次见面时，他就让她感觉很不舒服。

高辰俊打破了尴尬的氛围："你为什么没回家？"

"等人。"林漾瞅着外面，这时太阳还挺毒，她怕晒，纠结是继续坐着还是离开。

"你还是别出去了，你皮肤这么白，容易晒黑。"高辰俊问她，"怎么没打伞？"

林漾不想跟他解释自己要坐车回去，就冷淡地回了一句："忘了。"

她喝了一口柠檬茶，察觉高辰俊的视线凝在她的指尖上，她有些不自然地放下手，问他："你不去打球吗？"

"打球多没意思啊，不想去。"高辰俊跟她闲聊了几句，大概也察觉出她敷衍的态度，也不想惹人讨厌，便识趣地说道，"那我先走了，下次再聊。"

林漾挥手示意，她裸露在外的两条胳膊在他眼前乱晃。高辰俊不由得感叹了一句："你的皮肤真白啊。"

刚送走了一个不速之客，陶文霜又凑到林漾跟前来了。

陶文霜问道："你怎么会跟高辰俊认识？你跟他很熟吗？"

林漾懒懒地回答："不熟。"

“你当我眼瞎？”

“那你去看医生。”林漾也烦了，今天为什么总有人非要往她这里凑。

陶文霜和高辰俊在同一个班上，高辰俊的长相十分符合他的名字，俊朗英挺，剑眉星目。

但林漾不太欣赏他，对陶文霜她们几个女生的吹捧也感到不以为然。

“你跟他不熟？那他刚才怎么在这里坐了那么久？”陶文霜一直在外面看着他俩，脸都晒疼了。

林漾又慢吞吞地喝了一口柠檬茶，一脸“那你别问我去问他”的无语表情。

奶茶店门口的风铃声响起，又有人推门进来，林漾咬着吸管无意识地抬眼，眼神蓦地顿住，咬住的吸管戳到她的舌尖，痛得她“嘶”了一声。

沈安姿势散漫地靠在那里，斜着眼看过来。

旁边的同学跟他说话，他一只手拿着手机，一只手插在兜里，低头瞥了一眼，面无表情地听着。

陶文霜不知在想什么，她狐疑地瞪了林漾好一会儿，有些不确定地试探道：“我听说高辰俊的父亲最近也刚重新组建家庭？”

林漾察觉到那人没再看过来，压着声音问：“你到底想说什么？”

陶文霜说：“你说实话，高辰俊是不是就是你那毫无血缘关系的冤大头哥哥？”

林漾一口柠檬水差点儿喷出来。点单台前的那道目光又看过来了。

他们一个个都这么凑巧地挤进了这家奶茶店，林漾觉得自己今天也挺倒霉的。

她连应付的心思都没了，背上书包站起来，对陶文霜丢下一句：“你真的应该去医院看看精神科。”

陶文霜气得想骂人。

从奶茶店出来后，林漾又朝平时下车的那个路口走了一段路，好在司机王叔的车子很快就到了，还关心地问她是不是等了很久。

她摇摇头，说："没有。"

王叔看出她兴致不高，调了个音乐频道，一路上也没再说话。

沈妄今天还要上课，林漾想着今晚最好还是不要与他碰面。不知是不是她的错觉，在陶文霜说出那句话的时候，他的视线显得更加凌厉。今天的沈妄，心情恐怕也不会太好。

林漾也很烦躁，她与陶文霜之间纠缠不清，从小学一直到现在都没断过，就像狗屎缠身一样。

实际上，林漾与陶文霜之间并无矛盾，两人最早的关系要追溯到她们父母那一代。陶文霜的母亲与卓季芳是大学同学，两人关系一度很好，直到林漾的父亲林贺出现后，两人都对这位青年才俊产生了好感。

但林贺在这两个女人之间犹豫不决，直到卓季芳怀上了林漾，两人这才匆匆忙忙地结婚，彻底断绝了陶文霜母亲的心思。

陶文霜的母亲一直认为这事肯定是卓季芳故意设计怀孕，迫使林贺娶她。因此，这些年来，两人的关系一直很紧张，从朋友变成了敌人。

而这次卓季芳和林贺离婚，陶文霜母亲感到非常得意。她趁机抓住机会，对卓季芳进行污蔑，却闭口不提林贺出轨的事情，到处告诉自己认识的人说卓季芳离婚是因为林贺公司出了问题。

她还说卓季芳是个贪图享乐、自私自利的人，只想着自己的利益，在遇到困难时不能同甘共苦。

而陶文霜也是从小便被她母亲灌输了这些观点，从上小学开始就一直和林漾作对。

说来也是孽缘，两人小学、初中都是同学，现在连高中也在同一所学校。

偏偏今天又碰到了她，又碰到了沈妄，真是有点儿倒霉。

晚上十一点钟，沈妄敲响了林漾的房门。她探出头来，先摆出个笑脸："哥哥。"

"少来。"沈妄握住门把手，冷笑着说道，"白天那句话是什么意思？来，解释一下吧。"

他用脚尖抵住门，习惯性地掏出口袋里的糖盒。嘴里嚼着薄荷糖，他抬起头，眉梢微微扬起，一颗蓝色的糖又被扔进了口中。

沈妄大有一副“你今天不说出个所以然来，老子就不放过你”的模样，目不转睛地凝视着她。

解释什么？毫无血缘关系还是冤大头？这话怎么听都觉得不够尊重人。

“那人跟我有点儿过节，不是真的在骂你。”她回答道。

沈妄抬头瞪着她，他那双漆黑的眼睛明明白白地写着：“你觉得我会相信吗？”

“是真的。”林漾干脆地打开门，试着解释，“她是我以前的同学，说的那些话并不是针对你的，只是想让我生气。”

“我看你好像并没有生气。”沈妄呛了她一句。

“她又不重要，我为什么要因为她而生气呢？”

“……”

薄荷味渐渐加重，林漾却不好意思明目张胆地捂鼻子，她佯装关心地劝他：“哥哥，现在时间挺晚了，少吃点儿糖吧。”

沈妄微微抬起眼眸，说道：“先说说高辰俊是怎么回事？”

林漾眨巴了几下眼睛：“什么怎么回事？”

沈妄不耐烦地说：“之前我让你别再在外面给我认弟弟妹妹，现在你干脆给自己找了个哥哥？怎么，我这个哥哥对你不好？”

“……”这人的思维方式可真奇特。

林漾被沈妄呛得没了脾气，她说：“沈叔和哥哥都对我很好。”

她知道自己这话说得有些违心，但沈妄还是心情舒畅地挑了挑眉毛，回答道：“知道就好。我家又不是收容所，也不是哪个人都有能力做你的哥哥。”

“嗯？”这句话是什么意思？林漾莫名其妙。

沈妄的黑眉皱得更深了：“你自己心里没点儿数吗？”

“我应该有什么数？”林漾感到很困惑。

“一天到晚戴着面具跟我演戏，如果我真要跟你计较，你觉得现在你还能好好地站在我面前跟我说话吗？”

“这么说，我还应该感谢你不计较？”林漾不由得笑了起来。

沈妄挑了挑眉：“你会感谢我吗？”

“不会。”

沈妄侧过头低声笑了起来，然后再次转回来。他看着林漾语气平静道：“你可以进去睡觉了。”

糖已经被他咀嚼干净，他扯着书包回了自己房间。

林漾的怒气被沈妄勾起来，一下子下不去，她连着灌了好几杯水才平复一些。这个人也太自以为是了吧。她再躺回床上的时候，怎么也无法入眠，翻来覆去还是觉得很生气，最后她起来把沈妄的电话备注改成了“自大狂”，这才缓解了一些火气。

这个晚上发生的一段插曲注定让林漾在国庆假期里无法安宁。放假前三天，她做完了作业，还抽出时间和卓季芳一起逛了街，倒也没怎么与沈妄正面交锋。

林漾和吴泽昊约好去商场里玩密室逃脱。吴泽昊提前在群里约好了时间和人数，让大家早点儿到。林漾当天下午便出门了。

在路上的时候，QQ收到一条联系人申请——高辰俊从小群里请求添加她为好友。她烦躁地锁屏，再一次选择忽视。

高辰俊已经加了她好几次，林漾前两次都明确表示了拒绝，可这个人跟看不见似的，她拒绝几次他就加几次。她很烦这样的行为。

林漾不是没有经历过这些，相反，以前也有不少男生当面向她表白过，说是好不容易过了中考，总要在这两个月偷偷放肆一次。

她并不是觉得这个理由荒唐，只是她太清楚这些人所谓的喜欢到底是什么含义，是一时的兴起，或者是短暂的热度，抑或是对某些没尝试过的事物的好奇。

或许真的有人口中所说的“是真的喜欢和爱”。但十几岁少年的喜欢和爱，又能经得起多少磨砺和考验呢？

林漾太清楚这种爱的代价，连父母对她的爱都没那么纯粹，她又如何相信生活中随便遇到的一个人就会爱她呢？

到了约定的地点，只有她和周弦思先到。不巧的是，高辰俊没多久也到了。他问林漾为什么不通过他的好友申请，说想和她做朋友。

“三班和一班离得不远，并不需要用手机交流。而且你和吴泽昊、许纵他们也认识。要是有什么事找我，你可以通过他们联系我。”

林漾一句话把高辰俊堵得哑口无言。

过了会儿，他又问：“你来得这么早，你家住在这附近吗？”

林漾冷漠地回答：“不在这附近。”

高辰俊又问：“那你家住哪儿？”

林漾不耐烦地说：“你不知道的地方。”

高辰俊感到很无奈，这天压根没法聊下去。

密室逃脱他们选的是一个恐怖游戏本，因为后续情节太让人毛骨悚然，只进行到一半，大家便出来了。林漾也没有跟着他们继续下一场，就坐公交车回家了。

回到家中，卓季芳、沈柏裕和沈妄都在客厅里坐着。沈妄瘫坐在单人沙发上，一只手拿着遥控器，一只手搭在旁边的扶手上。他那两条长腿随意地放在旁边，悠闲地看着电视上的足球比赛。

林漾赶得不凑巧，正碰上沈柏裕收到沈妄这周的测考成绩，结果是第一名，连带着李姨也过来夸奖了一番。沈妄倒是没什么反应，视线扫到林漾的脸上，又移开了。

林漾找了个离他最远的位置坐了下来。

“你看看你哥的成绩，你要向你哥好好学习。”卓季芳插了一句，“今天是不是跟同学出去玩了？你哥今天可在家看了一天的书。”

沈柏裕出声：“他可没看一整天，上午还出去跟人踢足球了。”

李姨适时地给林漾端了一杯果汁。她说了声“谢谢”，又极为乖巧地接道：“沈叔，妈妈说得对，哥哥是我的学习榜样。”

沈妄勾着嘴角斜看了过来。

“自己尽力就好，你这个成绩很不错。”沈柏裕一直不主张孩子用功过度，沈妄纯粹是学习上有天赋，随了他舅舅，何况林漾的成绩也很不错。

没一会儿，沈柏裕便被一通电话叫走了，李姨过来说厨房用品需要添置，卓季芳跟着过去了，整个客厅只剩下她和沈妄两人。

林漾心情不好，没打算搭话，坐在那里剥着荔枝吃。

倒是沈妄直视着她：“你这是受什么打击了？”

一张本就够白的脸这会儿跟抹了粉一样吓人。

她听出他的话外音，没有什么避讳地回答：“跟同学玩密室逃脱了。”

“吓成这样？”

林漾犹豫了两秒，回道：“嗯。”她懒得解释。

沈妄好整以暇地用胳膊垫着后脑勺：“你也真有出息。”

吃完了三颗荔枝，林漾今天实在没心情和这个人对话，怕再坐下去自己压不住怒火，于是她面无表情地起身：“哥哥，我先回房间了。”

沈妄的目光从电视上移开，皱眉盯着她的背影，第一名的打击对她就这么大吗？

林漾第一次月考的成绩和刚进班时差不了多少，就连名次都稳居第八名。

周弦思见林漾拿着物理试卷发愁，上面因粗心大意扣了三分，安慰她道：“没关系，这只是第一次月考。”

“不是的。”林漾叹了一口气，不知道该如何表达，“最近我妈总是拿我的分数和另一个人比较，而那个人的成绩每次都比我好很多，这让我很沮丧。”

周弦思热情地提议：“那你可以下次争取超过他啊！”

林漾为难地回答：“我无法超越他，他太出色了。”

“就跟许纵那样的。”她小声说。

这么一听，周弦思觉得是有点儿难度。

“但你已经考得不错了，已经是年级第八名了啊。”

讲真，林漾对第一名的渴望不是太高，就像沈柏裕所说，只要能保持年级排名这个区间，她就满足了，但总免不了要被卓季芳唠叨。

事实也的确如此。

那一个星期，林漾耳朵旁“沈妄”的名字就没停过，好在第二个星期，沈柏裕因为应酬喝酒，晚上回来得比较迟。因为要照顾他，卓季芳也就没空管她。

最迟的一晚，都快到十二点了。

林漾那会儿刚写完作业，下来倒水喝，楼上的沈妄也被这动静惊醒了。

“沈总今晚喝多了几杯，有些吃不消，刚才在路上已经吐过一次了，应该不会再吐了。”司机把昏睡的人送到门口就离开了。

男女的体型和力气本就悬殊，卓季芳和李姨一人扶一边还站不稳，沈妄看不过去，走过来架起他父亲的一只胳膊：“我把我爸送到楼上，你先去给他冲杯蜂蜜水吧。”

卓季芳忙去厨房冲蜂蜜水。

“李姨，麻烦你去拿条热毛巾。”

林漾站在楼梯口看着两人的背影，眼神微闪，沈妄好像对这些很熟悉。

因为明天还要早起上学，卓季芳没让沈妄多待，只给沈柏裕简单洗漱了一下，就让沈妄回房睡觉了。

等沈妄转身，卓季芳叫住同样要回房的林漾。

“你这丫头，怎么一点儿也不懂事？”

“什么意思？”

屋里酒气熏天，卓季芳已经习惯训斥林漾：“你沈叔叔这几天回来得晚，每天还喝不少酒，你怎么也不跟着劝劝？”

林漾觉得诧异：“我跟着劝什么？”

“你傻啊。”卓季芳点点她的额头，“这会儿正是你表现的时候啊，趁这段时间多关心关心你沈叔叔，让他少喝点儿酒。你现在是他名义上的女儿，多说点儿好听的话，让他注意身体，他会觉得跟儿子一比，你这女儿倒知道孝顺。明天早上吃早饭的时候别忘了提醒，听见了吗？”

她妈思虑周密，算得也太细了……林漾并不赞同，只好敷衍着点了点头：“知道了，我困了，先回去睡觉了。”

只是门一打开，她怔住了，双眸睁大。

沈妄也不知道在门外站了多久，一条胳膊倚在门框上，修长的手指间转着一只打火机，大拇指腹在上面摩挲。除却此刻绷紧的下颌线，他薄唇间漾开的弧度也颇有些玩味。

林漾真的很尴尬，忙关上了门，有些心虚地问道：“你……”

“都听到了。”沈妄收了打火机，打断她的话，“该听的和不该听的，都听到了。”

“挺行。”他舌头抵着腮帮，嘲讽地说道，“妹妹，记得多孝顺一下我爸。”沈妄说完抬脚就走，脸色不善。

门边的林漾张了张嘴，脚站在那儿动不了，她又不知该说些什么。

无论是故意还是无意，这事确实是她妈做得不对。这事本就欠缺妥当，她也从未真正打算这么做，只是随口应付了卓季芳一句。

不过，这的确是对沈妄的不公。

第二天的用餐时间，林漾自然不可能再提起此事，卓季芳给她使了好几次眼色，但她都直接忽视了，沈妄走得早，也就不会知道这些。

饭后，卓季芳单独把她拉到一旁，问她是怎么回事。

“妈，以后别这样了，我办不到。”林漾背起书包，思考了一下，转头说道，“你这样做只会让我觉得你在算计沈叔，在算计沈叔的儿子，我觉得这不道德。还有，昨天的那些话，沈妄都听见了。”

卓季芳有些慌乱，还没来得及询问，林漾已经推开门离开了。

那几天，沈妄中午再也没回家吃过饭。沈柏裕察觉不对，他在饭桌上给沈妄打电话，但没人接。最后，他安排了司机第二天去找沈妄，让林漾和他一起坐车回来。

卓季芳有些不安。

有一晚，她特地在家等着沈妄，也确实等到了他，只不过还没等她开口，沈妄就跟她说了两句话，开口便是从没喊过的“卓姨”。

他说：“卓姨，从我答应接受你们进这个家，我就想过会有这么一天。我知道你也不会真心对我好，你可以算计我，但你不应该算计我爸。

“我既然让你们进了这个家，就没想过把你们赶出去。你们可以安心地住着，也不用动那些歪心思。我眼不瞎，你也不用费力来讨好我。大家都安安分分的，面上都能过得去。”

沈妄虽然对她们有排斥心理，但的确没做过什么过分的事。

卓季芳越发愧疚，而林漾也感到无奈。她好不容易和这位“哥哥”的关系有点儿改善，如今因为她妈妈的一番话，又回到了刚来这个家的时候。沈妄如今对她打招呼的“哥哥早”，又直接不理了。

第二天，林漾提前给沈妄发了消息：“中午王叔来接我们，一起坐车回家。”

然而，过了三节课，沈妄都没回复信息。

没办法，她只能趁着大课间又跑去了高二年级的思学楼。

展子鑫早在她走到中间的连接走廊时就看见人影了，他笑嘻嘻地上前：“妹妹啊，是不是来找你的……”

周围还有其他人，他及时打住了，说道：“找沈妄？”

林漾点了点头。

“你在这里等会儿啊，我去帮你叫他。”

“不用了。”林漾忙叫住了他，沈妄不喜欢在学校与她扯上关系。如今他心情又不好，她还是顺着点儿吧。

“麻烦你让他看一下手机，就说中午我在红绿灯路口等他。”

展子鑫说道：“行，我马上就去说。”

旁边有男生问这是谁。

“滚滚滚，少打听，你打听不起。”展子鑫推了那人一把，回了班里。

沈妄正替纪磊玩游戏，长腿随意地抵在桌腿上。他靠窗坐着，后背微弓，五官轮廓清晰分明。

“我说妹妹刚刚来找你了，说中午在什么红绿灯路口等你，顺便让你看下手机。”

沈妄缓缓抬起了眼皮，眼神颇冷。

他这几天心情都不好，展子鑫也没敢在他面前嘚瑟。他不经意地瞥向窗外时，脸色突然变了：“那个垃圾怎么缠上妹妹了？”

沈妄紧随其后望过去，脸色立刻沉了下来。

他把手机扔给纪磊，二话没说大步地往外走，周围温度瞬间降了好几度。

门外，林漾刚走没两步，就被杨瀚挡住了去路。

她现在压根不想跟这个人多说一句话，只冷冷地说：“我要回教室了。”

“正好难得碰见，中午一块儿吃个饭吧。之前你帮了我，就算请你吃个饭。”杨瀚有些忐忑。他去高一打听过，也去过他们班门口几次，她要么不在，要么就是在写作业，说没空出去。

刚刚他正无聊，一抬头就看见她熟悉的身影，哪能等，立马就追出来了。

林漾眼底的厌恶毫不掩饰，她直视着杨瀚，声音干脆：“先做人，后做事。”

“什么？”杨瀚蒙了。

“先做人，后做事，这六个字送给你。你可以学习不好，你也可以一事无成，但你首先必须成为一个人，而不是这个世界的痈疽。”

杨瀚呆住，他忽然明白过来，脸色涨红。正当他打算死不承认时，一道清冷低沉的声音从后方传来：“林漾。”

有人在叫她。

林漾偏头，沈妄站在离她两三米远的楼梯口处，慢慢眯起眼，说道：“过来。”

两分钟后，沈妄直接带着她下了楼。

“以后少来这边，有事给我发消息。”

他垂首安静了一会儿，然后继续说：“中午我会回去吃饭的，你放学后直接到路口等我。”

林漾低头踢着脚下明亮的大理石地面，闷闷地解释道：“我并不是想让别人知道我们俩的关系，沈叔让你回家吃饭，我看你没回消息才过来找你。”

刚才沈妄直接喊她名字，还当着这么多人的面带着她下楼，他的那些同学应该会乱传吧。

沈妄却只说了一句：“展子鑫会解决。”这点儿眼色都没有的话，那就白认识他这么多年了。

高一年级那边传来了大课间体操的广播音，沈妄向那边遥遥望了一眼，眉梢微扬：“你没去跑操？”

“嗯，我骗老师说身体不舒服。”

她说这话时，语气里带着不易察觉的小得意。沈妄笑了下，扯了扯唇：“是啊，来我家这么久，你不就是在撒谎演戏吗？”

“正好，我马上要去隔壁市参加竞赛，你和我爸在家可以好好表演一下父女情深，记得多替我孝顺一下。”这句话将两人间的气氛又推向敌对。

唉，想着自己也间接参与了“算计”，林漾觉得她这个妹妹就哄哄她这脾气不好的哥哥吧。于是，沈妄就看着这人一步步地凑近，然后抬起那只纤细白净的手，一点点，一点点，拽住了他校服衣摆。再然后，她仰着头软糯糯地盯着他：“哥哥，你现在还在生气吗？”

林漾素白着一张脸，鼻尖微翘，乌发红唇，黑白分明的眼底点缀着初秋的些许阳光。林漾一双杏眼，这会儿仰头下意识地抬起眼皮时，眼尾更显圆润流畅，十分清澈灵气。原本清冷明艳的长相却在此刻显出几分可怜巴巴的模样。

沈妄的注意力却压根不在这上面，听着她那软下来的声音，跟看神经病一样看着她：“你嗓子卡糖了？”

“……没。”

“没就给我好好说话。”沈妄嫌弃地把人拎开，“难听死了，以后少用这腔调跟人说话。”

林漾觉得自己白白浪费了精力，这人压根就不吃软，偏就吃硬。她也不哄了，想起刚刚他说竞赛的事，随口问道：“你要去多久，什么时候回来？”

“四五天，十一月份。”

林漾习惯了他这不耐烦的语气，眨了眨眼说道：“那么，我祝愿你在竞赛中得第一吧。”

沈妄想笑：“你是认真的吗？”

沉默了两秒，林漾出声：“你要听真话还是假话？”

“真话。”

“无论如何，你现在是我的哥哥，我真心祝愿你得第一。但是，每当你得第一，我妈妈都会唠叨好久，所以从另一个角度来看，我也不是那么想让你得第一了。一半是真，一半是假吧。”

林漾毫不掩饰自己的真正想法，但她自己也不知道自己是不是真心的。

沈妄却笑了，他抬脚踢了下旁边的墙，斜着眼看过来，一副欠揍的表情，好像在说“那么你还装模作样干吗”，林漾是真的想揍他。

沈妄移开目光，问道：“刚刚那句话，是谁告诉你的？”

沈妄听清楚了那句“先做人，后做事”。

“我不记得了。”林漾望着远处开得极好的杜鹃花，低声道，“可能是以前听谁说过的吧。”

沈妄看了她一眼，没有再多问。但那句坚定的“你首先必须成为一个人，而不是这个世界的痈疽”在他耳边反复回荡。

沈妄回到教室时，发现展子鑫等人带着杨瀚在楼梯口等他。他走过去，从上到下打量着这个哆嗦着身子的人。

“你对她感兴趣？”沈妄直截了当地问道。

杨瀚吞了吞口水：“我……”

沈妄看不起他这副窝囊样子，脑海里突然浮现刚才林漾看他时那张娇艳的脸，锋利的话又脱口而出：“离她远点儿，你配不上。”

十一月初，高一部又举行了一次月考，林漾的名次不但没上升，反而还掉了一名。为此，卓季芳没少唉声叹气。

周五的那个晚上，吴泽昊组织大家一起出去玩。

当问及林漾时，她犹豫了一会儿，跟周弦思说：“思思，你帮我打个掩护，我发个消息。”她偷偷拿出手机，周弦思忙往她那边挡了挡。

她找到通讯录，直接拉到最下面，林漾点开“自大狂”的短信编辑页面。两人上次交谈停留在林漾说“沈叔让回家吃饭”的中午，随后沈妄在隔天吃完饭就去了邻市参赛。

林漾记得他说回来的时间就是这几天，怕沈妄回家学习，她作为“落后生”出去玩又会被卓季芳念叨，她只能先询问：“哥哥，你这周末回家吗？”

一分钟左右后，一条消息进来了。

自大狂：“怎么，你还没孝顺够我爸，又打算来孝顺我了？”

林漾自动忽略了他的这句话：“哥哥，我有一些题目不会，周末你如果回家的话给我讲讲吧。”

另一边根本没打算回家的沈妄不知道这人又犯了什么病，皱眉看了好一阵子屏幕，才回：“你做梦做到天上去了？”

很好，林漾满意地收起了手机。

这下确定了她的继兄周末不会回家，她就能安心地出去玩了。

只是那个周六的娱乐并没有那么愉快。出去还没开始玩，就碰见了周弦思的爸爸。

林漾和沈曼凡礼貌地打了招呼，然而可以看出周弦思的爸爸并不喜欢她们。

最后，周弦思心神不宁地被她爸爸叫走了，几个人也没怎么玩到最后。

乘公交车回去的时候还不到下午四点，她去附近的小商场转了一圈，买了一杯奶茶，却没喝，只是顺手拎在手里。

手机不断振动，高辰俊一直发消息给她，都是些“到家了吗？”“吃饭了吗？”这类没什么意义的话。

上次林漾没同意加他好友，他不知道怎么弄到了她的手机号码，没事就给她发消息闲聊。尽管林漾可能只回复了其中的一条。

林漾甚至厌倦了和高辰俊这人打交道，他总是装作看不懂她的拒绝，反而变得越来越猖狂。林漾没有被他的这些行为感动，只觉得反感。

把所有这些信息都删除后，她就到了家门口。刚拿出钥匙打开门，她就大吃一惊——那人不是说好不回来吗？这会儿他坐在客厅里，看好戏似的打量着她是什么意思？

“连声哥都不会叫了？”沈妄瞥向她手上的奶茶，啧了一声，“看手机上给我发的消息，我还以为你有多求知若渴，渴到专门跑出去买奶茶喝呢？”

他欠扁的脸上写着：原来你就是这么求知若渴的。

“……”

行吧。这的确是个意外。林漾过去，只是客气地问了一句：“哥哥，那你要喝吗？”

沈妄的视线从奶茶移到她的脸上，懒淡地扯了个笑：“怎么，你还真打算孝顺我？”

这人到底是从哪个动物园里跑出来的刺猬精！

林漾咬牙：“你爱喝不喝！”

他伸手：“给我。”

“你不怕我下毒？”

沈妄收回手，转而漫不经心地从头到脚打量了她几秒，眼神无声地传达着：就你这能耐？

再跟这人待下去林漾怕自己会被气死，她把奶茶往桌上重重一搁：“随便，你爱怎么想就怎么想吧。”

说完，她噔噔噔地上了楼。

沈妄觉得可笑，望着她的背影，心想着这忍耐力怎么越来越差了，稍微呛两句就来气。

进入十一月份后，由于天气变冷，学校原本的课间跑操时间也被取消了。深秋的空气里弥漫着秋潮的寒意，校园里种了不少桂花树，此刻满园飘香。

学生的校服也从夏季套装变成了秋季长款。即便如此，一过十一月，进入十二月后，林漾仍加了一件外套。

这两天温度骤降，他们的教学楼靠近边上，一直刮着冷风，不穿多点儿真受不了。

林漾从楼下打扫完卫生回到教室，十指冻得发凉。她的同桌却过了好一会儿才回到座位上，整张脸十分苍白。周弦思却没感觉，从文具盒里拿出一支笔低下头就开始写字。

周围几个人默默对视，最后都看向了林漾。当许纵问她发生了什么事时，林漾摇摇头，表示自己也不知道。

自从上次思思见完她爸之后，回来学校的状态就明显变了。她经常一个人坐在座位上写字、看书，不参与任何活动，要么就是发呆。

其他人都想安慰她，却不知道应该说什么。

林漾多少也能猜出几分，这应该是与家庭有关。

那天上午的课，英语老师在课堂上大发雷霆，批评周弦思上课走神，成绩直线下降。

上午的第四节课是体育课，林漾不想去，点名后立刻回到了教室。

教室里还剩下十几个女生，正围成一圈聊八卦。

她们提到了周弦思的名字，没过一会儿又转而聊到了本次月考成绩，并讨论了公告栏上高二年级的排名。

“这次高二月考，他们年级还是沈妄第一，这人真的厉害，几乎就没掉过名次。”

“是啊，我们高一年级有许纵，高二年级有沈妄，连老师都说后两年我们省的高考状元非他们俩莫属。”

其他女生回来，继续加入八卦大军。

“你们说谁，沈妄是吧？我上节课还看到了呢，他跟几个同学在南门的那个废弃操场上踢球，那姿势和动作，真绝了！妥妥的痞帅！”

“而且沈妄的侧脸真好看，就跟我们美术老师教的一样，他五官的线条比例很好。”

“真羡慕他们高二女生，天天能看到这张脸。”

“没事啊，高一有许纵啊，我们还跟许纵一个班，近水楼台先得月啊。”

其中一个女生想起之前听说的沈妄家的位置，忽然喊林漾：“物理课代表，沈妄家是不是跟你家在一个方向？”

何止啊，他俩房间还只隔了一堵墙。

林漾：“好像是吧，我没注意。”

她转着笔，继续做那道数学题，秀眉皱了皱又松开。

几个女生说下次让她留意着，不看沈妄可太亏了。

亏吗？想起那人昨晚还在饭桌上意有所指地提醒她：“你没有题目要问了？需要我给你讲解讲解吗？”

那张嘚瑟的脸看起来很让人不爽。

中午在餐桌上，卓季芳自然提及了这次的高二排名：“你看看你哥哥，这次又是年级第一，你如果有什么不会的问题，趁你哥哥有时间，就赶紧请教一下啊。”

“对啊，有什么不懂的，我可以给你讲讲。”沈妄似笑非笑地看了她一眼。

行，演戏是吧。

林漾放下碗，给面子地拍了拍手：“哥哥考了第一名，哇，哥哥真厉害。”

沈妄表情顿时僵住，他皱眉呵斥她：“你吃错药了吧？”

林漾瞪了他一眼，低头继续用筷子戳着米饭。

她第三次月考成绩虽然比不上沈妄，但总归有所进步，成为年级排名第六。除了第一的许纵，其他人都追得很紧，要想再提高一些名次也很难。

林漾很清楚，但也很烦卓季芳整天唠叨。卓季芳提起放寒假后要给她报补习机构时，林漾想也没想就答应了。

饭后，林漾准备上楼看看书再去学校，而沈妄则坐在客厅里看手机。

时间还早，卓季芳今天刚给她买了很多资料。但她现在两只手都因为撑着书而被压出了红印。

沈妄看不过去，于是在要上楼时顺手把书接过去，随意抽出一本并翻了几页："你要做这些？"

林漾双手得到自由之后，放松地甩了甩，跟在他身后上楼："做呗，反正寒假也要补习，就当复习了。"

"你真要补习？"闻言，沈妄停下来看着她，"这些资料里的题难道对你来说不都是简单题吗？以你的水平，需要浪费墨水、浪费时间在这些无意义的题目上面吗？"

这话虽然直接了些，但总归是在夸自己，林漾还挺高兴的。

"没办法啊，做了这些至少能少听些唠叨，让我妈安心呗。"

她先走上前打开门，转过身要把书接过去。

沈妄却没有把书给她，径直把它们放在屋内靠门的一个装饰桌上，难得说了一大段话："你现在的成绩只需要多刷些类似附加题的难度题目，没必要把笔墨花费在这些基础题上。我看了你这几次的分数排名，和前面人的分数相差不大，这种情况，不是靠补习就能补回来的。"

"不过如果你要为了让你妈放心才去浪费时间，那就当我没说。"沈妄散漫地插着兜站在门口，"你自己好好想想，也没必要为了你妈这么做。"

"那你呢？"林漾突然问道，"你每次都考第一，难道不是为了让沈叔放心吗？"

沈妄不理解她的逻辑："跟我爸有什么关系？我考第一是因为我聪明。"

他毫不谦虚，少年的张狂语气却显得更加意气风发。

但林漾知道，即使沈柏裕嘴上说成绩不重要，但每次看到沈妄第一的名次，都会开心得多吃一碗饭。坐在他们这个位置上，财富和权力已经不是可以炫耀的资本了，相反，他们的家庭、子女的优秀就显得尤为重要。

沈柏裕的圈子里，攀比心不会比卓季芳少。

而沈妄，就是他十足的底气。

她这短暂的安静让沈妄不由得多看了两眼："你想得还挺多。"

林漾唉了一声："毕竟我现在是这家里的一员，总不能让你和沈叔叔丢人啊。"

"看不出来你还有这份觉悟，不过这不需要你费心。"沈妄站直了身子，目光轻飘飘地从那摞书上掠过，淡淡地说道，"我们家讲究民主，不需要推你出去撑门面。"

林漾刚想感慨她哥今天真善解人意，就又听到不要脸的下一句——

"真要撑门面，我一个人就够了，用不着你。"

"……"

第三次月考结束没多久，林漾接到了她爸林贺的电话。当时还在上课，林漾没接。她趁着课间休息的时间，走到洗手台所在的走廊回电话给他。

"还在上课啊，爸爸忘了。"林贺的声音听起来有些疲惫。

林漾还是没忍住，问他："公司状况怎么样？"

之前因项目出了大问题，公司面临倒闭，但这段时间林贺找了很多合作方，重新制定了方案，也算是补救回来了一些。

"你不用担心，在那边好好上课。"

林漾说了声"好"，父女俩陷入了沉默。她也没挂电话，知道林贺肯定还想说些什么，但等了半天也只等到了一些"在那边生活怎么样""学校怎么样"的无聊话题。

还有两分钟就要上课了，林漾叹了一口气："爸，如果没事的话我先挂电话了，你注意休息。"

"漾漾，有些事是爸爸不好，自己在那边注意点儿，有什么事给我打电话。"他这时才想起来问了一句，"新家的人对你好吗？我听说他有个儿子，你妈没忽略你吧？"

"挺好的，没有忽略。"林漾仰头看着进入冬天的天空，一片阴霾。她拿着手机，指尖也染上了寒意。

挂了电话后，她沉默地看了一会儿，直到上课铃声响起才回到教室。

不知是不是错觉，林漾总感觉她爸今天找她是有事要说，但好像刚刚没说出口。

回到教室，周弦思替她发着试卷，把她那张递过去：“物理老师说让你下午把错题本收一下。”

“好，谢谢思思。”林漾走到第二排，外面的许纵颇为自觉地起身让位置。

上次考试成绩发下来后，老钱也不知道怎么想的，把她和周弦思分开，安排她和身后的许纵坐在一起。两人不太熟，只是偶尔碰到难题时会说上几句话。

今天的许纵倒是主动提了一句：“你心不在焉？”

林漾一道题解了半天，前面的周弦思也回头看过来，许纵收了刚才语气中的疏离，问她：“有题目不会？”

周弦思摇摇头，问林漾是不是饿了。

“没事，我就是刚才胡思乱想了一会儿，没关系，你坐下好好写字吧。”

她也没了解题的心思，把那本子往旁边推了推：“同桌，麻烦了。”

许纵垂眸看了一会儿，提笔在上面写下步骤：“你最近好像做的难题比较多。”

林漾：“对，想着提高这方面的分数。”

“虽然不知道这是谁给你的建议，但你早该这样做了。”许纵把写好步骤的本子推回去。

他知道自己兄弟和林漾比较熟，又加上曾经和林漾她们一起吃过几次饭，所以即便坐在一起，说话做事也极有分寸。

林漾道了谢，看懂后又开始做下一题。

虽然有些心烦意乱，但那几天临近期末考试，各科老师都是不间断地讲试卷，林漾根本没有心思去深究她爸这通电话的意义。

好不容易熬过了三天的期末考试，林漾才稍微放松一会儿，结果被卓季芳提前安排了寒假补习班，一天都没让她休息。

卓季芳报的是长川市的一家金牌补习机构，按照成绩分班，每个班最多只收十人，以复习为主，预习为辅。

好巧不巧的是，她跟陶文霜又在这个补习机构里遇到了。

林漾真的不知道两人到底是什么狗血缘分。

卓季芳也很意外，晚上回来后问她要不要换一家机构。

“不用啊，你不是已经交了钱吗？”林漾不觉得要因为一个不重要的人改变自己的生活轨迹，“她顶多就是过过嘴瘾，小打小闹，又不会影响我什么。”

见她坚持，卓季芳也不多说，叮嘱了她几句就出去了，正好碰上从楼下上来的沈妄。

门还差一条缝隙就要关上时，沈妄不经意间瞧见桌子前瘦弱的身影，她困倦地打了个哈欠，然后揉揉眼，又抽出一本书来读。

他忽然叫了一声：“卓姨。”

卓季芳有些意外地接了话：“嗯，怎么了？”

“林漾要补多久的课？”

报了二十天的课，每天上午从七点半到十一点，周六周日也正常上课。

听完她的话，沈妄抬手看了一眼手表，指针指向数字“11”。他状似不经意地望了一眼那扇门，主动提起：“我过两天要去一趟海京，春节也会留在那边。我爸麻烦卓姨多照顾了。”

海京是沈妄外婆外公的家，他父母离婚前，沈妄每年都和父母一起去海京过年。现在沈妄的母亲去了国外，只剩下沈柏裕一个人，他本打算今年不去的。然而今年沈妄的小舅回来了，老人家想让他去海京待一段时间。

沈妄的寒假只有十几天，一来一回太折腾，所以他干脆就打算留在海京过年了。

卓季芳听后忙回答道：“好的，没问题。要不要给你外公外婆准备点儿过年礼品？”

这件事一般都由沈柏裕负责，虽然不用准备，但沈妄还是说了声“谢谢”。

林漾听到这个消息，因为陶文霜而憋闷的心情立马变好了。

沈妄暂定后天下午过去，海京那边安排人过来接他，他收拾好东西直接在家等着就行。

那天去补习时，卓季芳让林漾中午早点儿回来，因为下午她哥要去海京，所以她最好送一下。

那天上午主要是补数学，补习班的老师找了几个重点例题。中间休息的时候，坐在前排的陶文霜走过来，说道："哎，跟你说个事吧。"

林漾不感兴趣。

"关于你爸的，你也不感兴趣？"

林漾这才停笔抬头看她："你想说什么？"

"你知道你爸再婚了吗？"

林漾瞳孔不受控制地缩了下。她缓缓松开握笔的指尖，又捏紧。

一看她这反应，陶文霜就明白了。她难得看到林漾吃瘪的模样，于是坐到林漾旁边的空座位上，说："你爸就上个星期刚结的婚啊，真没通知你啊。那看来你爸也不想跟你和你妈来往啊，这么大的事他都不跟你这个女儿说一声。"

上次那通电话里，林贺的语气就吞吞吐吐的，林漾还以为他是对自己愧疚才小心翼翼的。现在看来，原来是因为他要再婚了，想告诉她又开不了口。

这可真是可笑。

"葛阿姨还挺好看的，我妈说你爸很喜欢她，对她很重视。婚礼啊，房子啊，都是高价位的，就连公司的股份，你爸也送给她一些做聘礼。不过想想也是，葛阿姨在你家公司做了这么多年，给点儿股份也是应该的。哦，对了，你还不知道吧，你爸公司现在也正常运营了。多亏了葛阿姨帮你爸拉了不少客户，也难怪你爸这么依着她。将来他们生的孩子应该也更幸福，估计你不久后就要做姐姐了。"

陶文霜连续说了一大串，却见林漾低着头写字，奇怪地问道："这是你爸，你都没反应啊？"

"你说完了？"林漾面无表情地看着她，"你想看我有什么反应？大哭还是大闹？那样你是不是很高兴？陶文霜，我没你那么蠢。"

她抬手指了指陶文霜的座位："笑话看够了？可以走了？"

"嘁，"陶文霜翻着白眼哼了一声，"我就看你能憋到什么时候。"

林漾没理，她随手拿起笔，面前的试卷上是她刚才乱画的几个字母，跟题目答案完全不对。她抿着唇，把草稿纸揉成一团，扔进垃圾桶里。

上课铃恰在这个时候响起，林漾根本没有心思再听完后面的课程。她跟老师说了一声，就收拾东西提前离开了。

林漾出去的时候，高辰俊正在门口等着她。他这几天从同学那里打听到她补习的地方，时不时就来这里等着，一直跟着林漾到公交站台。

要是平常，林漾还能礼貌地跟他点点头，劝他别来，但今天，林漾是真的一句话都不想跟他说。

她直接越过他，走了。

"你怎么了？"高辰俊追上来，"这才十点多，你怎么这么早就走了？"

林漾停下来，看着他道："那你来这么早干吗？"

高辰俊笑了笑："我过来上网，后来觉得没意思就想先过来等你。"

他似乎总是碰巧遇见她，对此林漾已经很厌烦了。她说话不再顾及同学情分，带着怒气说道："你说想跟我交朋友，想跟我聊天，那你说说，我们之间有什么话题可聊呢？"

高辰俊愣了愣，道："有很多话题啊，都可以聊啊。"

"比如？"

"就比如，"高辰俊想了想，说道，"我们的家庭情况差不多啊，都是重组家庭，我能理解你这次搬家的不易。"

两人站在人行横道前，等待交通灯变绿。人流涌动时，林漾停住了，后退了两步。

"高辰俊，你说你理解我，觉得在这个话题上我们会有共同语言。那好吧，我问你，你对于你爸的新婚妻子是什么态度？"

"我当然是……"高辰俊反应过来，马上停下了。

"还有，如果你的继母以后和你爸有了自己的孩子，你会将他们视为你的弟弟或妹妹吗？如果你的继母让她原来的孩子进入你们家，你会接受吗？"

高辰俊沉默了，这表明了他内心的反感。

林漾说："你看，你也会讨厌或反感那些突然闯进你生活的人，就像现在的我。我们站在对立面，你觉得我们还有共同话题吗？你还能毫无顾忌地表现出真心真意的关心吗？如果你能，那太好了，但我做不到。以后别来了吧，你去过你自己的生活吧，我没那么好，也是真的不喜欢你。"

林漾很少会把话说得那么直接，但是现在她毫不掩饰自己的情绪。

林漾没上完课就回了家让卓季芳很惊讶，她脸上的笑容逐渐消失了。但考虑到沈妄还坐在客厅，卓季芳没好意思直接发脾气，只是留下了一句话："一会儿去我房间，我有事想跟你说。"

林漾知道自己逃不过一顿训斥了。

她烦躁地放下书包，然后慢慢地去厨房倒了一杯水。

当林漾走出来的时候，沈妄正在阳台上拿着他爸爸的香烟盒玩耍。听到声音，他抬起头来问她："你今天心情不好吗？"

沈柏裕通常在那里吸烟，他刚离开，这一刻，林漾闻到了她不喜欢的烟味。沈妄说得对，今天林漾的心情确实很不好，所以她不想再忍受烟气的侵扰。

她以一种听起来很平和、不会引起争端的语气说道："有数据表明，香烟燃烧时会释放 38 种有毒化学物质，每年有 80% 以上的肺癌患者是吸烟者，而那些重度吸烟的人肺癌发病率高达 30%。"

沈妄轻扯嘴角，拿起香烟盒子，挑衅地闻了一下，然后声音低沉地说道："这些东西只会有 10% 进入呼吸道，其余的全都留在空气中。"

林漾静静地看着他手里的烟盒，微笑着说："原来哥哥你也知道吸二手烟比直接吸烟更危险。"

沈妄似乎有些想笑，抬起头来看了一眼林漾，神情桀骜："知道危险，还跑来凑热闹？"

林漾微笑着回答："没错，哥哥说得对。"话音刚落，她便用力地踏上楼梯跑了上去。

沈妄将烟盒捏成了一个小球，轻巧地抛进了垃圾桶。他眼角微微上扬，似乎想到了什么好笑的事情。

没过几分钟，他听到楼上某个房间里，传来母女俩的争执声。偶尔可以听到“学习”和“第一”的字眼，沈妄听得非常清楚。

沈妄皱眉，起身。

李姨在这个时候走过来：“沈妄，海京那边的人到了，可以出发了。”

沈妄的脚步在楼梯和玄关的方向徘徊了几秒，最终还是选择了前者。

卓季芳问她为什么突然逃课，以前上课都很认真。

林漾和她隔了一张桌子，听得有些头疼：“我不舒服，跟老师请了假。”

“你哪里不舒服？”卓季芳狐疑地盯着她。

“头疼，心烦。”

卓季芳忍了又忍，还是没忍住：“你这叫什么理由，我看你根本就是在说谎，逃课了还给自己找借口！”

林漾今天不想迁就任何人：“随便你怎么想吧。”她转身就要走。

“你给我站住！”卓季芳厉声喝道，她也是真的气着了，“你最近到底是怎么回事？你还没从青春期走出来吗？你这是在跟长辈说话的态度吗？”

一连三个问句，让林漾心烦意乱，转身和卓季芳对视：“那你想要我什么态度？都顺着你的话？那好，我站在这里听你说。”

门外的沈妄：“……”真不怕火上浇油。

卓季芳的怒火的确是一下就烧到了脸上，她紧绷着肩膀，第一次被气得这么狠：“你能不能给我争点儿气？我们现在什么情况你不清楚吗？同样都在一个家，沈妄能考第一，你为什么不能？我花费心思给你筹划，给你找补习班，就是不想你到时候在这个家里太丢脸。你沈叔叔那是普通的位置吗？能有你这么一个普通的女儿吗？你再看看沈妄的成绩，你这样的成绩，你不补习，你还想干什么！”

短暂的安静后，响起女生清冷至极的嗓音——

“他是我哥吗？”

卓季芳睁大眼睛：“你说什么？”

刚才一瞬间的冲动过后，林漾此刻反倒显得异常平静。

“我说他是我哥吗？他又不是我亲哥，你何必说得这么冠冕堂皇？

“这些大家都心知肚明的事，为什么要一而再再而三地强调呢？妈，你能不能别总拿我这个女儿跟别人的儿子比，他不是我亲哥，沈叔也不是我亲爸，我们之间的疏离是一辈子也消除不掉的。”

就像她今天听到陶文霜说“姐姐”那个词时，第一反应就是硌硬。

没再管卓季芳愣怔的神色，林漾推开门出去了。她下楼拿了书包。阳台的那个位置已经没人了，只有冷风吹过的纱帘在隐隐飘动。

收拾东西的李姨看了一眼林漾，想起刚刚沈妄临走时那吓人的脸色，本想多提一嘴时，林漾已经拿着书包上了楼：“李姨，我中午不吃饭了，不用叫我。”

“好，知道了。”

转头间，李姨又忍不住嘀咕：“这还没晴两天，又要开始下雨了。”

林漾后续的课程还是照常去了，卓季芳也没说什么，但语气总归不好：“反正钱是交了二十天的，我也管不了你了，你自己看着办吧，去不去都随便你。”

知道自己在家碍眼，林漾还不如去补习班落个清净。

春节的时候，沈柏裕在饭桌上给林漾包了一个大红包。卓季芳生气归生气，过年的前两天还是拉着林漾去给沈柏裕挑礼物。

毕竟是第一年，林漾作为小辈，也不能太不懂事。所以两个人最后选了一件价格适中的西服外套，说是林漾送的，自然还是卓季芳出的钱，但即便如此，沈柏裕也很高兴。

“等过两天沈妄回来，我们一家人一块儿出去吃个饭。”

卓季芳答应着：“好啊，不过说起来，沈妄过完年什么时候回来？”

他前几年的寒假基本是在那边度过的，但他下半年要升高三了，假期不多，年初四就得回来。

沈柏裕问林漾有没有给她哥发过消息，说海京靠海，那边的风景很漂亮，可以让他多拍点儿照片看看。

林漾一边应着“好”，一边又说外面雪景好看，想出去看看。

不脱身难不成还骗沈柏裕说“我们感情很好，一直都有联系”？

事实上，两人到现在为止，一个字也没发过。

聊天信息还停留在上学期最后一次月考后，沈妄发消息告诉她，卓季芳叫她回家吃饭。

林漾当时要出去玩，于是耐着性子回复他：“哥哥，我今天跟同学约好了一起复习，晚上就不回家吃饭了，你可以帮我跟妈妈说一声吗？”

只不过那人的回复太欠扁，还连着回了两条：

“我不是你大爷。”

“装得还挺像回事，高一今天考试刚结束，你是想逆天复习吗？”

现在再看，林漾还是忍不住气笑了起来。她跟这位继兄真的是从九月开学斗到现在，从去年斗到了今年。要说谁胜谁负，还真分不出高下。

有时候，沈妄被她四两拨千斤的态度气得冷脸说不出话。

和周弦思、沈曼凡、吴泽昊等几人的小群里发来了几张图片，是吴泽昊之前去许纵家拍的几张雪景图。

他们在家门口堆了一个雪人，给雪人戴了帽子，做了胡萝卜鼻子，看着还真像那么一回事。

下面紧跟着一排“新年快乐”的祝福。

手机短信上也收到了群发的祝福，林漾一一回复，又私下给几个好朋友发送了新年祝福，挨着周弦思名字上面的那三个字是“自大狂”。

沈叔说海京那边的冬天很漂亮，林漾站在院子里悠闲地欣赏了好一会儿的积雪，觉得她那位“哥”应该没什么耐心去欣赏雪景吧。

想起上次临走前，她没来得及跟他说再见，还因为“吸烟”这事，上楼时故意把楼梯踩得嗒嗒响，好像有点儿小愧疚。

于是没纠结多久，她点开“自大狂”的聊天页面，顺手也给他发了一句：“新年快乐。”

海京的冬日要比长川更冷一些。

彼时，沈妄穿着黑色的长款羽绒服，正倚在别墅后门口的柱子上。他两条腿闲散地交叠在一块儿，身材颀长，眉眼轮廓俊冷深刻。

他闲来无事，欣赏着他的小舅舅明珩和那个小丫头打雪仗。明珩仗着自己年龄优势欺负小丫头，偷偷地抓了一大把雪，放在小丫头的耳朵旁。

小丫头气红了眼，明珩则哈哈大笑，笑容痞气，肩膀都跟着颤抖："小孩儿，四叔让你砸回来好不好？"

小丫头又把眼泪憋回去，怯生生地说："好。"

沈妄摇了摇头，他小舅还真是欺负人。

口袋里的手机突然振动了一下，想着又是什么无聊的群发祝福短信，沈妄没什么兴致地拿出来扫了一眼。啧啧，那名义上的妹妹竟然还知道给他发个"新年快乐"？他讽刺地"呵"了一声，把手机锁上屏。

那天的话，沈妄听得清楚。听起来她说的话句句在理，挑不出刺，但一想到那句"我们之间的疏离是一辈子也消除不掉的"，沈妄心里就来气。

她还真知道怎么气人。一辈子那么长，她就那么确定自己能跟沈家一辈子虚情假意？

沈妄并不知道，为什么这么年轻的女孩子一天到晚费那么多心思防着别人，像是经历了无数人生百态一样。亏他还想着和平休战，好好地把她当作妹妹。

远处的明珩两人喊他赶紧过去加入打雪仗的行列，他调整了一下自己的心情，抬脚向那边走去。

过完年，林漾可以休息几天再去补习班。年初四，沈曼凡约她出来一起写作业。同行的还有吴泽昊。吴泽昊跟沈曼凡住在一个小区，两人初中认识林漾后，三人经常在一块儿玩。

三个人在一家肯德基吃了中饭，然后在里面坐了一个下午。

沈曼凡向林漾吐槽了这个寒假自己遇到的烦恼。又说吴泽昊太烦人，两人一见面就开始斗嘴。

林漾的作业也没写多少，收拾书包准备回家时，坐在对面高脚凳上划拉手机的吴泽昊看到朋友圈里的内容时骂了一声。

“也不知道高辰俊这货最近是不是脑子进水了，非得让他继母把之前她跟前夫生的女儿带过来，说要和她好好培养感情，要当个好哥哥。

“你说这人脑袋是不是有问题？最近怎么了？”

林漾：“……”她没想到他会做出这种事情来。

沈曼凡不理解：“我看他应该去医院看看脑子，跟你一样蠢。”

“嘿！沈曼凡，你什么意思？我怎么蠢了？你能不能尊重一下别人？”

两人又吵了起来，林漾心累地敲了敲桌子：“已经很晚了，我要回家了。”

沈曼凡问她补习什么时候结束，还说下次再约她一起出来玩。

“补习结束就要开学了，后面可能也没什么时间出去玩了。”林漾唉声叹气。

三个人背着书包一起出门，这是在冬日傍晚，天空早已染上了夜幕的寒凉。他们走在人行道上，跟着路灯的光影走。

吴泽昊一边倒退着走一边说道：“要我说，你的成绩已经很好了，完全不必参加补习。你已经在年级前十里了。也不知道你妈担心什么，我这倒数十名都还没急呢。”

“你以为所有人都像你一样吗？”沈曼凡翻了一个白眼，小心翼翼地问，“是不是你家里的长辈让你去补习，想让你提高成绩？”

沈柏裕？林漾摇了摇头：“没有啊，我假期在家也没事，是我妈帮我报的名。”

沈柏裕倒从来没有因为沈妄的成绩来要求她。说起来，沈妄今天该回来了吧，今天是初四。

正这么想着，她到岔路口和沈曼凡、吴泽昊道别，正准备去哪里买点儿吃的时候，面前突然多了一道高大的阴影，熟悉的薄荷糖气息随之裹挟而来。

她抬了抬眼皮，瞧见沈妄站在她面前。沈妄穿着一件黑色长款大衣，一颗扣子都没有扣，露出里面的灰色羊毛衫。他双腿很长，因为身高优势，此时正低头看着林漾，一张深邃清晰的俊脸透着几分不耐烦。

“你怎么回来了？”话才出口，她察觉不对，又扬起一抹笑容，“哥哥刚回来吗？”

“不然呢？”沈妄移开，林漾这才看见不远处的行李箱。

“你在这儿干什么？”他盯着她肩上的书包问道。

林漾指了指不远处的肯德基：“跟同学来这边写作业。”

“哥哥，你怎么没直接回家？”她奇怪地问道，“司机没送到家里吗？”这里明明离家还有一段路啊？

沈妄面不改色地说道：“司机临时有事，提前回去了。”

他似乎对这个话题很不耐烦，走过去拎起行李箱，皱着眉目问她：“你是继续在外面吹风还是回家？”

“……回家吧。”林漾察觉到沈妄此时的冷漠，也不多问，上了车老老实实地坐在一边，保持安静。

沈妄上车后便闭上了眼睛，看起来非常疲惫且懒得说话。林漾以为他睡着了，但实际上并非如此，他一直在思考着刚刚为什么要在路上提前下车。

十分钟前，在另一个红绿灯路口。

沈妄在高速公路上微睡了半个小时，由于春节假期，路上比较拥挤，他无法好好休息。

当下了高速公路来到市区，喧闹声更加嘈杂，于是他玩了会儿手机。在他抬头的时候，他突然看见了对面街道上的林漾。

林漾正和两个同学一起走，三个人边走边聊天。其中的男生不停地说着话，一步一步倒退着。

沈妄看了看手表，发现已经是晚上七点了。

把他气了这么久，她倒是悠闲，以为一句轻描淡写的“新年快乐”就能把这事儿翻过去了？他好不容易平复下来的火气，再看到这个人悠然自得地和人说笑时，又瞬间升腾起来了。

沈安干脆让司机也别送他回家了，直接把他放到这个路口。

“可是前面还有一段路。”司机有些犹豫，这个小少爷可是海京那边极为重视的人。

“没事儿。”沈安示意他停车，已经开了车门，“我会跟外公说的，你先回去吧。”

司机要下车来替他拿行李箱，他也没同意，就这么自己推着行李箱朝林漾走去。

第四章

「 别作 」

出租车内，林漾偏头看着窗外。这两天沿街商铺已经开门，门口大多装饰了过年时用的喜庆灯笼和一些彩灯。现在，这些灯早早亮起，形成了一片灯红酒绿的夜景。

在红绿灯路口停下时，沈妄才揉着太阳穴缓缓睁开眼睛："几点了？"他随口问道。

可能是长时间没开口说话的缘故，他这会儿的哑音比刚才初见面时更重，沙沙的，像是颗粒摩擦，在耳朵边升起一股燥热。林漾怔了几秒，回神后立马回答："快八点了。"

"你今天不用补习？"沈妄莫名其妙地转头看了她几秒，哑声问道。

"没，明天上课。"林漾应声回答。

"哥哥你什么时候开学？"

一听到"哥哥"这两个字，沈妄眼皮跳了跳，眸底微沉："明天。"

"这么早，高二课程这么紧吗？"

车厢内又恢复安静，沈妄看向窗外，没有回答她的问题。

出租车路过小吃街的门口，勾起了林漾的食欲。她中午出门的时候就打算晚上买点儿小吃当晚餐，所以跟卓季芳说了晚上不回家吃饭。

刚才她本来是想顺道买点儿吃的，谁知道碰巧遇上了沈妄。林漾不知道沈妄有没有吃饭，于是好心地问了一句："哥哥，你吃饭了吗？"

"没吃。"他这次的声音不止哑，还更冷了。

林漾握紧了拳头，告诉自己忍着，嘴角勉强牵起："那我现在打电话给李姨，让她提前做点儿饭。"

"你很饿？"

林漾："嗯？"

沈妄侧目："看不出来我很累？没空吃饭。"

你当我是有千里眼还是顺风耳？你这是没完没了是吧？真当自己是个炮仗一点就着？林漾气得在心底连骂了好几句。

发泄归发泄，但当下……

想起沈柏裕下午还在家，说今晚没应酬。林漾准备最后再低头一次，总不能两兄妹回家连面上都不和吧。于是车子停下的时候，她站在旁边等他拿行李，缓缓开口："哥哥，你今天心情不好吗？"

幸好还不算太笨，这个时候还知道他心情不好，沈妄心底的躁郁总算有所缓解，但嘴上仍不松口："我心情怎么不好了？你少自作聪明。"

这人是不是有病？脑子里进水了吗？林漾不加理会，一边越过他往屋里走，一边吐槽："《阴阳师》的更新如果没你，我都不玩。"

沈妄没听懂，等她进了屋子后才理解过来，她这话是在骂他阴阳怪气？呵，他眉梢上扬，又一次被气笑了。

客厅里，沈柏裕正在看新闻。林漾打完招呼径直上了楼。沈妄再进来的时候，李姨忙从厨房出来问他吃没吃饭，说饭都在锅里给他备着呢。沈妄本想说"我不饿"，忽然间想起林漾在车上问他饿不饿的问题，又换了话音："李姨，多做点儿吧，林漾说她饿了，也没吃饭。"

卓季芳从楼上下来后，也跟着去厨房帮忙。

父子俩坐在沙发上看电视。沈柏裕问了几句海京那边老人的身体，又提了一句："你舅舅是不是养了个孩子？"

"也算不上孩子了。"沈妄说道，"今年上初三，已经不小了。"

那是明老爷子送来的，目的是让明珩收敛一下他爱玩的性子。沈妄想起现在自己的辈分因为这个丫头而提升了一层，笑着说道："她本来应该叫舅舅'四哥'，但是舅舅觉得她太小了，让她改成'四叔'，所以她和我同辈了。"

"胡闹。"沈柏裕不赞同，"你舅舅也是随意。"

沈妄从小和海京那边的人走得近，和明珩的年龄相差不过七岁，在放假时，他们经常一起度过，明珩不仅仅是带他玩，也教给他很多东西。

因此，在沈柏裕说出这句话时，沈妄收敛了他的笑容，把杯子放在桌子上，轻声说道："舅舅刚回国时完成了一个大型的并购案，他做事很有分寸，不会随便行事。"

沈柏裕不自然地咳了一声，拿起遥控器换了个台。

本市新闻频道正在报道某企业大肆宣扬对某项目中标的具体情况。他哼了一声，把遥控器随手扔到一旁：“哗众取宠。”

沈妄跟着扫了一眼，电视上采访的那人他虽然不认识，但知道这新闻正是这段时间沈柏裕在费心争取的一个重要项目。而且，与沈柏裕一直存在竞争关系的对方公司要了点手段。

沈柏裕没有赢得争夺，前段时间有些大意疏漏了，让对方找到了漏洞，令他损失了一部分利益。

厨房里隐约传来卓季芳和李姨的说话声，沈妄没有什么反应，反而移开了目光，又转向他问道：“爸，你现在还在继续发展人脉吗？你想让那些股东都成为你自己的人？”

沈柏裕看着他。

“其实你现在这样也挺好的。”沈妄不建议父亲在公司这事上耗费太多的心血，“爸，高处不胜寒，登得太高，你要承受的就更多了。”

“那不一样。”沈柏裕等了这么多年，为的就是把沈氏彻底变成沈家的企业。

“我当初跟你妈离婚的时候，你也知道，为了工作，你妈放弃了我们，我也为了工作放弃了婚姻。既然如此，我就要把事业做到最好，也不枉费我这么多年的筹划。”

沈妄见劝不动父亲，也不多说。毕竟他的父母都以事业为重，他也早已习惯了。

他捏了捏眉心，眼底透出疲惫：“不过爸，如果想在未来胜算更大的话，江叔那边的股东你就别管了，这个项目废了就算了。接下来的这两年，如果江叔想出风头，你也别拦着，让他尽情地做，这样对你反而更有利。”

沈柏裕目光闪动，他大概明白儿子的意思了。

越是风光越是引人注目，江德伟对这个项目也势在必得，如今失了意，必然会大肆从其他项目上找补。若是他得意忘形，整日只知出头炫耀，不做实事业绩，反而让人觉得他有作秀的嫌疑。

沈柏裕一扫郁闷：“你这头脑倒适合进我们公司。”

“算了，我没兴趣。”沈妄喝完水站起来，“我累了，我要去睡觉了。”

“你不吃饭了？”

沈妄说：“明天早上再吃吧。”他本来就不饿。

卓季芳出来问发生了什么事，说饭已经做好了。

沈柏裕说：“他说他不吃了，刚才不是说漾漾饿了吗？你去叫漾漾下来吃吧。”

卓季芳感到奇怪，林漾回来没说她饿啊。

那晚林漾也有些不明所以，说是为她做了饭，让她下去吃饭。饭做得很多，李姨说是沈妄没吃，让她多吃点儿，结果林漾最后吃得太饱了，晚上辗转反侧很久才入睡。

由于没有开暖气，半夜林漾被冻醒，最后迷迷糊糊睡着时，已经将近凌晨三点了。

补习课上午八点开始，林漾七点十分才艰难地从被窝里爬起来，洗漱完还是昏昏沉沉的。

她下楼梯的时候接连打了三四个哈欠，真的很困。

李姨说饭已经准备好了，让她吃点儿再走。

“李姨，我不吃了。”昨晚吃的饭还没有完全消化，所以她没有食欲。她揉揉眼睛，径直走到冰箱那边拿水。

她以前就有这个习惯，大冬天因为困起不来，为了保持清醒，早上起来直接喝冰水。

只是这次——林漾刚拧开瓶盖儿递到嘴边，冷不丁被楼上下来的人惊了下，一大口水直接顺着喉咙咽下去，冰得她头皮发麻。

沈妄十分不理解：“你大早上喝冰水？”那语气就差直接再加一句“你有病”了。

林漾假装淡定，不慌不忙地拧上盖子，点了两下头：“对，哥哥你要喝吗？”

沈妄垂眸瞧她，扯下书包，环着双臂朝外面的冰天雪地抬了抬下巴：“我有病？”

“你没病，我有病行了吗？你到底走不走啊！”她在心里腹诽。

林漾手都快冻得没有知觉了，但她又不能认输，一边假装极其自然地把水瓶在两只手中来回交换着，一边关上冰箱门，走过去表示认同：“嗯，哥哥说得对。”

“……”

论阴阳怪气，她也不差。

林漾好不容易保持轻松地走到沙发旁，拿起自己的书包，忍着哆嗦：“哥哥，我还要上课，就先走了。”

“一起。”沈妄没看她，比她先一步出了门。

他一走，林漾立马扔了瓶子，哈着气甩着冻僵的手指。太冷了啊，但在她这个继兄面前，风度远比温度重要。

补习机构和三中在同一个方向，有一段小路是重叠的。沈妄最近还属于寒假提前开课阶段，所以早晚上课时间也不像之前那么紧张。他走得很快，林漾的身影落在他的后面。

外面比屋内冷多了，屋顶和树梢都被积雪覆盖，有的随着微风轻轻刮落，扬起阵阵白色颗粒，入目望去，前面穿着灰色大衣的沈妄尤为显眼。他颀长的身影在只有一个颜色的冬日里，越发变得赏心悦目。

林漾觉得他要是不说话，光凭那张脸也不至于那么欠揍。

小路已经被人踩出了一条细小的道路，但因为刚刚下完雪，地上结了冰，路面很滑，林漾也就走得更慢了。

没过几分钟，她就被沈妄甩出了四五米远。想着在前面路口两人就要分开了，林漾也没叫他，她跟他又没话说。

两分钟后，林漾瞅着站在拐弯路口处的人影，一脸茫然。她快速走过去，围巾包了大半张脸，一开口都是冬日的白雾：“哥哥，怎么了？”

沈妄手里拿着一盒糖，来来回回反复地看着，也不吃。

她又开始用最开始到沈家时那种刻意又勉强的笑容，就连一直叫着“哥哥”的她，也没年前那么走心了。

周围有人路过，踩在积雪上发出沙沙的声响。林漾认出来那是同一个补习机构其他年级的同学。她瞥了一眼时间，怕去得迟了，就想着打发这人："哥哥，这里没人，你心情不好的话可以一个人待一会儿再走。我还要上课，就不陪你了。哥哥再见。"

林漾刚转身，羽绒服的帽子就冷不丁地被人拽住了。

"回来。"沈妄眯眼，"你这脾气还挺大，我不过是昨天晚上说了你一句，你给我阴阳怪气到现在？"

林漾羽绒服的帽子还被他攥在手里，她扯了扯，偏头瞪他。沈妄笑着松手，她立马向后退了两步，转身和他对视着："到底是谁先阴阳怪气的，现在还倒打一耙？"

"行，是我。"沈妄收了那盒糖，双手插兜。

他这坦然又自带着"你能拿我怎么办"的悠闲语气，让林漾哭笑不得。

"好了，好了，你厉害，你第一，你去海里开飞机！"

沈妄就这样盯着她看了几秒，突然侧过脸低声笑了一声，然后又转回来说道："挺好的。"他挺直了身子，向前走了两步，停在距离林漾还有一米的地方。然后他弯腰倾身，两人四目相对，"林漾，别那么拧巴，放松点儿。"

来到沈家之前，林漾已经考虑过她的继兄可能会是个找碴儿的男孩子，但没想到沈妄居然会用茶言茶语气她！

林漾气得牙疼。

一上午的大战在她最后一句"你是秋高吗？我都被你气爽了。"之后结束了，但她刚迈出脚步的时候，身后那人居然笑了出来，毫不掩饰自己的情绪。

这继兄是来帮她历劫的吗？

林漾一上午都很不舒服，牙疼、头疼，上课的效果自然也不佳。

补习老师看出她的情况不对，下课后主动问了一句："今天不舒服吗？要不要先回去休息？"

她说没事，只是昨天晚上没有睡好。

换到她左后方的陶文霜一直关注着林漾的情况，当看到补习老师频繁和她说话的时候，陶文霜不由得有些不爽，一直等到放学，她马上找到林漾。

看到陶文霜走过来，林漾这次都懒得开口了，只听她一个人找碴儿一样地说了一大堆话。

等林漾收拾好东西准备要出门的时候，她冷淡地回了陶文霜一句：“你能让让路吗？放学了，我得回家吃饭。”

整个教室里只剩下她们两个人了。

陶文霜问道：“你和高辰俊到底怎么回事？他最近在找什么妹妹，还是继妹，他是不是为了你？”

这点儿破事没完没了了是吧。

“你想知道他的情况，就去问他，天天来我面前蹦跶是什么意思？陶文霜，你喜欢高辰俊，不代表所有人都喜欢，我没空替你解决情感问题。”

陶文霜睁大双眼，眼神躲闪地否认：“谁、谁说我喜欢他啊，我不就是问了一句吗？你不喜欢他，为什么还经常和他走得那么近？”

“你哪只眼睛看见我跟他走得近了？”

“我两只眼睛都看到了，大家也都这样说，都说高辰俊喜欢你！”陶文霜昂首挺胸地说。

“他喜欢我，我就必须喜欢他吗？”林漾反问，“那我现在说我喜欢你，你是不是就一定要喜欢我？”

教室里空调还没关，但就这一会儿，陶文霜已经争得面红耳赤了，被她这句反问噎了下：“你乱说什么啊？你有病啊。”

林漾是真的要走了，下一班公交车快来了。她背上书包，冷冷地说道：“陶文霜，少用点儿心思在我身上，多用点儿心思在学习上。另外，也让你妈少打听一点儿我爸的事，过去的就让它过去吧，你和你妈别痴心妄想。”

陶文霜咬着牙，对着她的背影大喊：“你跟你妈才痴心妄想呢，你跟你妈才是你爸不要的，你妈也是因为要拿抚养费才在其他男人面前假扮慈母的角色。你就是一个没人要的孩子，你妈也没那么爱你！”

屋外的天空已经挂起了一轮高高的太阳，林漾站在门边抬头看了一眼，金色的阳光令她眯了眯眼，耳边的聒噪也逐渐消散。

有时候她也挺想不明白的，有些话大家明明都懂，聪明人放在心底就好了，为什么非要说出来呢？说出来的这些话，只会破坏她一天的好心情。

卓季芳爱她吗？

是爱的。

但也是不爱的。

林漾戴上羽绒服帽子，双手插入口袋里，摇摇头叹了一声，往车站走去。

那天晚上，林漾给林贺打了一个电话。林贺的声音有些慌张："那个，爸爸这边有些吵，你稍微等两分钟，我一会儿给你打回去。"紧接着，电话里传出短暂的窸窣声，杂音变得越来越大。

林漾趴在窗户上，冬日的夜晚里，空气渐渐染上零下的寒凉。她才站一会儿，鼻尖就已经冻得通红。

电话很快响了起来。她关上窗户，坐在卧室内的单人沙发上。

"爸。"

"漾漾，突然打电话来是有什么事吗？"电话里传来呼啸的冷风声。

"爸，你是在外面接的电话吗？"林漾闭上眼睛，抬手盖住了额头，"因为怕她发现吗？"

电话那端的林贺眼神闪烁："漾漾，你都知道了？"

"嗯。"林漾轻轻地回答道。

"你……什么时候知道的？"

"在你结婚后不久。"

林贺在那头沉默了很久："漾漾，你会恨爸吗？"

灯光下的林漾，眼皮缓缓地眨了一下。她张了张口，却换了个话题："你跟她，以后会有孩子吗？"

"不会。"这一点林贺之前就跟她保证过，"爸爸跟你说过，我这一辈子只会有你一个孩子，不会再有其他人。以后公司的股份，属于爸爸的那份也会全都转给你，我的财产都是你的。"

林漾对财产并不关注。只是恍惚间，小时候父女俩相处的许多场景都浮现在脑海里。林贺带着她去公司，跟别人说这是他的女儿，陪她在办公室里一起玩拼图、手把手地教她写字。

沈妄上次问她那句“要做事先做人”是谁告诉她的，林漾当时说了谎，其实她一直都没忘记过。这是打她记事起，林贺跟她讲过最多的一句话。

之后，林贺和卓季芳吵架的次数越来越多。林贺也很少回家，林漾跟他见面的次数也越来越少。一周五次的电话也变成了一周一次、一月一次、两月一次……

她最开始对父亲的那些信任也随着时间的流逝逐渐消磨、消失。

父母离婚那天，林贺说他不是一个称职的父亲。他的人生过得很失败，但他想当一个好父亲。

或许是夜深人静，或许是林贺声音里的急切，这一次，林漾想试一试，试着相信他。相信林贺会做到只作为她一个人的好父亲。

三中开学的时间定在了二月中旬，林漾的补习持续到开学前一个星期，后来她得到了一些空闲时间在家里休息。

那段时间，她和沈妄相处得不温不火，两人见面倒也没互相排挤，只是见面的次数并不多。沈妄每天上下学的时间，她都待在卧室内，有时中午回来遇见，也只是简单地打个招呼：“哥哥。”

每次这样，沈妄都要冷冷地看着她。有一次，他甚至问她：“这个哥哥，我怎么听着不太真诚？”林漾感觉这个人就是没事找事。“哥哥”这两个字好像跟他有仇一样，一听就烦。

后来，这种情况发生的次数越来越多，她再见沈妄干脆不理睬了。反正他也不喜欢她，为什么还要浪费口舌呢？

开学的那天，班主任老钱安排了几个男生去门口搬书。林漾作为物理课代表，前去维持秩序。高一和高二的办公室离得并不远，因此她在那边看到沈妄的身影并不意外。

其他班领书的同学先到了，老师让他们排队。林漾站在最前面，高二的人在他们旁边那列里。沈妄跟展子鑫站在一起，一只手插在兜里，一只手拿着手机，羽绒服敞开着，悠闲地站在队伍最前面，脸上轮廓分明，好看的嘴角挑着抹淡淡的弧度。

展子鑫跟他说话，他的身子微斜，狭长的眼尾微微眯着，笑意不减。

林漾没有看，只是许纵和沈妄这俩高一高二的第一名难得碰在一起，队伍中的女生都在偷偷打量他们。

“哎，是妹妹哎。”展子鑫朝那边抬了抬下巴，“沈妄，你妹妹都不看你啊，你是不是又惹人生气了？”

沈妄轻瞥了一眼，他不在意地撩了下眼皮，又重新垂眸看手机，慢悠悠地开口：“你觉得我很闲？”

“不是，沈妄，我看你妹妹也挺乖巧的啊，不像是个难相处的人，你就不能和人家和平相处吗？

“那个，人家天天一声声地叫着哥哥，我听着心都化了，这妹妹可是真的把你当哥哥看待啊，我也想当哥哥，还没人理睬呢。”

“听话、懂事？”沈妄收起手机，“你真以为她是个软柿子？乖巧？”

脾气跟石头一样硬，说话带刺，不仅会把人气死，而且还能让人感到郁闷。

“妹妹？你觉得她真的当我是她哥哥？”

展子鑫瞪大眼睛看了一眼正在和老师交谈的林漾，难以置信地问道：“难道她对你有其他心思？”

“给我滚！”沈妄不想听他的离谱话语，狠狠地踹了他一脚，“闭嘴吧，别再乱说话了。”

高二班级已经跟着老师走进去搬书，沈妄慢慢向前走了两步，目光在那纤瘦的身影上停留了一会儿，又回过头来盯着展子鑫。

“怎么了？”

“你天天喊妹妹喊得挺顺口啊，展子鑫。”沈妄皱起眉头，“以后注意点儿，她是我的妹妹，不是你的妹妹，不要占便宜。”

展子鑫无语地叹了一口气，刚刚还在嫌弃人家，现在又护着，真不知道该说什么好了。

“她现在怎么说也算是我妹妹，我不护她，难道护你？”

展子鑫：“……”护我又怎么了！咱俩还是这么多年的兄弟呢！

“不过你这么想也没错，有这么一个漂亮妹妹，得一直护着。我表姐比我大一岁，她磕着碰着我都心疼，更何况比你还小一岁的妹妹，以后她要是结婚了，你估计都会哭死。沈妄，说不定你还真会有那么一天。”

越说越离谱，沈妄问他脑子是不是进水了。

展子鑫吊儿郎当地笑着说：“你就等着以后打脸吧。”

沈妄没再跟这个人扯皮，但想到林漾要是真的受伤了，他怕也不可能坐视不管。他家里的人也不是谁都能招惹的，要是真当他沈妄是好惹的，那就太天真了吧？

领完书回家的路上，吴泽昊问许纵计划如何度过即将到来的周末生日，许纵表示没什么好过的。

吴泽昊不同意：“你自己过肯定没意思啊，要不找大家一起给你庆祝生日？”

许纵下意识地想拒绝。

“可以啊。”周弦思的同桌毕文瑞开口说道，“我们也好久没有聚了，这次就当成开学聚会，那就定在周末吧，我回去问问我的同桌有没有空。”

许纵想要拒绝的话涌到嘴边，但又被咽了回去。

吴泽昊抱着书，小碎步地跑到林漾身边：“林漾，你有空吗？一起去吧。”

林漾和许纵已经坐在一起很久了，不去也不太合适。

“问问思思和凡凡她们吧，她们去的话就一起去。”

因为经常在一起玩，出去吃饭的时候基本上都是许纵抢着付钱，所以三个女生一起出去给他买了一个贵点儿的篮球作为生日礼物。

沈曼凡听老板介绍的时候不由得感叹：“怎么感觉大部分男生都喜欢打篮球，我们学校那边的操场上天天都有男生去打篮球。”

被她这么一说，林漾不由自主地想起沈妄好像不怎么打篮球。

沈家附近有一个很大的足球场，沈妄大多数时间都是去那里和朋友踢足球。听沈叔说，他的足球技巧是跟他的小舅舅学的。初中时，沈妄曾参加过市里组织的少年足球比赛，还拿到了第一名。

老板见她一直盯着足球看，就问道：“想买足球吗，要不要我给你介绍介绍？”

林漾忙摇头：“不用了，谢谢老板。”

说起来，她还不知道沈妄的生日是在什么时候，不过以他们现在的关系，送个生日礼物对方估计都会嫌她多余。

沈曼凡和周弦思已经挑好了篮球，让她别看了，赶紧走。

许纵的生日聚会就定在去年他们几个人去过的KTV，这次人多，吴泽昊预订了一个大包厢。

几个女生过去的时候，他们男生已经到了，吴泽昊正抱着话筒鬼哭狼嚎，见她们来了，拿着话筒“喂喂喂”。

“各位帅哥美女，艾瑞巴蒂，欢迎进入极致狂欢之夜。”

许纵的朋友林旭眯着眼骂他：“傻瓜。”

许纵兴致不高，他把灯光换成了亮色，正脱着羽绒服的林漾这才发现他身边还窝着一个人。

高辰俊朝她们抬手打招呼：“嗨，好久不见啊。”

“你个傻瓜！”吴泽昊一巴掌呼在他的后脑勺上，“一班跟三班中间就隔了个二班，你天天都能路过我们班门口，你跟谁好久不见呢？”

“吴泽昊，老子不是在跟你打招呼！”

两人一言不合，扭打在一起。

林漾把羽绒服搁在一边，兴致明显降低了。

高辰俊太久没在她面前出现，她都忘了他和许纵经常来往，这场生日会肯定会来。她琢磨着，一会儿吃完蛋糕就借口自己不舒服，先回去。

许纵亲自切开了蛋糕来分，中间发生了点儿小插曲，吴泽昊问起每个人的生日是哪一天时，周弦思脸色有些不太正常，她说自己不知道，放下蛋糕就去了洗手间。

林漾察觉到她有些不对劲，正要出去时，一道修长的身影已经比她更快地开了门。她看到之前许纵坐的位置已经没人了，然后若有所思地眨了眨眼睛。

林漾正想着，察觉到角落里那道紧盯着自己的视线，她佯装看不见一般，低头拿起手机玩。

卓季芳十分钟前给她发了一条信息："你去玩的那个地方最近刚出了事，沈叔担心你一会儿回来不安全，让你哥去接你了，到了你哥会给你打电话。"

嗯，沈妄来接她？林漾忽然想看看，外面这太阳是不是打西边出来的。哦，现在是晚上，没有太阳，只有月亮。

除了许纵，包厢里剩下的几个男生全都在说着无聊的话题。林漾憋得难受，出于礼貌又坐了好一会儿，见时间差不多了，她才拿起衣服说家里人就在附近，正好顺路一起回去。

原本高辰俊还想起身送她，被她这一句"家里人就在附近"噎住了，开不了口。

等人走后，林旭过来坐在他旁边，两人一个班，他自然知道这位兄弟的心思："我说真的，劝你啊，及时止损，许纵这位同桌的性子，跟他不相上下。"

听见自己的名字，隐在黑暗光线里的许纵动了动，他拿起水杯润了润嗓子，用只有他们三人能听到的音量说道："林漾很有自己的主见，她明白自己需要什么，也明白怎么拒绝自己不需要的东西。"

"是啊，我虽然跟她接触不多，但也吃过几次饭，觉得她是真的很有分寸，既不热情过度，也不太冷淡，就是跟她相处，她一直保持着那种合理的距离感，你想走进她的心里，很难。"

林旭示意吴泽昊："你看吴泽昊跟她认识多久了？我不信你没看出来吴泽昊对她的心思，但吴泽昊有像你这样提过吗？吴泽昊跟她认识这么多年都没有把握，你就更别想了。就林漾那个性格，你再这样下去，连同学都做不成。"

前段时间，高辰俊让他继母带妹妹回家的事，他们也听说了一些，稍微细想就知道这其中有什么猫腻，真觉得高辰俊这小子疯了，把人逼得太紧了。

高辰俊窝在沙发上，他喝了一口饮料，低着头说：“但我就是喜欢她这种性格啊，要不然也不会第一眼就喜欢上她。”

“你这人啊！”林旭见劝不动，也不管了，跑到另一边去和吴泽昊抢话筒。

许纵也没多说，他也懒得管别人的事。只是再抬眸时，目光下意识地定格在那道瘦弱的身影上。

周弦思洗了脸回来，眼角仍泛着红，她和沈曼凡坐在点歌台上点歌。在此起彼伏的音乐声中，没有人注意到许纵扬起的嘴角。

林漾出来得早，本以为沈妄还要一会儿才能到，却在楼下大厅门口的柱子旁看到了他。沈妄的腿笔直修长，而且身形高挑，即便在人群中，也是第一眼就会看到的存在。

此时他正背对着她，后脑勺的头发利落干净，露出一截流畅有力的脖颈。大冬天的，这人黑色棉服里面就搭了件低领毛衣，不嫌冷似的。

林漾忍不住又紧了紧衣领，跑过去。想着这人今天来接她，她也没那么不知好歹，规规矩矩地喊了一声：“哥哥。”

许久没听到这两个字了，沈妄回头，挑眉。

林漾一双眼睛清澈发亮，长而密的睫毛无意识地眨了眨，即便只有半张脸露在外面，也十分精致，令人无法移开目光。

以为沈妄没听到自己的喊声，林漾把围巾往下拨了拨，让整张脸都露出来：“哥？”

沈妄淡淡地“嗯”了一声。

KTV 门口有不少人在吸烟，注意到林漾小巧的鼻子因为空气中的白色烟雾皱了下，沈妄想起这人之前说的二手烟，难得生了点儿恻隐之心，于是偏过头，将口袋里备着的口罩拿出来，递过去。

“什么……”

话还没说完，沈妄皱着眉突然凑过来，闻见她衣服上浓重的烟味时，眉心皱得更深："你吸烟了？"

林漾心跳漏了一拍，她下意识地往后退了半步，顺着他的视线低头闻了闻自己的羽绒服，也跟着皱眉："好像是刚才在KTV里沾上了那些难闻的烟味。"

"是男的？"沈妄站直身子，没注意她后退的半步。

"嗯，今天我同桌生日，和同学一块儿来给他庆祝。"

"喝酒了吗？"他又问。

"没有，"林漾认真回答，"只吃了点儿蛋糕。"

沈妄想起上次和她走在一起的男生，还有之前姓高的。他不动声色地松开黑眉，率先下了台阶，然后不冷不热地说："少想些有的没的，多用点儿心思在学习上，这样下次考试就不会被你妈妈说了。"

林漾被他的话噎住了，她是不是还要说一句"谢谢你这么关心我"啊？

沈妄走得很快，林漾追上去才注意到，他没有去路边打车，反而去了一家便利店。虽然不知道他要干什么，但林漾始终保持着安静。

"在门口等我。"他说完就进了便利店。

沈妄刚走没两步，就听见林漾被门外的空调机吹得不禁"咝"了一声，又烦躁地走回来："进来吧。"

林漾已经习惯了他的阴晴不定，叹了一口气，看在他冒着寒风来接她的分儿上，好脾气地跟着走进去，坐在墙边的椅子上撑着下巴等他。

旁边有小学生在吃面，诱人的香味从那边飘散过来，林漾刚才只吃了一块蛋糕，这会儿是真有点儿饿了。

就在她想起身去买些零食时，沈妄已经选好东西，到收银台结账了：一瓶空气清新剂、一瓶牛奶、一个海苔饭团，还有一盒寿司。

收银员也是个学生，收钱的时候磨磨蹭蹭地偷瞄了他好几眼，沈妄忍着不耐烦，一直等她把饭团加热好才开口叫林漾出去，黑着脸推门离开。

他一出去就把空气清新剂丢给林漾："往你自己身上喷喷。"

林漾睁大双眼。

"一身的烟味，难闻死了。我爸今天回来得早，让他闻见怕是误以为你跟着那些不三不四的人吸烟，给我乱扣脏帽子，说我没监督好。”

林漾真的感到震惊：“不三不四？你监督？”他怎么好意思说出这种话的？

沈妄手上掂着牛奶，不以为意地反驳：“怎么？是谁刚刚好声好气地喊我哥？”

这个问题让林漾沉默了，没有再辩驳，她低头嗅了嗅，又忍不住皱眉。

KTV 包厢里的气味本就杂，再加上 KTV 那些顾客又喝酒又抽烟的，吃的零食屑有些还洒落在她的衣服上，混合了多种气味，林漾自己也觉得不好闻。

她叹了一口气，也不辩解了，打开空气清新剂老老实实地往自己身上喷了两下。

意外的是，这空气清新剂的味道还不错，是清新的花香味。

在林漾往自己身上喷空气清新剂的时候，沈妄就一直站在她对面，黑眸直直地盯着她，手上拿着刚买的那些便当，半屈着腿，一副很从容的样子。

林漾喷完，合上盖子，手都冻僵了，还没等她把空气清新剂塞进书包里，沈妄已经抬手接过去了。她也没多想，忙把两只手都插进口袋里。

对面有不少摆摊的小贩，那里灯火通明，热气熏腾，飘散着饭菜的香味。林漾不想委屈自己，两只大眼睛无辜地转了转，仰头望着沈妄：“哥哥。”

这声音、这表情都跟前几天展子鑫说的“软”字对上了。

沈妄在心底低骂了一声，不自然地扭过头：“有事说事。”

林漾眼睛一亮：“我能去买份炒面带回家吃吗？”

对面吆喝的声音时不时地传来，积攒了一天的垃圾和剩饭都在那些摊贩脚边堆着。沈妄不知道她说的是哪家，但是看着，没一家是干净的，还不如他们学校门口的小吃摊。

“你想吃那些？”沈妄示意手上的袋子，“这些还不够你吃的？”

“给我买的？”以他们俩的关系，林漾自然不会自作多情地以为沈妄会主动给她买饭，因此很诧异，“你不是给自己买的吗？”

沈妄难得好心一次，人家还不领情，他想骂人又骂不出，在寒风中黑着脸站了好一会儿，才憋着气回她：“你妈说你今晚在外面吃，所以家里没留你的饭。我要是不让你吃饱回家，你妈肯定以为我在外面虐待你了。”

饥饿时往往使人的宽容度无限放大，林漾才不会管他话的真假，拿过袋子撕开饭团咬了一口，嘴里含糊地说：“谢谢哥哥。”

肚子里有了食物，林漾看到他那张不耐烦的脸都觉得顺眼了许多。沈妄每当一脸冷漠时，五官的冲击性便会被无限放大，侧脸线条流畅锋利，眼睛深邃分明，桀骜不凡。

不说臭脾气，她哥这张脸确实没话说。

林漾快速吃完了一个饭团，坐上了出租车后，又开了一盒寿司，牛奶则被她放在两人座位的中间。沈妄见她吃得急，顺手拿起牛奶拧开了瓶盖，递给她：“你参加聚会还能把自己饿成这样？”

“聚会上碰见了一个不想理的人。”

沈妄眸底一凛：“他不让你吃？”

“不是，”林漾接过他递过来的牛奶，也没觉得有什么奇怪，喝了一口后才回答，“零食就放在他面前，我不想过去拿。”

她喝完后，还在找盖子。沈妄又自然地接过牛奶瓶，一边拧上盖子一边说：“在我面前牙尖嘴利，在外人面前连东西都不敢吃？”他语气里透着“你就这点儿出息”的嫌弃。

“哎，不是……”林漾想为自己辩解，视线对上沈妄手里的牛奶时，又沉默了。

沈妄今天给她买了吃的和喝的，她作为妹妹也应该懂点儿事。

“哥哥说得对，之前是我不懂事。”林漾今天不想跟他吵架。

怕这人又找碴儿，她先转了话题，咽下一口寿司，问道：“你今天怎么有空过来？”

沈妄被她刚刚那句话取悦了，靠在座位上，好脾气地回答道：“今天没晚自习，回家的时候我爸在家，他说你们选的这个地方，前两天刚出了点儿事，有点儿乱，不放心，让我来接你。”

沈妄习惯性地摸口袋，又想起什么，侧头看了她一眼，又继续说：“我那会儿刚到家，他听说我要去踢球，直接把地址给我了，让我来接你。”

跟同学约好的踢球也泡了汤。

“这地方是谁选的？你那同学就没仔细看看，都上高中了，连这点儿基本的安全常识都没有吗？”

林漾想反驳，不过转念一想，吴泽昊好像还真没有……

她连忙打开手机，群里思思和她说已经坐上车回家了，几个男生送的，所以不用担心。

信息里有一条未读的新消息，问她到家了没。

高辰俊安静了一个寒假，现在又开始了。林漾考虑要不要将他直接拉进黑名单。

“怎么了？”沈妄听见她轻叹一声，“又是谁得罪你了？”

他不知道林漾是不是跟其他人相处都是这样，但沈妄清楚地记得，林漾刚来他家那会儿，真是够隐忍的，即便心中怒火熊熊，也能站在你面前，平静地与你谈笑风生。能让她在脸上直接表现出不耐烦的人，实在是罕见。

林漾：“只是一个不重要的人。”

她吃得差不多了，把寿司收起来，示意沈妄把手上的牛奶拿过来，沈妄直接接过并一起放进袋子里后，才开口说：“一个你都懒得理的人，能让你变得这么为难？林漾，你这脾气就是个纸老虎吧？”

林漾：“……那你说，这样的人应该怎么应对？”

沈妄系好袋子，看了她一眼：“这还不容易吗？把人找过来直接打一顿不就好了？”

林漾在心里翻了个白眼：“当我没问。”

第五章

「撑腰」

开学不久，高三学生在逸夫楼举行了誓师大会。当林漾和几个人一起去食堂吃午饭时，誓师大会还没有结束，整个操场都站满了高三学生，洪亮的宣誓声响彻整个校园。

吴泽昊打完饭菜，蹭到林漾那桌：“也不知道这誓词有什么用？要是真能保佑我考好，让我抄二十遍都行。”

“这是表示我们对高考的尊重。”毕文瑞纠正他。

不想跟这书呆子争什么大道理，吴泽昊又问其他几个人中考有没有去求什么保佑。

见几人都不理睬他，他也没了心情：“我今天回家就让我妈以后多给我家祖坟上点儿香，提前保佑我。”

沈曼凡跟着呛他：“你还不如现在多抱着书睡，有用。”

两人又吵起来了，林漾左耳进右耳出，问其他几个人：“刚刚老钱在黑板上写的第二题，你们做出来了吗？”

毕文瑞：“可以把 f（9）代入 f（x）的变形式。”

周弦思：“但是变形式少了一个条件，推不出来。”

许纵：“可以推，用 f（x）反推。”

吴泽昊：“……”

沈曼凡：“……”

高三学生这时也散了，陆陆续续从外面挤进来，经过他们身边时，正讨论着刚才校长在台上提到的几所大学。

“哎，对了，你们有什么心仪的大学吗？”吴泽昊激动地先去问林漾，“你打算考哪所大学？”

林漾咽下口里的米饭：“暂时还没想好。”还有两年才考大学，她还真没想过这个问题，会留在长川吗？可能吧。

吃完饭后，几个人一起去送餐盘。

三个女生走在最前面，林漾和周弦思还在讨论某道题目。有人走得很快，耳边扫过一阵风，紧跟着，林漾的左肩被撞了一下，瞬间感到疼痛，她稳住餐盘，但手里的饮料没有稳住。饮料瓶滚落到地上，还被那人踩了一脚。

周弦思和沈曼凡慌忙扶住林漾。

“怎么回事？”吴泽昊快步走上来，“你是不是没看清楚路啊？这么着急是要去救火吗？”

男生看校服也是高一的，他赶着回去写作业，刚才跑得太快一下没刹住，这才撞上人。见是许纵几人，他没敢多说话，忙给人道歉：“要不我赔你一瓶水吧，我真的不是故意的。”

“不用了。”林漾把餐盘放下，用纸巾擦了擦手，见他还没走，又说，“不用赔，没事。”

吴泽昊脸色不爽，让那人赶紧走，又看了一眼林漾：“我再去给你买瓶水。”

“算了吧，我不喝了，先回班吧。”

林漾把地上的瓶子拾起来，扔进垃圾桶。

这个小插曲引起了许多人的注意，许纵手里的那瓶水还没开封，他递给了林漾：“这瓶没开，你拿去吧。”

知道自己的同桌有绅士风度，她说真不用，吴泽昊却自来熟地塞给了她：“反正纵哥也不喝，你拿着喝吧。”

林漾也不想在一瓶水上浪费时间，就大方地说：“谢谢你，同桌。”

许纵熟练地笑了：“不客气，同桌。”

周围传来窃窃私语声，大家都打量着她，但林漾也没多想，和周弦思一起出去了。

“刚才是不是撞疼了啊？”周弦思关心地问道。

“有一点儿。”林漾抬手揉了揉肩膀，不在意地说，“没事，不严重。”

因为刚开学，各科老师布置的作业并不算多，班级氛围尚算平静，下午第一节课，后排有两个刺儿头开始闹事。

两人吵得有点儿凶，最后直接拿着板凳动手了。

最后因为有个男生砸了书，周弦思还被误伤了。

这场闹剧以许纵出手结束。

老钱把三人都叫到了办公室，没过多久，他们班的这个事迅速传开了，不少学生过来围观，下午的课也没怎么上。

林漾被撞的那边肩膀，这会儿也隐隐有些发痛。男女生力气本就悬殊，再加上当时那个男生又是突然冲了上来，整个力道都撞到了她身上，估计得青一片。

晚自习的时候，班里的同学都在放肆讨论下午的那场意外，林漾写完作业，悄悄拿出手机。

许纵见她一晚上都在揉肩膀，问她是不是中午那会儿被撞疼了。

林漾也没瞒着，“嗯”了一声：“我搜搜看要用什么药，一会儿放学买点儿。”

许纵有个叔叔在部队里工作，他经常跟着叔叔锻炼，有时难免会受伤，所以对这些跌打损伤的药很熟悉，就给她推荐了几种。

两人现在聊天也没刻意压着声音，身后有个女生手上拿着笔，却一个字也没写，听了全程，然后偷偷拿出手机发消息。

因为放学去了一趟药店，林漾今晚到家有些晚了。卓季芳一直在客厅等着，见她回来问了几句才上楼休息。

“对了，阿姨给你和你哥做了夜宵，一会儿记得吃点儿，晚上写作业消耗大。”

林漾想叫住她，但看见她一开口就忍不住打哈欠，于是算了。

“我知道了，妈，你先上去休息吧。”

被撞到的是后肩，林漾自己尝试揉了几下，一碰就痛得“嗞”的一声。她费劲地擦上药酒，揉了几下，疼得半边身子都麻了。

撕开膏药，她另一只胳膊抬得都酸了，也没能贴上去。林漾感到心累，坐在床上，还浪费了一块膏药。

外面传来上楼梯的脚步声。那人看见她房间门口的亮光后，似乎停了下来。片刻之后，她的门被人敲响了。林漾急忙穿上外套，把衣服拉上，然后去开门。

意料之中，沈妄站在门外。

“哥，怎么了？”

她一开门，卧室里药酒和膏药的气味就弥漫开来。沈妄狐疑地瞧了她一眼，发现这才三月份她就出了满头汗，双唇也比平时红了几分，一双杏眼潮湿，碎发散落在脸颊两侧，比平常狼狈了许多。

他皱眉说：“你在屋子里干什么？”

还没走上来，就听见她屋里时不时传来窸窣声，听起来像是一只被压制住的猫发出来的声音。

时间已经很晚了，林漾不想弄出动静，于是解释道：“没干什么，刚在跟同学打电话。”

她撕开的膏药袋子还没收拾好，从沈妄的角度可以清晰地看到。他锐利的目光再次落在她的脸上，不耐烦地问道：“你到底在干什么？”

“在给肩膀贴药。”林漾打开门，有些气馁地回到房间，将膏药袋子和刚才浪费的膏药一起扔进了垃圾桶，“但贴不好。”

沈妄的目光又转到她的肩膀上。

“肩膀怎么了？”

“今天下午……”

“你们班今天出事了？”沈妄想起自己下午听到的关于高一的流言蜚语，声音立刻提高了，“你被打了？”

林漾有些蒙：“谁说我被打了？这是下午在食堂不小心被一个男生撞的，你听谁说的我被打了？”

“大家都在说，今天下午许纵将两个人打哭了，还卸了对方的一条胳膊。不过其中误伤了一个女生。”沈妄记得下午的八卦。

沈妄以为她是被误伤的那个女生。

“被误伤的人不是我。”林漾说，“是坐在我前面的同学。”

“我就是肩膀被撞得有点儿疼，回来擦点儿药。”她收拾好垃圾，又走过去，“哥哥，厨房里放了夜宵，你先下去吃饭吧。”

沈妄看她一直揉着肩膀就明白了：“你自己能贴上？”

“不能。”林漾实话实说。

沈妄把自己的书包递过去：“拿着，我下楼让李姨过来给你贴。”

林漾忙压着声音喊他：“李姨都睡了，别再折腾了。”

沈妄瞥了她一眼，要把书包递过去的时候，又想起什么，瞅了瞅她的胳膊，又算了。他径直把书包扔在地上，转身下楼。

“别废话，进去等着。”

李姨上来后，给她重新检查了一番，见她白嫩的皮肤上有一片青紫，忍不住心疼道：“怎么弄成这个样子了？这估计得一个星期才能消下去。”

她又倒了药酒，重新给林漾揉了一会儿，叹着气叮嘱道：“下次换药记得叫我，你自己不方便，别再忍着不说了。”

刚才沈妄下楼敲门，把李姨吓了一跳，她还以为出什么事了。这么久了，沈妄还是第一次在这个点把她叫醒。

开门后，没等她主动问，沈妄就先开了口：“李姨，麻烦你上去看下林漾，她后背受了点儿伤，自己不方便涂药。”

李姨着急地披衣服上楼。

当她给林漾贴上膏药并重新收拾后离开时，已经是午夜十二点了。沈妄还没睡，站在自己的房间门口擦着头发。虽然冬天还没完全过去，但他只穿了一身单薄的棉质睡衣。

李姨看了一眼，就哎哟一声：“这么冷的天，你也不知道多加件衣服，这要再感冒发烧怎么办？”

沈妄安静地听着她的唠叨，点头表示自己会加件衣服，接着问：“她的伤严重吗？”

“我看着挺心疼的。一个小姑娘家的，如果处理得及时，那块青紫不会那么大。这孩子真够能忍的。”李姨回想起林漾刚说的话，“都这样了，还让我别告诉她妈。哪个孩子受了伤不想让妈疼啊。她这个丫头好像习惯了忍着。”

李姨看向对面的一间房间，叹了一口气，带着埋怨的语气说：“我看你爸倒不是她的后爸，她的亲妈反倒像后妈一样，我就没见她怎么关心过孩子。”

李姨说完就下楼了。

沈妄仍靠在门口，手上拿着擦头发的毛巾，黑发往下滴着水，他也没有理会，只是一直倚在门边，低着头，紧紧抿着唇，不知道在想着什么。

关于这件事的传言，后面倒没再传出什么离谱的事情。老钱让他们写了检讨，并在班里批评了三人一顿。本以为这事没后续了，但许纵突然请了假。他很长一段时间都没来上课，三月的第一次月考他都没回来。

那段时间，林漾倒听见了一些闲言碎语，都是有关她和许纵的。直到有一次，坐在她后面的同学问她知不知道许纵为什么没来。

林漾摇头：“不知道。”

“你怎么会不知道啊？”女生撇了撇嘴，“你不是跟许纵关系挺好的吗？”

林漾听出她话中隐含的意思，然后回头看了一眼。

身后坐着一男一女，男生偶尔会问她和许纵题目，女生和他们交流不多，林漾换过来这么久也没和她说过几句话。

林漾打量了她几秒，手中把玩着笔，说：“你觉得我们关系好吗？”

“啊？”

“你觉得我们关系好吗？”林漾又问了一遍。

女生讪讪地笑了下：“应该没那么好吧。”

林漾点点头：“那就行。”

旋转的笔在她指尖一停，稳稳地落在食指和中指之间，她没有什么反应地转回去继续写字。

女生莫名其妙，和自己的同桌抱怨：“她什么意思啊？”

坐在里面的男生也不想搭理那个女生，往里面靠了靠，鄙夷地看了她一眼：“人家的意思就是还没跟你熟到要回答你问题的关系。”

“……”

女生气得翻白眼，又是许纵，又是高辰俊，什么人啊。

自那天起，其他班级里流传出了一些关于林漾的八卦。沈曼凡去打听了下，据说许纵上次在食堂把自己的水给林漾喝，并且还传出许纵给她买药的消息。

林漾回想了下，肩膀受伤那天，许纵给她推荐了几种跌打损伤的药。两个人的聊天内容被后面那个女生传了出去，那个女生喜欢许纵是大家都知道的事情。沈曼凡气得要去撕烂她的嘴，但林漾制止了她。

“许纵最近才刚回来上课，他心情不好，就别把这事翻出来添堵了。”

听到这句话，周弦思的眼底暗淡了一下。

许纵这次回来后，既不听课，也不写作业，颓废了好久，导致成绩急剧下降。

他上课时不是在睡觉，就是在玩手机，老师们也对他无可奈何。

林漾翻了一页书，抬头时看见许纵在外面说一些无聊的话，不由得叹气：“许纵现在连这些都学会了。”

谁都看出来许纵最近变得不好惹，那些造谣的人也不敢把谣言传到他的耳朵里。

林漾眨了下眼睛，清澈的眼珠子转了转，准备收回视线时，不经意扫到对面的高二一班。从她的角度只能看见后门，虽然现在是下课时间，但是教室里的每个人都在认真学习，没有一个人出来。

林漾也好久没见沈妄了。他作为高二的学生代表，今年要提前参加高考，所以前段时间市里面安排人手，把今年预参加高考的高二学生代表们聚在一起，集中培训，不能回家。

沈妄还要再过一个星期才能回来。

沈柏裕曾问他，如果高二考上少年班会怎么选择。沈妄当时正坐在饭桌旁，笑得随性恣意：“爸，舅舅可说了，让我明年参加高考去海京上大学呢，我可答应他了呢，你可别阻拦我啊。”

“行，这样也好，明年参加高考，选择的机会更多。”

因此林漾知道，沈妄根本没把这次集中培训放在心上。或许是因为平静了太久，家里没人跟她吵架，林漾还真有点儿不习惯。

只是这种平静很快被打破了。那是在四月初，天气已经转暖，一班和三班都在操场上上体育课。男生在那头打篮球，沈曼凡因为痛经没有来，林漾嫌热，和周弦思几个人坐在树荫下的花池边聊天。

男生那边时不时地爆发出欢呼声，三班的几个女生在那里偷偷看着许纵，一班也同样有几个女生围在那儿讨论三班的高辰俊。

安悦如今和吴泽昊坐在一起，托着腮瞧着那处，嘴上传递着最新的八卦："吴泽昊说许纵这两天状态又回来了，没那么颓废了。"

周弦思没说话，嘴角却跟着抿起来。

"嗯，状态恢复了。"林漾用手扇着风，"他最近正常了，开始做作业了，上课也认真听了。"

她不仅是物理课代表，还是他们的组长。上周因为许纵不交作业，几个老师问林漾知不知道原因。

但是林漾不知道，她同桌心情不好，她哪能没眼色地上前多问。

坐在周围的同学又开始讨论起高辰俊来。安悦想起中午林漾丢给吴泽昊的两杯奶茶，问她："那奶茶怎么回事，是不是高辰俊买给你的？"

四月的空气里已经充满了扰人的燥热，林漾叹了一口气，有些烦躁。

"是高辰俊请客的。"周弦思解释，"中午我和林漾在奶茶店里做作业，碰上了高辰俊和许纵。高辰俊非要请我们喝奶茶，二话不说就点了单，点完就走了。"

"这个高辰俊好烦啊，你都拒绝得这么明显了，他还要贴上来。"安悦觉得这个人比她的同桌吴泽昊还要烦人，高辰俊也太没有分寸了。

几米之外，三班讨论八卦的声音越来越大。

"这是不是就是你们中午在奶茶店说的那个女生？我刚才还看见高辰俊过来跟她打招呼。"

"就是她，她还是许纵的同桌，中午在奶茶店高辰俊甚至主动问她要喝什么奶茶，我都听见了。"

"太过分了吧，都和许纵坐一张桌子了，还故意吊着我们班的高辰俊，她还想两个都收啊。"

“听说许纵还给她买药买水，我最看不惯这种女生了，什么人啊？”

三人越听越觉得不对，“林漾”“勾引”等字眼被她们反复提及，周弦思回头看了一眼，蹙眉道：“她们很烦。”

林漾早就听见了，那里面有两个女生当时就坐在奶茶店里，估计又添油加醋地说了什么。

安悦气愤地瞪了她们一眼：“什么啊？当着你的面这样诋毁你，还有完没完了？”

林漾作为当事人，却完全不受影响。她一只手搭在膝盖上，另一只手托着腮，认真欣赏池塘里的花：“她们故意选择人多的时候说给我听，就是想激怒我。你越是生气，她们越是没完。”

“不是，你怎么能忍得了啊？”安悦气不过，“她们都当着你的面这么说你，你居然还能无动于衷，任由她们说下去？”

林漾轻叹：“她们的目的就是想让我生气。都是些无关紧要的人，没必要因为她们浪费我的时间。再说，嘴长在她们身上，我生气难道就能让她们不说了？”

三班的那几个女生听了更得意：“装什么啊？真以为自己是白莲花啊？”

安悦真的忍不了了，直接骂道：“我们林漾漂亮又怎么样？拜托，你们班的高辰俊天天有事没事就跑到我们班假装找许纵，然后又故意找林漾说话。我们全班同学都可以证明。你们提到勾引的话真是好笑。”

周弦思也据理力争：“你们喜欢高辰俊是你们的事，为什么要诋毁别人呢？”

三班女生被戳穿了心思，脸皮又薄，更不愿意承认：“谁说我们喜欢高辰俊啊，我们就是看不惯她脚踏两只船，跟许纵走这么近，又吊着高辰俊。”

林漾没再干坐着，她不可能把朋友推出去为自己出头，于是走上前，极无语地盯着那一堆人：“干吗非得是船啊？你们不能大方点儿，给我两只风火轮吗？我还能飞上天呢。”

三班女生呆滞过后又继续叫嚣着，两个班的人渐渐围过来，各自代表各自班级出力争吵。

“你们一班不就仗着重点班觉得自己高人一等，说我们喜欢高辰俊，我就不信你们不喜欢许纵！”

安悦笑了：“你们这就叫吃不到葡萄还说葡萄酸。”

“有什么好酸的？她难道不敢做？”陶文霜从后排走出来，轻蔑地哼了一声，“你问问她啊，问问她妈是靠什么上位的？要不是会勾引男人，她妈带着她这个拖油瓶能嫁得这么好吗？”

听到陶文霜的话，所有人都震惊了。

林漾攥紧了手机，深吸了一口气，盯着陶文霜一字一句地说道：“陶文霜，你最好别挑起事端。”

“林漾，承认吧，你就是一个人见人烦的累赘，你妈未婚先孕把你生下来，就是为了拴住你爸。可是你爸呢，从你出生后就没看过你几眼吧，你妈又利用你来博取同情心，认识了那些冤大头。她这勾引人……”

咚的一声，因为一个砸向陶文霜的矿泉水瓶，两班的大战终于拉开了帷幕。

陶文霜瞬间大叫，撸着袖子就要上前打人。

两边各自维护，场面顿时混乱起来。

下午第二节课上，林漾、周弦思和安悦几人被老钱叫到了办公室。

安悦讲述了事情发生的具体经过后，老钱就让她回去了。老钱听到最近学校里流传的那些谣言时，非常不赞同地拍桌子：“这都是谁瞎传的？心思不用在学习上，整天就放在这些邪门歪道上，怎么能学好？”

参与这件事的人很多，因为涉及人员广泛，老钱决定和三班的班主任一起处理，并让周弦思回去时顺带把许纵也叫过来。

因为三班的同学说话太难听，三班的老师非常生气：“陶文霜，你一个十几岁的高一学生怎么能说出‘勾引’这样不雅的字眼？而且还是针对你的长辈说的！你接受了这么多年的教育，怎么连最基本的对他人的尊重都做不到呢？”

三班的几个女生被老师批评得一动也不敢动。当时只是随便说说，没想到会闹得这么大。毕竟，谣言是她们传出来的，也是她们先惹别人的。

幸好体育老师及时制止了闹事的人，并让两个班主任过来，才没有真的打起来。现在理清事情的前因后果，三班的学生只能老老实实地向林漾道歉，并被警告，再有人乱传谣言就直接记大过。

陶文霜心中不甘，表现出不情愿的态度。趁着老师不注意，她咬着牙，偷偷抬起头，恶狠狠地盯着林漾。林漾对她这些小儿科把戏早已见怪不怪，摆摆手示意她赶紧离开，别惹她烦。

许纵进来没多久后，高辰俊也被三班班主任拎了过来。老钱经常处理这类事情，他直接开门见山地问道："你们三个到底怎么回事？"

林漾无奈道："我们什么事都没有。"

老钱狐疑地瞧了瞧许纵，接连问了她几个问题，然后才转向高辰俊："你不是我们班的人，我也不了解你，叫你来就想询问一件事情，那些传言你也听到了，我先问问你，传言里关于你的那些话，是真是假？你每天来我们班，到底是为了谁？"

高辰俊偷瞄了一下林漾，糊弄老师："那都是她们瞎传的，老师你也信啊？"

"行了，我也不管到底是真是假，我就强调一点，有什么心思到此为止，全都给我打消！不要给我玩什么早恋的戏码，但凡你们有一点儿这个想法，你们一个个都要立刻打消！"

训完核心，老钱让高辰俊和许纵离开，留下林漾。

"你和陶文霜之间涉及家长，那些话很多人都听到了，总归是影响不好。她虽然给你道了歉，但看样子也不是真心诚意的。那个丫头的心思看着也不正。

"我老钱绝对不会让我班上的学生受委屈。所以，我已经和三班班主任沟通过了，我们决定让她妈妈来学校谈一谈。毕竟这是涉及孩子人品的问题。既然她的家长要来，你也应该把你的家长叫过来。学校会帮忙处理这件事。"

林漾：“……”

离开办公室后，林漾并没有立即回班。她靠在楼梯口的拐角处，翻着通讯录，最终决定给沈妄发一条短信。

没办法，叫家长过来处理这件事情，她不会让卓季芳来。那些话说得很难听，再加上卓季芳和陶文霜的母亲之间本就有矛盾，如果这两人碰了面，说不定真会打起来。

林漾心力交瘁地敲下几个字，然后发送：“哥哥，你什么时候回家？”

沈妄回得很快：“嗯？”

隔了十多秒，他又回了一条：“周末，有什么事？”

老钱让她们周五叫家长过来，周末也赶不上了。再说了，沈妄曾说过，让她在学校不要公开他们之间的关系。

林漾差点儿忘了这件事。

她仰头闭眼靠在墙上沉思了一会儿，又低头，给沈妄回复了一条消息：“没事，只是关心一下哥哥。”

这话说得连她自己都不信，沈妄直接回了一个“呵”字。

这件事怎么说都不是林漾的错，叫家长也并不那么强制，到时候大不了就说家长有事来不了，应付过去。

从下午第一节课一直折腾到现在，林漾也累了，她把手机收了起来，揉了揉眼睛，调整好表情，才从楼梯口走了出去。

高辰俊就站在不远处，他率先开口说道：“今天这事我很抱歉，没想到会弄成这样。”

要不是中午他硬要给她买奶茶，事情也不会传成这样。

“许纵那边我们都知道，你跟他是同桌关系。你也别太生气，她们这些人就喜欢捕风捉影，瞎猜乱想……”

林漾打断他的话，拿出刚放进口袋里的手机，当着他的面把信息调出来：“这是你的号码。我到现在都没有备注你的名字，因为我没打算和你以朋友的关系相处。我认识你时，你只是我朋友的朋友。现在，我们只是同年级的同学，甚至连同班同学都不是。以后，我们之间只会是陌生人。”

他的号码被她直接加入了黑名单，“以前没拉黑，是不想让许纵、吴泽昊他们难做，给彼此都留一份情面。但现在已经没必要了。”

“该说的话，无论是手机上还是当面，我都说得很清楚。可好像你一直在装作听不懂，自以为是地纠缠我。说实话，你这样做我很不喜欢，甚至是反感。现在你的某些行为已经严重影响到了我的生活。虽然今天的事你没有参与，但你也间接造成了现在的局面，我没法再和你顾及任何同学的情面。”

高辰俊一愣，想说话却说不出来。

林漾：“你大概不知道我，除了家人，我跟其他人相处，要么是陌生人，要么是朋友。在我明确说出不可能后，你还一再地把这层情面撕破，那我们之间只能是陌生人了。”

高辰俊没想到会从林漾嘴里听到这番话，他有些慌张：“我……我没那个意思。”

“无论你的意思是什么，我希望我们以后能保持距离，你不必把精力放在我这里，祝你能找到一个真心喜欢你的人。”

林漾没有再看他一眼，径直回了教室。

高辰俊却一动不动地站在原地，身体挺得笔直，双手紧握成拳，等到下课铃响起才转身离开。

这场闹剧以老钱调整座位结束。虽然此事与许纵无关，但老钱担心这两个学生会因为流言再有什么进展，那就麻烦了。因此一进教室，老钱立刻下达指令：“林漾，你去第三组和周婕坐在一起。周弦思，你坐到林漾的位置上。现在就赶紧收拾东西换座位。”

林漾：“……”

林漾来到第三组后，成为该组的组长。原来的组长被调到周弦思的位置上，接替了林漾的职位。

同学们对林漾很关心，询问她这件事如何处理；她是否得到了陶文霜的道歉，三班是否处罚了陶文霜。但没有人问起陶文霜说的那些难听的话。这是因为大家都知道林漾为人处世的方式，她不争不抢、不多说话、不插嘴、也不评论别人的事情。

同桌周婕之前就跟林漾一起做过值日，小声地告诉她说：“罪魁祸首是那个叫计蕊的女生。你和许纵的那些闲言碎语，就是她传给三班的。许纵从办公室回来后就察觉不对，于是和吴泽昊一起把计蕊揪了出来。她很害怕，只用了三两句话就说了实情，还哭了。”

计蕊虽然哭了，但大家没一个同情她的，计蕊的脸因为羞愧阵阵发红。

“不用管她。”林漾收拾好东西，喝了一口水。她现在正在为周五叫家长而发愁。

另一边，沈妄看着手机屏幕皱眉，对这个突然的“关心”感到莫名其妙。

展子鑫和他住同一间屋子，发现他在看球赛时心不在焉，问他怎么了。

“我们周五什么时候结束？”沈妄问。

“下午四五点吧。老师说到时候晚上会一起聚餐，房间不退，让我们休息一晚，第二天再带我们回去。”

“不能早点儿结束？”

展子鑫从他盒子里倒了一颗糖出来，然后扔给他一颗：“你有什么要紧事要回去吗？”

沈妄接过糖，含在嘴里：“有点儿事。”

“那天下午有两门测试，你要是写得快，早点儿交卷就能回去了。不过晚上的聚餐你不参加了啊？好不容易结束了，放松一下啊？”展子鑫劝说道。

沈妄略微眯了下眼睛，回答道：“有点儿事。”

周五下午快放学的时候，老钱就把林漾叫到了办公室。

“你家长还没到吗？陶文霜那边已经到了，正在会议室等着，你家里人还要多久才能到？”

林漾低着头，先做出一副认错的模样：“我爸妈临时出差，来不了了。”

“都出差了？”

“嗯。”她面不改色地说道。

老钱想想林漾是受害者，又不会怕家长过来，估计也是真的有事情，又问她："那你家里还有其他人吗？"

林漾犹豫了一下，没有直接否认沈妄的存在："还有一个哥哥，但他也没时间。"

担心老钱再多问，她忙说："没关系，老师，这是我的事情，我自己过去处理就行。"

老钱拿着保温杯，有些为难："陶文霜的妈妈看着不好相处，你一个人能应对吗？"

她见过陶文霜的妈妈，自然知道这个人什么样。

"算了算了，我跟你一起过去吧。"老钱还是不放心。

会议室里除了三班的班主任，就是陶文霜母女二人。两人背对着林漾坐着，而林漾则站在她们身后。林漾目光在陶文霜旁边的那个背影上停留了一会儿，感觉有些不太对。

那人不像是陶文霜的妈妈。

直到两人听见声音，转过身来。那一刻，林漾的瞳孔不受控制地缩了下，连带着长长的睫毛都跟着轻颤。她攥紧拳头，指尖发凉。

"陶文霜的妈妈"主动和老钱打招呼，老钱点了点头："金女士是吧，这是我们班的林漾。"

金女士穿衣风格偏年轻化，上身白色衬衫搭配黑色小马甲，腰身系了一条黑色细款皮带，下身是一条紧身的黑色七分裤，踩着四厘米的高跟鞋，气场干练，面容精致。

林漾第一次见她时，就觉得她很适合做财务，做事利落干脆，从不拖泥带水。

寒暄完了，老钱带着林漾在对面坐下。

陶文霜早就注意到林漾吃瘪的神情，她得意地扬了扬头，小表情不断。

"老师，关于这两个孩子的事情，文霜回家已经跟我说了，我觉得既然都已经提到了对方的母亲，那怎么说也应该让她母亲过来一趟。"金女士无意识地从林漾安静的脸上扫过，装模作样地问道，"林漾，你妈妈没来吗？这样的事情还是应该让家长来一趟，怎么能让你一个孩子面对呢？"

没等老钱解释，林漾突然抬头，面无表情地说道：“不用了，我爸舍不得让我妈抛头露面。”

几个人面面相觑，都表情疑惑地看向林漾。

林漾却跟没察觉似的，毫不客气地说：“如果有话就直说吧，别拐弯抹角的。”

老钱和三班班主任对视了一眼，然后把那天发生的情况又叙述了一遍。在提到某些侮辱性的字眼时，老钱语重心长地说道：“陶文霜妈妈，我们这所学校虽然注重孩子的成绩，但孩子的身心发展也不容忽视。陶文霜既然能说出‘勾引’‘上位’等这些难听的字眼，说明你们家长对孩子心理这方面的忽视还是挺大的。我们希望你们这些做家长的能正确引导孩子，特别是对长辈不尊重的行为，需要坚决杜绝。”

“我知道了，老师。”金女士嘴上这样说着，接着说，“但这些只是小孩子之间的小打小闹，不必这么较真。”

“小孩子之间的小打小闹？”林漾打断了她的话，冷笑了一下，“阿姨，那我说你也是通过勾引成功上位的，和你现在的丈夫结了婚，你会介意吗？”

“你！”

“林漾！”

老钱和金女士的声音同时响起。

陶文霜也呆住了，她没想到林漾能说出这句话。

“不过都是些小孩子间的小打小闹罢了，阿姨你也不必较真。”林漾用她的话来反驳她。

金女士面上挂不住，气得身子都在发抖。听到老师说要不回家跟孩子父亲再商量一下时，她又突然笑了：“是啊，子不教父之过，我回家一定会让我先生、孩子的父亲亲自教导的。”

“子不教父之过，既然陶文霜她爸没来，那阿姨你作为她的母亲替他向我道个歉，应该也能说得过去。”林漾直视着她。

金女士猛地站起来，板凳发出刺拉的尖锐声：“林漾，你算什么东西？

我凭什么要给你道歉？”

就这么两句就让她恼羞成怒了，林漾觉得没意思，转向一直蒙住的陶文霜，轻描淡写道：“陶文霜，你要不要把你妈带回家冷静一下，别让她在这里发疯。”

“妈”字被林漾着重强调。

金女士拿起包，拢了一把头发，气得脸色铁青：“让我给你道歉？你爸天天还得跪在我面前给我道歉呢。你也不看看自己算什么大小姐，有娘生没爹养，一点儿家教都没有，难怪你爹不要你。”

她说完，拉着陶文霜就走，鞋子在大理石地面上踩得咚咚响。

两位老师也没有想到会演变成现在这种局面。林漾平常看着默不作声的，这怎么一张口就是刺，好像跟陶文霜她妈有仇一样，一直反着说。

不过这么看来，陶文霜能说出这些话，跟她家里也脱不了干系。两位老师听了全程，也知道陶文霜的母亲并没有意识到自己女儿的行为有错，认为只是小孩子之间的小打小闹，完全不当回事。

说出的话，难听的程度也不亚于陶文霜。

老钱到底还是心疼自己班上的学生。他埋怨地瞥了一眼三班的班主任，然后给林漾倒了杯水：“你不急着回班，先在这儿坐一会儿，我一会儿就过来。”

两个老师陆续出去了，门被关上，脚步声也渐渐远去。桌子上的那杯白开水冒着白雾，熏着她酸涩的眼睫。林漾维持着那个姿势，不知道坐了多久。她双手在桌子下攥得很紧，指甲刮到掌心里的嫩肉，泛起尖锐的疼痛。

那个女人虽然说话尖酸刻薄，言辞却真实直白。因为她不是金女士，也不是陶文霜的母亲，而是林贺公司的财务，林贺现在的妻子、他出轨的情妇葛青。

陶文霜一家不知道什么时候和葛青取得了联系，这次应该是想让卓季芳出丑，所以才让葛青前来。

林漾不明白，正室和小三的戏码，为什么小三却是理直气壮的一方。

杯子里的水雾渐渐散去，白开水也逐渐变凉。林漾僵硬的背在某个瞬间猛地弯下来，她松开双拳，缓慢地捂住脸，抵在会议桌上，良久未抬头。

沈妄走过来时，看到的就是这样的一个场景。

他要推门的动作停住了，仿佛胸口被一块大石头压着，火气发不出来。在他面前张牙舞爪的人，此时却被人欺负成这样，一个人缩在角落里，脆弱难掩。

沈妄实在看不得她这个样子，烦躁地啧了一声。

“被人欺负了就躲在这里独自难受，林漾，你就这点儿出息？”他冷着脸开门进来，因为气极，语气很重。

林漾愣怔地抬头，她眼角发红，唇瓣因用力抿着而失去血色。她没想过沈妄会在这时候出现，惊讶地问他：“你怎么会过来？”

“是我把人叫过来的。”老钱紧随其后推门进来，手中拿了一个文件袋，“我刚刚查了你的档案，发现高二一班的沈妄是你哥，便把他叫过来了。”

刚才那些话，老钱听着都心疼。陶文霜能带着家长过来，他班上的林漾却只能自己单打独斗。看着对面的两人上演母女情深，林漾却跟没人管一般安静地听着，这丫头，实在是独立得太让人心疼了。

出了这么大的事，连家长都不过来，再联想刚才陶文霜她妈说的那些，老钱估计林漾在家里也真是不好过，没多少人关心照顾她。

老钱看不过去，调出她的档案准备打电话时，这才发现“家庭关系”那一栏还有个兄长。

这么一查，才知道高二一班的沈妄和她是兄妹，于是给高二一班的班主任打了个电话，把人叫过来了。

灯光明亮的会议室内，老钱看着资料档上“家庭关系”那一栏，还是有些惊讶：“你俩是兄妹，你是她亲哥？”

沈妄本就窝火，林漾瞒着家里这件事提都不提，“亲哥”这两个字在此刻听起来也极为嘲讽。他黑沉沉的眼眸深深地看了她一眼，冷声道：“老师，你看我像她哥吗？”

“……”

又来了又来了，这个人又回到了过年那段时期，一叫他哥就阴阳怪气。林漾也没耐心了，大脑一抽，两个字就脱口而出了：“爸爸。”

沈妄眼尾狠跳了一下，染着翻涌的冷鸷说：“你脑子进水了？胡扯什么？”

被沈妄一骂，林漾也收敛了些，她想问他能不能好好说话，但碍着老师在这里，只能老老实实地道歉。

老钱也不管他们兄妹的相处模式，让林漾出去等着：“我跟你哥有些话要单独说一下。”

林漾点头，出门时忽然想起什么，又转身：“老师，我跟我哥的关系有些复杂，所以一直没跟您透露，怕在学校让人知道有些不方便。”

沈妄：“……”他刚压着的火又冒了出来，这人可真有本事啊，都这时候了还不忘强调一句他不是亲哥，试图撇清关系。

“这有什么不方便……”老钱话说了半截，想想这也是学生自己的事，“行，我明白，我也不是多嘴的人，你安心学习就行了。”

林漾道了谢，转身出去时，瞥了一眼沉着脸的沈妄，不懂他这怒火到底是哪里来的，莫名其妙。

他们在办公室交谈了十多分钟，估计老钱会把那天体育课上发生的事说给沈妄听。林漾趴在护栏上回想了下，没有提到沈叔叔，应该不会给沈叔叔带来麻烦。

正想着，门被打开了。老钱和沈妄从里面出来，老钱提醒她晚上别忘了晚自习，说完就走了。

现在已经是下午放学时间，学生都出去买饭了。从这个楼层往下望去，一层的大广场上只有几个人影。

“能因为早恋这种问题叫家长，你可真给我长脸。”沈妄皱着眉头朝她吼，毫无顾忌。

察觉到沈妄脸色不太好看，林漾没有上赶着找骂，反而问道：“哥哥，你怎么会过来呢？不是说周末才能回家吗？”

“我要是不回来，你就不打算告诉我了？”沈妄忽然向前迈了一步，气呼呼地说道，“出了这档子事你瞒着全家，学校让你叫家长你也没叫，林漾，你是不是觉得你在我家一辈子就是个外人，根本没打算把我和我爸当家人，我就不配当你这个哥？”

她没想到这句话竟会惹怒他，林漾愣了一下，低声解释道：“我不是这个意思，只是沈叔比较忙，我不想让他特意为了我这个不光彩的事情来学校，至于我妈……”

她没有说完，沈妄听完老师刚才说的也明白了，他闭上眼睛，深吸了一口气：“要不是你老师今天通知我，你就没打算告诉我了？”

他就在这个学校里，就在她面前，她却没有透露任何消息。

“不是哥哥你说在学校里不能让人知道我们的关系吗？”林漾很无辜地眨了眨眼睛，又低头盯着地面，用一种尽量平静的语气继续说，“而且这件事确实挺丢脸的。”

沈妄被她这话噎住了，也说不出骂人的话了。

林漾双手插在口袋里，低着头专心地踢着地面，只露出半个头顶。发际线处的碎发也跟着主人一样萎靡不振地垂在额头上。

他沈家的人，何时受过这种欺负？别说这人如今是他妹妹，就算不是，那些人都已经欺负到林漾头上来了？真当他沈妄死了！

他沈家的人，他沈妄的妹妹，轮不到外人欺负。

那一刻，沈妄作为哥哥的良知被无限放大，他抬起手，修长干净的五指落在她的头顶，下一秒，没等林漾惊诧抬头，他用了力，不自然地用掌心揉了两下，放缓了语气：“多大点儿出息，你哥罩着你。”

或许是因为今天经历得太多，遇到了葛青，听到了葛青说的那些话，能在这种时候有个人无条件地站在自己这边，林漾一直封闭的心底还是有些触动的。

她仰头，在沈妄收回手时，真挚地说了一句：“哥哥，谢谢你。”

沈妄瞥了她一眼，故意提醒她：“谢不起，我又不是你亲哥。”

“不是，你怎么一直对亲哥这个……”林漾话音一顿，忽然想起来沈妄阴阳怪气的这个称呼是从海京回来的时候开始的，联想到他走前自己说过的话，她这才恍然大悟。

“我那天跟我妈说的话，你都听见了？”

她当时因为林贺结婚的事心烦，卓季芳又一直拿她的成绩和沈妄做对比，林漾实在是受不了，所以才反问卓季芳，沈妄是她亲哥吗？

沈妄没回答，眼皮半抬，算是承认。

“你别多想，”林漾解释，“我当时不是那个意思。”

“那你是什么意思？”

“就是……”林漾张嘴，发现还真没办法解释，即便对沈妄表示感谢，但这会儿她仍然做不到把自己内心的不堪毫无保留地说给他听。

见她说不上来，沈妄了然。他也没多问，双臂微环，抬了抬下巴：“别说了，回去吧。”

林漾没立马走，叹了声：“哥，不管怎么说，今天还是谢谢你。”

谢来谢去她还上瘾了，沈妄最烦这些客套话，他长腿一迈，走到她前面，两秒后，他又停下，转身，皱着眉喊她：“跟你吵架的那人是几班的？”

“三班。”林漾没瞒着，这事他要想知道，自己也瞒不住。

“知道了。”沈妄说完率先下了楼梯。

林漾没站多久，揉了揉太阳穴也回了教室。

沈妄趁着这会儿的空隙直接回教室眯了一会儿。

众人见他回来都很惊讶，问其他人怎么没回来。

一路坐车的疲惫让沈妄太阳穴隐隐作痛，他打发了几个熟悉的人，烦躁地坐在凳子上，长腿随意地敞着，眉眼冷冽。

纪磊看出他心情不好，一直等他睡醒才蹑手蹑脚地过去：“沈哥，到底怎么回事啊，怎么有人说你被高一老师叫过去了啊？”

沈妄把手机揣回兜里，“嗯”了一声，道：“一会儿老师过来帮我打个掩护，我出去一趟，马上就回来。”

嗓音里带着疲惫。

本来他今天提前交卷，可以直接打车回家，不用再来学校。晚上在家睡一觉，醒来还能顺便问问刚好晚自习放学回家的林漾到底找他有什么事。

但在回家的路上，沈妄接到了林漾班主任老钱的电话，说是林漾在学校发生了点儿事，希望他有空能过来一趟。

半道上，沈妄又让司机掉了头。

他就知道，见鬼的关心他，关心他能关心到让他来学校谈话？

沈妄的第一反应不是他们的关系暴露，也不是这丫头给他惹了事，而是平常看着不会吃亏的人这会儿竟然能被人骂到叫家长，平常在他面前的能耐呢？

她是他沈妄的妹妹，怕什么，就是闯了祸，他也能善后。

但没想到，那丫头即便到这个时候也没想过通知他一声，甚至把那句“不能让人知道两人的关系”当成了至理名言，沈妄不知道是该夸她为自己着想，还是该骂她笨。

想完这些，他气得笑出了声，直接去了高一年级的怀德楼。

这会儿正是晚自习十分钟的课前准备时间，各个班都坐满了，有的安静，有的吵闹，形成两个极端。

沈妄很快找到了三班，三班的人有人认出了沈妄，一脸惊讶地大声说道：“沈妄来我们班了？”

“高二的沈妄怎么会来我们班啊？”

“他真的好帅，跟许纵完全是两个类型！”

“突然发现我们班的高辰俊被沈妄那张脸秒杀了！”

沈妄没管，他站在窗口，找了个男生：“同学，麻烦叫一下你们班的陶文霜。”

老钱跟他说起时，他特意记了这个名字。

陶文霜完全是一脸蒙地被推出来，身后还响起一阵惊呼声和羡慕声，她有些脸红，故作娇柔地走到他面前：“我是陶文霜，请问你找我有什么事吗？”

她偷偷地瞥了一眼沈妄，心脏跟着乱跳。

这人是真的好看。

沈妄看都不看她，扬唇讽刺地笑了下：“耽误你几分钟，有点儿事想问问你。”

陶文霜忙跟上他的步伐。三班的女生因为他这一个笑喊得更大声了。平常见惯了许纵，这会儿的沈妄更让她们眼前一亮。但惊喜过后，一个个才反应过来，沈妄跟陶文霜是怎么回事？

同样忐忑不安的还有被沈妄带到楼梯口的陶文霜，沈妄脸色沉得吓人，本来就够有冲击力的面相，这会儿打量她的黑色瞳孔锐利直白，眼尾骇得吓人。

“骂林漾的人，是你？”沈妄开门见山地说道。

陶文霜不明白沈妄是来帮林漾的，还是来帮自己的，她双手紧张地绞了绞衣服：“骂、骂了几句。”

“呵。”头顶上方传来一声冷笑，沉凉如冰，“你倒是挺敢。”

忽冷的晚风吹得陶文霜抖了抖，她一缩，看到男生隐着怒意的一张脸时，总算明白了。

“我、我都给她道歉了，也没骂她什么啊。”陶文霜都快哭了，“我、我也不是有意的啊。”

为什么没人告诉她，林漾认识沈妄啊？这可怎么办啊？

沈妄脚尖半抵在楼梯的台阶上，无意看她的表情，不紧不慢地从口袋里掏出一盒糖，倒了一颗出来，含在嘴里。

“这事你打算怎么处理？”

“什么怎么处理？”

陶文霜咬着嘴唇，两只手用力地抠着，听见他摩挲糖盒的声音，铁质的盖子一开一合，久久未停下。

她那点儿微弱的镇定也被消耗成了负值。

“这、这事不是已经完了吗？”

沈妄终于啪的一声把盒子合上，随之响起的还有他冷漠的声音：“没完，她是我妹，你不该惹她。”

陶文霜还以为自己听错了，她震惊地抬起头，双眼一眨不眨地看着沈妄，哇的一声哭出来：“我、我不知道啊，葛阿姨是她自己要来的，我没让她来，我那会儿，没想欺负林漾啊。”

“什么葛阿姨？”

陶文霜又愣了下，泪眼婆娑地问他：“你不是因为葛阿姨才来问我的吗？”

沈妄没耐心，走上前，皱眉：“我没耐心听你废话，直接说姓葛的是怎么回事？”

陶文霜不敢再磨蹭，她浑身哆嗦地说：“老师要叫家长，我妈就把我跟林漾的事跟葛阿姨说了，葛阿姨听说双方家长要见面，以为林漾的妈妈也会来，所以她就提议说假装我妈来学校处理这件事。”

“姓葛的是谁？”沈妄直觉不太好。

“葛阿姨是、是林叔叔现在的妻子，也就是、是林漾的后妈。”

沈妄忍不住骂了一句脏话，真想一拳打上去。

他烦躁地踹了一脚楼梯的栏杆，碰撞声在寂静的空间内发出长久的回音，陶文霜吓得眼泪在眼眶里摇摇欲坠。

沈妄现在没有任何一点儿怜香惜玉的想法，他不知道这些人弯弯绕绕的心思，他只知道那个一直在他面前伶牙俐齿的女孩儿今天被人欺负了，甚至哭了。

被陶文霜抽噎的哭声吵得心烦，沈妄握拳平息了一下情绪后，开口：“我不打人，你也不用一直哭。但这事也没那么轻易过去，你惹了我家的人，总得给我一个交代。”

陶文霜被治得老老实实的：“……我，你、你想要什么交代？”

星期一的高一年级大会上，发生了一件稀奇事。

本来领导讲完话，升完国旗，这会儿也该结束了，谁知陶文霜突然上台，手上还拿着一篇长长的稿子。

原本吵闹的队伍瞬间安静下来，吴泽昊大骂：“这不会又要搞什么幺蛾子吧？”

一班和三班的人心有灵犀，纷纷把视线转向林漾。

林漾站在前排，面上虽然无动于衷，但心底也生出了几分疑惑，那件事都过去一个星期了，陶文霜还想干什么？

谁知紧跟着年级主任发话了：“高一三班的陶文霜同学，因为做了一件错事，她及时悔过，深刻认识到自己的错误，于是写了一份检讨，希望能表达自己的歉意和忏悔。”

台下一片哗然。

林漾秀眉微微蹙起。

“大家好，我是高一三班的陶文霜。”话筒里传来她并不高昂的声音，“因为我个人原因给一班造成了极不好的影响，给一班的同学带来了很大的伤害，我在这里向一班正式道歉。

“我因为嫉妒一班的成绩总在我们三班之上，所以有目的地传播一些不利于一班的谣言，并联合本班同学严雅婷、唐丹等人挑衅一班众人，有意引起两班人的战火，故意想要激怒一班同学动手，想让一班为此受处分，在此，我再次向一班道歉。”

台下顿时炸锅了。这什么情况啊，还有人干这种事？

其他班级不明所以，对陶文霜干的事无语至极，但只有一班和三班的同学心知肚明，陶文霜不是在跟一班道歉，而是在给林漾道歉呢。

吴泽昊不明白：“为什么她不直接提林漾的名字，还非得拐个一班，这算哪门子道歉啊？”

“你傻啊。”沈曼凡翻了一个白眼，“真要提起林漾的名字大家会怎么想？”

“老钱已经严令禁止任何人再提这件事，如果陶文霜今天特地点名向林漾道歉，那些好奇的人肯定会四处打听两人发生了什么。这样一来，一些嘴不严的人没忍住说出来，到时那些谣言又被传播一次，林漾多少会受点儿影响。

“陶文霜现在虽然是在跟一班道歉，但我们参与的人都知道她是在跟谁道歉，用班级成绩的原因解释，大家也不会多问，顶多谴责陶文霜一两句，毕竟班级之间闹矛盾也很正常。”

吴泽昊听得一头雾水："道个歉还整得跟特工似的，真够费脑子的。

"不过，这是谁给她想的这套说辞啊，她怎么会愿意道歉啊，是受人威胁了吗？"大家都不相信这是陶文霜自己想出来的主意，她真没那个脑子，更不会这么诚心认错。

同桌周婕问林漾知不知道，林漾略带迟疑地摇了摇头。

谁威胁她，沈妄吗？

林漾第一反应就觉得不可能，沈妄应该不会想让人知道他们的关系。

但除了他，又……

"还有一件事。"陶文霜的声音打断了林漾的思绪，"在我做错这件事要求叫家长时，因为害怕，我不敢让我的家长过来，所以瞒着家长和学校，随便找了一个阿姨代替我的母亲来学校处理这件事，任由事态发展，并在事情结束后仍不上报。

"我欺瞒了同学、家长、老师、学校，对此，我向一班的同学、老师、学校，以及高一年级全体学生说一句'对不起'。我明知故犯，给学校造成了极不好的影响，做了一个极负面的示范。"

这下台下更乱了，各班响起一片唏嘘声。

"这陶文霜胆子也太大了，居然找人代替她妈来学校？"

"真是震惊我三观，这情况我只在电视剧里看到过，牛啊。"

"看那些学校领导的反应，好像也确实不知道这些事啊，你看我们年级主任的脸，都气绿了。"

"估计建校以来，还是第一次有人干出这种事吧。"

一班和三班的人面面相觑，张了张嘴巴，有些没回过神："陶文霜怎么干了这事啊？"

"她也真能想啊，还找人假扮她妈。"沈曼凡说，"不过管陶文霜干了什么，反正现在她都在大家面前承认了错误，这次惩罚肯定轻不了。"

安悦问林漾："上次叫家长来的时候，你看到她找的那人了吗？真不是她妈啊。"

林漾垂下眼皮，无波无澜地应了声："可能吧。"

葛青这事只有她和陶文霜两个当事人知道，事情过去一周了，林漾不懂她今天怎么会在众人面前和盘托出。

大会一结束，陶文霜就被年级主任叫到了教导处训话，连带着三班班主任也去了。老钱特意把林漾叫到了一边，关心道："上次那事是我们老师大意了，没想到陶文霜随便找了一个人来学校，不过你放心，学校对她该有的处罚都会有的。你也不要有任何心理负担，年级主任那边再有什么的话，我去处理，你就别过去了。"

林漾说好，准备回班，老钱又叫住她："哦，对了，你哥说以后有什么事可以找他，之后学校对这件事的处理后续，我也会跟你哥交代一声。"

原本还不确定的事，在老钱说完这句话后，林漾十分确定，陶文霜突然道歉，绝对跟沈妄有关。

她一时间，还有些说不上来的情绪。

沈妄这人吧，林漾从最开始就看不透。她知道他讨厌自己，所以对于在沈家他对自己的敌意和排斥都在意料之内。

沈妄的态度有时候确实挺烦的，又跩又狂，说三句话能呛她两句。林漾一开始确实只是跟他维持表面的"兄妹"关系，但沈妄好像又并不是只有这样。

他会帮助交集不多的同学，会照顾老人的生意，会用自己的方式维护他们。他还会因为家里司机出过车祸，不再让他开车到学校门口，而是选择自己多走一段路。他也会细心地注意到家里阿姨烫伤的手指，让阿姨不用熬夜等他做饭而谎称自己不饿。

沈妄这个人，好像并没有表面看起来的那么凶狠张狂。

就连带着对她这个霸占了他家的妹妹，他好像也逐渐对她卸下了防备，开始接受。

他用哥哥的身份来代表林漾的家长，用哥哥的身份给林漾撑腰，让陶文霜向她道歉，用哥哥的身份跟老师说林漾以后的事都可以找他……

用哥哥的身份跟她说"你哥罩着你"。

沈妄把林漾，划分到了自己家人的那一行列。

那她好像也真的可以，试着把他当作真正的哥哥。

换了位置的第二天，学校就开始了五一假期。

林漾在四月的月考中排名一跃成为年级前三。卓季芳嘴上虽然没说，但内心明显感到高兴。她看着手机延迟发来的成绩笑着说：“以后能保持住这个成绩就好了。”

她嘀咕着：“补习也许真的有用，不如趁你这个暑假有空，再给你报个班。”

林漾无所谓，她即使不补习，也只是在家待着，所以点头道：“你看着安排吧，但要先看看学校老师是否有其他安排。”

物理老师说暑假有可能要搞一个补习小组。

“那行，到时候你提前跟我说。”学校如果有课程安排，卓季芳自然也不会让她再参加外面的补习。

沈妄和沈柏裕从楼上下来，沈柏裕听到了两人最后的对话，在卓季芳身边坐下：“漾漾又要补习？”

沈妄抬了抬眼，看向她。

“没，就是先说一下，暂时还不确定。”林漾接过李姨端过来的果盘，推到中间，“沈叔，吃水果。”

她又递了个叉子给沈妄，见他失神不接，只好叫了声：“哥？”

沈妄回神，接过叉子，叉了块水果应了声“嗯”。

几人又聊起沈妄下学期升高三的事，问他有压力没。

沈柏裕：“他哪有什么压力，暑假还跟同学约着踢足球呢。”

“没压力是好事，多少高三生都是心理素质不行，最后导致高考失败。”卓季芳接话，“这一点，你要跟你哥好好学学，别一到关键时刻就掉链子。”

林漾吃了一口香蕉，咀嚼着咽下去，点头：“行，我知道了。”

“对了，沈妄以后想去哪里上大学？”家里没怎么聊过这个话题，因此卓季芳一问，几人的视线都凝在沈妄身上。

沈妄慢条斯理地放下叉子，抽了张纸巾，语气平静：“海京吧。”

他说得毫不在意，应该是早就决定好的。

沈柏裕并不意外，沈妄的外婆外公一家都在海京，再加上老人有意让沈妄以后进明家的公司，他和他舅舅明珩没差几岁，两人都是当作继承人培养的。

卓季芳说着“海京是有挺多好大学的”，林漾却想起之前沈柏裕说的，海京是座很好的城市，不由得好奇地转向沈妄：“哥，海京的雪景漂亮吗？”

沈妄其实没怎么仔细欣赏过那边的雪景，但对上林漾亮晶晶的期待的眸子时，还是鬼使神差地答了句：“漂亮，有机会可以去看看。”

林漾摇头：“算了，冬天去太冷，还是等哥下次再去的时候给我拍两张照片吧。”

她说得熟稔，好似也并不在意他答不答应。

沈妄发现，自从上次陶文霜事件后，林漾在家里对他像换了个态度，最起码跟他说话时，没了以前那些装出来的、虚情假意的笑容了。

沈妄不知道她这是已经放下芥蒂，还是另有目的，但两人的关系，最起码没以前那么敌对了。

聊完天，卓季芳和沈柏裕去院子里散步，林漾拿了瓶矿泉水准备上楼，沈妄没动，站在楼梯口，目光落到她手上的矿泉水上，又转向她的脸上。

林漾自然地以为他要喝水，也没多想，伸手递过去。

沈妄的视线顿了一下，插在口袋里的那只手拿出来，接过来，把瓶盖拧松了一些，递还给她。

“你不喝？”林漾看他。

沈妄挑眉：“我不渴。”

林漾也没再说什么，把水接过来又拧紧了瓶盖，两人一前一后上楼。

“卓姨说的补习是怎么回事？”快上到二楼时，沈妄问起。

“就是想给我报个暑假补习班。”

“你现在的成绩还要补习？”

林漾无所谓地耸肩：“可能我妈对我的期望比较高吧。”

两人走到门边，她说着就要开门进去，沈妄抬手想像上次一样拽她的帽子时，才意识到现如今穿的是夏日单薄的衣服，手一顿，又转向她的发尾。

他没用力，只是拉了下又松开，指尖徒留几分她发尾的细腻触感。

林漾不满，把长发拨到一边："下次不准拽我头发。"

沈妄没应，靠在门边，动作懒散地问她："你妈这种想法，你就没想过改变改变，跟她谈谈？"

"我不是没和她谈过，你也听到了，没用。"林漾叹气，卓季芳就是这样，她对自己想要得到的东西和想要达到的目标，会有一种几乎偏执的坚定，没人能改变。

那次过年，他们母女的谈话沈妄也听了个大概，顿了一下后说："有你这么跟人谈话的？"

当时她那无所谓的态度，卓季芳不发火才是奇事。

林漾喝了一口水，入口的冰凉刺激得她眯了下眼："即便我好好说话，结果也是一样的。"

卓季芳紧盯着她学习成绩的原因，沈妄也清楚，他看似无意地提醒："其实你可以跟你妈说，没必要拿学习成绩来讨好我爸，也没必要拿成绩和我比，毕竟他又不是你亲爸，我也不是你亲哥，也不用把成绩当作唯一的衡量标准。"

沈妄说这话没其他意思，只是站在一个客观的角度分析。

但林漾还是听出了他平淡无奇语气下的那丝不爽，这事看来不解释的话是过不去了。林漾又叹了一口气，指腹被矿泉水冰得有些僵，她将瓶子放在一边，头倚在门上解释："哥，那些话真的不是针对你。我那天有点儿烦，我妈又一直拿你的成绩说事，我一冲动，就说了那些话，但只是因为跟我妈怄气，想气我妈，才故意说了那些。对你、对沈叔，我都没任何内涵。"

沈妄问她："为什么烦？"

林漾不想说是因为那天得知她爸再婚的原因，只说："我妈老是说你考第一，说我没考第一，我心情不好。"

沈妄微顿，扯唇看她："你就这么在意我考第一名这个事？"

“不是。”林漾本人对第一名其实没这么大的执念，“我没有做第一的想法，我对我现在的这个成绩很满意了，但我妈在意。你每次考第一，她就会在我耳边念叨个没完，所以我烦的不是你考第一这件事，哥哥考第一，我也很有面子啊。”

她说到后面，还伸头笑着拍了个马屁。

“少来。”沈妄食指抵在她额头上将人往后推，偏凉的指尖触上她额头的一瞬间，林漾愣了下，大脑有一瞬没反应过来。

沈妄没注意到她的异样，站直身子朝自己的房间走：“我知道了。”

林漾：“嗯？”知道什么？

关上门，林漾瞥到刚刚被她放在一边的矿泉水，也不知道是不是热疯了，她把矿泉水瓶抵在额头上，瓶子的温度明明更凉，却没让她有刚刚大脑空白的感觉。

她摇摇头，一边用手扇着风，一边嘴里嘀咕着：“估计是热晕了。”

五一假期过后，林漾把文理分科表交了上去。

对于她学理科的事，家里好像早就默许了，没人问她关于文理科的想法。就连林漾自己在文理分科表发下来的那一刻，也毫不犹豫地填了理科。

她对文科没兴趣，理科成绩也比文科成绩高出很多。何况，三中本就重理。

周婕问她理科要怎么学，自己学得很费劲。周婕属于那种做题很多，但学习成绩提高很慢的类型，平常和林漾的试卷对比时更泄气了。

“像你成绩这么好，你爸妈是不是都不担心？”

林漾整理文理分科表的动作缓了缓，想着怎么说才能不打击人：“也不是，我妈平时对我抓得比较严。”

她把这组的文理分科表一一查对，确认了一遍，回头敲了下桌子：“凡凡，你想好了吗？我要交上去了。”

沈曼凡理科比不上文科，平时玩得好的几人全都选了理科，因此在交表的时候，她又有些犹豫了。

最终，她还是眼一闭，写上了文科：“就这样吧，大不了以后多往一班跑。”

林漾笑道：“还有一段时间，下学期才会分班，我们这学期还在一起啊。”

沈曼凡：“那我们从今天晚上开始一起吃饭，你们要珍惜和我在一起的每一天。”

周婕想了想，说道：“晚上吃什么？要不然去一食堂吧，我想吃重庆小面。”

沈曼凡点头：“行，我也很久没吃了。”

林漾交完分科表回来听见这段话，有些抱歉地看着两人：“要不今晚你们俩去吃面，我出去买麻辣烫吃。”

她今天下午从小巷子来学校时，看见了摆摊的两位老人，才想起自己已经很久没去他家买麻辣烫了，决定今天傍晚去一趟。

林漾去那里次数多，几人都以为林漾喜欢吃麻辣烫，所以也不强求。

放学后，吴泽昊来问她们去哪里吃。

沈曼凡：“我们去一食堂吃重庆小面，林漾去外面吃麻辣烫，你不跟许纵一起去吃吗？”

“纵哥今晚不吃了，”他转向林漾，不赞同，“你怎么这么喜欢他家的麻辣烫，我去吃了一次，味道也没什么特别的啊。”

林漾把最后一题写完，合上书本，淡声道：“嗯，那你和她们去一食堂吃面吧。”

她并没有跟其他人解释过老人的那些事，毕竟这涉及高二那位同学的隐私，对方并不一定需要别人因为同情和怜悯来帮助他。

林漾收拾好再下去时，校园里已经没什么人了，对面通向高二的走廊里传出一阵脚步声。她没回头，那人步子迈得大，很快赶上她，擦肩而过时，两人都停了下来。

林漾已经很久没看见杨瀚了。

他好像比之前瘦了些，站在比林漾低一阶的台阶上，嘴唇动了动，最终还是什么都没说，快步走了。

林漾没受什么影响，回想着这段时间好像没听过沈妄的负面消息。

五月的天有点儿热，麻辣烫的摊子前并没有站多少人，很快就轮到了林漾。

两位老人都认识她，热情地招呼她："丫头，今天还是老样子？"

她点头笑着说："对。"

因为年龄不占优势，两位老人没抢到好的摊位，这处靠阳，林漾光是站一会儿，脸上就直冒汗。她耐心地等着，也不催促。

没一会儿，身后一群人说说笑笑，然后在这处停下了。展子鑫最先发现她："妹妹，巧啊。"

林漾回头。

三四个穿短袖的男生一起走过来，沈妄站在边上，头微垂着，一只手插兜，身上的黑色T恤被风吹起一个鼓包，他懒懒地抚平，听见展子鑫的声音，眼睫抬了抬，望过来。

沈妄的神情像是刚睡醒，眉眼耷拉着，慵懒随性，步子迈起来也有些漫不经心。

林漾纠结要不要在他同学面前喊他哥的时候，沈妄已经过来了："来吃麻辣烫？"

旁边那几人都好奇地打量着林漾。

沈妄凌厉的视线扫过去，展子鑫瞬间明白，和老人说完要四份麻辣烫，又吆喝着几人去选文具。

林漾不自然地朝那几个同学笑了下，才问："哥，你最近没找杨瀚吧？"

沈妄困倦的眼睛缓缓睁开："怎么？"

"我刚碰到杨瀚了。"

沈妄黑眉一凛："他又找你了？"

"不是。"林漾忙说，"就是在校园里碰到了。哥，你先回答我，你最近没找他吧？"

"没找。"沈妄语气懒洋洋的，"从上学期就没找他了。"

杨瀚只要老老实实的，沈妄也不会没事找事。

林漾一听，这才放心，接过老人递过来的麻辣烫，用手遮了下阳光，说："是没必要跟这种人置气，你以后也别找他。"

站了好一会儿，林漾的额头、鼻尖都冒出了密密的汗珠，沈妄见她只买了麻辣烫，便皱眉问："你没买水？"

林漾说："准备去买。"

"别去了。"沈妄二话没说，掏出钱包从里面抽出一张崭新的五十元，把正跟老人说话的纪磊叫过来，"去帮我买瓶水。"

纪磊偷偷瞄了一眼林漾，抓着头发问："沈哥，买什么水啊？"

"喝什么？"沈妄停了一瞬，又问，"橙汁？"

他记得她在家喝得最多的就是橙汁。

"可以。"

纪磊还是第一次见沈妄对女生这样，他惊讶地眨了眨眼睛，跑向便利店。

老人正在打包那四份麻辣烫，林漾想起自己还没给钱，低头拿钱时，耳朵映着太阳光，细小的绒毛随风拂动。

沈妄的身影自然地挡住太阳光，伸手拦住了她的动作："别给了，一会儿我给。"

展子鑫找到机会表现："对啊，妹妹，让你哥请吃饭啊。"

身后那两个男生惊诧的眼神更明显了。

见沈妄没否认和她的关系，林漾也不纠结了，挪了两步完全躲在沈妄遮挡的阴影里，顺着说了一句："那谢谢哥了。"

沈妄嘴角略弯，双手插兜，问她："怎么这个点才来吃饭？"

"老师今天发了卷子，作业有点儿多，我要提前把它们做完，把周末的时间空出来。"

"为什么要把周末的时间空出来？"

"要补习啊。"林漾不以为意地说，"我妈怕我暑假要上学校的补习班，就干脆让我这几个周末去补习班，这样两不耽误。"

沈妄服了这人，她还真是听话。

也不嫌累，她妈怕是把这个女儿当机器人养了。

纪磊把水买回来，又把找的零钱递过去，沈妄没接，只拿了水，抬了抬下巴："去付钱。"

他习惯性地把瓶盖拧松后递给林漾："补习也不是非要去补习机构，我这个周末没事，会在家。"

林漾不解："然后呢？"

展子鑫听了半天了，立马嬉笑着过来多嘴："妹妹啊，你哥的成绩你是知道的，你要补什么课啊，你哥说了周末没事，他在家给你补就可以了啊。"

林漾有几秒的迟疑和犹豫："哥哥你周末不忙吗？"

"课不多。"沈妄淡淡地说，阳光照进他墨色的眼底，引人注目。

沈妄却偏了头，发觉她又冒了些汗时，蹙眉提醒："麻辣烫不能放太久，先回去吃饭吧。"

林漾一走，那几人就都过来了："沈哥，这真是你妹啊，长得可以啊，比我们年级的'级花'还漂亮。"

"有这么漂亮的妹妹，你怎么不带出来给我们见见啊？哎，不对，你什么时候多了个妹妹啊，她读高一啊？"

纪磊和展子鑫是知道点儿内情的，识趣地没开口。

等那两人连着说了好几句，才发现沈妄一直没说话。他抿着唇，下颌绷着，从糖盒里倒了一颗糖扔进嘴里，低头咀嚼着，露出锋利如刃的侧脸线条，阳光一照，给人一种莫名的压迫感。

男生自觉地后退一步，咽了一口口水。

沈妄居高临下地睨了眼他们，伸手接过老人递过来的麻辣烫，交谈了两句后才冷声开口："今天见过人了，认识了？"

两人忙点头。

"既然认识了，那以后该帮的帮，不该打听的事少打听。"

这话连展子鑫都跟着点头："放心吧，高一那边认识的人，我也会让人多看着。"

沈妄把嘴里的糖囫囵吞下去，"嗯"了一声没再说话。

其实展子鑫还想鄙夷一番，是谁当初说“这就是个拖油瓶”“是我爸从外面捡的”，如今倒是知道私下里护着了。

但见沈妄这会儿不想多说，他也就安安静静地闭嘴了。

隔日中午吃饭时，卓季芳一听沈妄有空给林漾讲题目，立马开心地答应了。

沈妄成绩又好，又是促进家庭关系的好事，就连沈柏裕言语之间都表示出了“你们兄妹俩关系好，我也就放心了”的欣慰感。

林漾倒是觉得有些说不上来的不可思议，刚来沈家那会儿，两人还是互看不顺眼的飙戏阶段，这会儿都能在一个屋子里写作业了。

不过想想，沈妄成绩那么好，她不问也是浪费资源。

吃完饭，两人准备上楼时，正喝着茶的沈柏裕突然看过来：“说起学习，我想起一个事。你班主任昨天给我打电话，说你要把教导处那儿留的手机号换成你自己的。”

原本留的是沈柏裕的手机号，平常每个月的月考成绩排名都会发到沈柏裕手机上。

沈妄却不以为意：“我想给自己的成绩做个排名对比，发到我手机上更方便。”

想想他说的话也有道理，但沈柏裕仍觉得奇怪：“怎么突然想起这个来了？”

“马上高三了，现在是关键期。”沈妄答得坦然。

沈柏裕没再说什么，摆摆手示意两人上楼。

林漾有几秒钟的走神，步伐刻意放慢了一些，跟在他身后问：“哥，你把手机号换成你自己的，是不是……不想让沈叔看到你的成绩？”

沈妄停下，林漾猝不及防，四目相对。

一个是试探，一个是审视。

林漾抓着楼梯的手指不自觉缩紧。

几秒后，沈妄先移开目光，继续上楼：“我成绩就那回事，我爸看不看都一样。”

“成绩对比是老师让做的。”他淡声又加了一句。

没了他那灼人的视线，林漾松了一口气，紧跟着抬脚，果然是自己想多了。

她还以为是沈妄特意不让家里知道他每次的排名，毕竟卓季芳每次都是知道沈妄的排名后，更加旁敲侧击地提醒她好好学习。

林漾的房间沈妄看过不少次，但这还是第一次进来。

即便两人最敌对的时候，沈妄也只是站在门边，并且每次都会提前敲门。

其实想想，沈妄的家教是真的很好。

屋子里开了空调，林漾习惯性地坐在吹风口，把布置的几张试卷都拿出来。沈妄站在桌边，他没拿这几张空白的试卷，反敲了敲桌子，问她要以前的错题卷。

林漾很快将那些错题卷找出来。

“你先写作业，我看会儿。”沈妄拿着她的错题卷站到了窗边。

林漾也没管，她本来基础就好，只是拿不准一些难题，所以做试卷时，把不会的难题先圈出来，打算等全部做完后，再一起问沈妄。

她做题十分投入，连沈妄出去了一趟又进来都不知道。屋内外冷热一对比，沈妄才发现空调温度太低了，被林漾调到了二十摄氏度，这会儿她坐在吹风口下，长发也被吹起来了。

林漾不合时宜地打了个喷嚏。

“空调遥控器给我。”沈妄开口。

她将空调遥控器递过去，见他手里拿了几个微厚的笔记本，停笔问了一句：“这是什么？”

调好温度，沈妄把遥控器放下，单手拎了个板凳过来。

林漾自然地伸手接过那几本笔记。

不经意间的触碰，沈妄察觉那如冰的手指，拎板凳的手指又换了个方向：“我们俩换个位置。”

他示意林漾。

林漾也没多想，心不在焉地站起来。

这几个笔记本上都是沈妄自己总结出来难理解的重点笔记，他省去了那些废话，用自己的话写得简明易懂。

旁边还配以能套用到的难题类型。

其中有一个笔记本专门收录了一些复杂的附加题，从高一到高二，每一个阶段他都做了详细标注，附加题的难易程度更被他用红色星号一一划分。

林漾不由得感叹："原来你私下里这么用功？"

沈妄收拾了她的东西，眉梢微挑："智商再高的人，脑子长时间不用也会废掉。我不是不努力，只是不用像大多数人那么努力。"

就像这种笔记整理，他只需要整理一些附加题就行。

但不代表，他不付出任何努力就能获得第一名。

见林漾沉默不语，沈妄以为她不信，身体缓缓往后一靠，漫不经心地问道："不信？"

"信啊。"林漾回忆之前跟许纵坐同桌的日子，"我前同桌也是一直保持第一名，但他平常上课都在预习后面的内容，写完作业还要写一些自己买的那些竞赛习题。"

他会的每道题也是自己日积月累刷出来的。

上次见老钱时，老钱跟沈妄提过那件事中的另外两个主角，一个是三班姓高的男生，另一个就是林漾刚说的前同桌。

沈妄用笔随意地在桌上敲了两下，靠在椅子上问："上次那姓高的和姓许的到底是怎么回事？"

那些谣言中有买奶茶，还有什么买药。

林漾无奈："就是我那次肩膀受伤了，许纵给我推荐了一些跌打损伤的药，结果被人传成了乱七八糟的。"

至于高辰俊，她一点儿也不想提及。

"另一个是我之前跟你提过的，一个不想理的人。"

沈妄记起那天晚上去接她时，林漾在出租车上说，因为有一个不想理的人，所以没怎么吃东西。

尽管她只说了这一两句，沈妄依旧能猜测出来。

男女同学私下往来的事他没经历过，但也经常听到他身边的那几人讨论，私底下不顾忌的话，沈妄也听了不少，男生的那些花花肠子彼此之间最为了解。

所以沈妄一直都没跟他们细说过林漾，只一句“少打听”，他们也就明白这人碰不得，就算再见到，也不会对林漾生出不该有的心思。

沈妄坐直身子，翻了两页错题，要给她讲解时，又莫名停下：“姓高的那小子最近有没有再找过你？”

“没有，我一直没怎么见过了。”因为那件事，后续几人的活动林漾基本推了，省得引起不必要的麻烦。

闻言，沈妄薄唇扬起：“有这种觉悟就好。”

“……”

四目相对，他笑容敛起，双眸沉黑如墨：“少跟那些人来往，我们家就没出过早恋的人，你要敢早恋给我丢脸，我打断你的腿。”

林漾：“……”

她一句话憋在嗓子里，不上不下的，极别扭地应了一声：“嗯，知道了。”

五月下旬的时候，三中举行了第三次月考。月考的前一天晚上是老钱的晚自习课，他第一节课讲了习题内容，第二节课给他们发了一张试卷做。

夏日热浪不断，头顶的电风扇压根不顶用，那风声吹得人越发烦躁，四周都是拿着书本往自己脸上扇风的同学。

周婕热得用纸擦了擦汗，也抽了一个本子出来扇风，偏头一看，惊住了：“林漾，你怎么做得这么快啊，我第一面还没做完，你第二面都写一半了。”

她凑过去：“你不热吗？”

四周的窗户都大开着，外面的夜色越发显得安静，一丝风都不曾吹进来。

林漾抬头，用手扇了两下：“也热啊。”

她额头上都已经冒了一层薄汗。

“那你怎么还做得这么快？”见她直接下笔写答案，周婕睁大了双眼，“这题我算了好久都没做出来，你怎么直接就知道答案了啊？”

“这题我前两天刚做过。”沈妄给她找的那些题目都是针对性的，昨天更是训练了她两小时的数学经典难题。

“你真的在补习啊？”周婕以为她还在之前那补习机构补习，“那里还收人吗？要不你帮我问问。”

林漾：“不是，我没补习。”

她斟酌着说道：“我哥这段时间有空，给我出了点儿题目做。”

后排的沈曼凡听见她这声“哥”，欣喜地凑过来：“你跟你哥现在的关系是不是挺好的，在那儿一切顺利吗？”

挺好也算不上吧，林漾回答了个“还行”。

周婕不知道她家的情况，不知道这两人说的什么，但觉得林漾她哥很厉害。

“你哥是不是成绩挺好，跟许纵那样的？”

“……算是吧。”林漾没多提。

“那你哥帅吗？”

周婕小眼神里闪烁着兴奋的光芒，就连沈曼凡也睁大了眼睛，期待着她的回答。

林漾沉默地看了一眼两人，知道自己这个同桌是个“打破砂锅问到底”的人，估计今天没有得到答案，她就没法安静写作业。于是想到了沈妄那张第一眼就让人印象深刻的脸，她找了个中间词：“还不错。”

她不贬低，也不夸大，总不能让她哥太自恋啊。

“能从你嘴巴里听见‘还不错’这个词，那就说明是很帅了！”周婕赞同沈曼凡这话。

“我们天天说帅哥你都没感觉，最多夸一句‘就那样吧’，以你对帅哥的挑剔程度，能说出‘还不错’这个词，可想而知对方那张脸是得多在审美点上。林漾，你哥到底是什么大佬级别啊？”

林漾：“……”

她不是对帅哥挑剔，林贺开公司结交了不少老板，卓季芳也认识了不少阔太太，林漾在很小的时候就跟着卓季芳参加过不少酒会、宴会、聚会。

从记事起，她就见过不少他们社交圈子里的富二代、小少爷，见得多了，什么类型的长相都有，林漾对帅哥都免疫了。

而沈妄，五官过于有侵略性和冲击力，确实是让她第一眼就记住的帅气面相。

周婕自顾自地说着，表示自己也想有这样的哥哥，让林漾下次有机会带她们见见，一定要跟她们学校的沈妄做个对比。

“……”

林漾都不知道怎么跟她说，这两人是同一个。

周婕是一个对帅哥没有一点儿抵抗力的女生，喜欢偶像更是三分钟热度，几天换一个。

而最近，她的帅哥偶像，又换成了沈妄……

起因是她在学校偶然碰见过一次沈妄，从那以后，这人就跟魔怔了一样，翻出沈妄高一那会儿的纪录片，反反复复地观看，即便里面的沈妄只有几秒钟的镜头。

林漾不知道周婕这次的热度能持续多久，只含糊地应下，岔开话题让她赶紧写试卷。

可没过一会儿，她伸手，轻轻地戳了一下林漾的手臂。

“嗯？”

“林漾，你能不能帮我问问你哥这道题怎么做啊？”

她直接跳过中间的大题，翻到了最后一页的附加题。

林漾：“……”

得，沈妄的热度没了，新的偶像又换成了她哥。要不怎么说，得不到的永远是最好的。

林漾叹气，翻到后面：“我先看看吧。”

十分钟后，她放弃了：“只会第一小问，后面不会。”

周婕眼神期待地看着她："那你发个消息问问你哥？"

她还真是坚持不懈啊。

林漾抬起手腕看了下时间，还有好久才下课，怕后面这段时间被周婕缠着没法写试卷，她便拿出手机，然后声明："我哥不一定会看，如果没回就不准再问了，老实写试卷。"

"你放心，绝对！"周婕举双手保证。

想着还有两分钟高二那边就到休息时间了，林漾等了一会儿，才把题目拍过去："哥，有空的时候帮我看下这题。"

三分钟后，林漾收到了他的回复。

沈妄拍了一张图片过来。

上面是用笔勾勒的几个关键信息，还有几个关键步骤。

他没写上全部步骤，只点出了核心。

周婕兴奋道："你哥真的厉害，你有这么厉害的哥，怎么不早说啊？"

林漾都不知道怎么回应，问她看懂了没有。

"看懂了看懂了，很懂。"周婕的关注点却不在题目上，她指着林漾的手机屏幕，"为什么你给他的备注是'自大狂'？你哥很自大吗？"

那天晚上也是被气昏头了，林漾才给他改成了这个备注，后来一直也没改回来，这会儿被周婕一提醒，她模棱两可地敷衍过去，想着还是改了吧。

正要点开的时候，"自大狂"又发来一条消息："还有？"

林漾："什么？"

沈妄："还有不会的直接发来，我一会儿要上课了。"

林漾看了下试卷，编辑了一条信息发过去："没有了。"

隔了两秒，她又加了一句："谢谢哥哥。"

那人隔了几秒才回："嗯。"

锁屏前，林漾还是点开了他的资料界面。

想着直接编辑"沈妄"在学校里不方便，容易被人看见，她思量了一分钟，最终弯着唇打下"哥哥"两个字。

放学的时候，周婕把平常和她玩得好的几人都喊过来："下周我生日，到时候请大家唱歌，一块儿去啊。”

大家都笑着说“好”，周婕又叮嘱了一番林漾：“我这次可没喊高辰俊啊，你可不准推。”

“知道了。”林漾把书包放下，去后面拿水桶。

周婕这才想起来今天轮到她们俩值日，她嘴上喊着“完了完了”，手上加快了收拾的动作。

她妈妈估计现在已经在外面等着了，她忘了今天值日这件事。

班里的同学渐渐出去，沈曼凡和吴泽昊还没走，他们打算帮林漾收拾完再一起回去，林漾接好水回来，拒绝了两人的好意。

“你不是不舒服吗？”

沈曼凡今天进入了生理期，肚子很疼，这几天又喝了不少冰水，整张脸都透着惨白。

“你先回去吧，让吴泽昊送你。”林漾不放心，跟吴泽昊又说了声。

吴泽昊一副不情不愿的样子，但见那丫头趴在桌子上恹恹的样子也不好拒绝，到底还是有点儿绅士风度，走过去背起沈曼凡的书包：“走吧，咱俩一起。”

沈曼凡实在没力气，也不跟他吵了，虚弱地跟林漾又说了一声，便被吴泽昊扶着出去了。

教室里只剩下林漾和周婕两人。

趁着没人，周婕说话也没什么顾忌了：“你觉不觉得，凡凡其实是喜欢吴泽昊的？”

林漾正给第一组泼着水，闻言抬头望过来：“……他们俩？”

他们俩从初中吵到现在，林漾都习惯了。

“对啊，虽然天天两人跟敌人一样，但凡凡其实很关注吴泽昊的，你看除了吴泽昊，谁能把凡凡气成那样？”

这话感觉听听就行，林漾也没在意，继续拎着水桶去第二组。

“不过我感觉吴泽昊对凡凡没兴趣。”周婕有猜测，但不知道是不是真的，“吴泽昊好像有喜欢的人了，你知道是谁吗？”

“不知道。”先不说是不是真的，就算是真的，林漾也不感兴趣。

周婕总觉得这三个人陷进一个死循环里了，沈曼凡喜欢吴泽昊，但吴泽昊好像喜欢……林漾。

如果她没猜错的话。

不过见林漾对这些事不在意，她也没有多说，人家吴泽昊想跟林漾做朋友都没捅破那层纸，她周婕干吗没事给人添堵。

她摇摇头，继续扫地。

扫完一组的时候，周婕的母亲给周婕打了电话，问她怎么还不出来，在门外等她半天了。

周婕讪讪地说：“妈，我忘了今天值日，可能还要一会儿。”

林漾听见电话那头传来咳嗽声。

见状，林漾接过周婕手上的扫把，说：“要不你先回去吧，阿姨这两天生病，别让阿姨久等，我来扫就行。”

平常早上值日两人也不会分得那么清，有时候谁早来，谁就先打扫，也不在乎这些。

但周婕还是说了好几声“谢谢”，才拿着书包跑下去。

她妈这两天热感冒，不舒服，要不是顾虑这一点，周婕肯定不会丢下林漾一个人。

一个班级的垃圾有点儿多，等林漾倒完再回来整理好讲台，关灯，拿书包下楼的时候，高二那栋楼也响起了放学铃声。

他们高一这学期改了时间，放学时间也往后推了，只比高二早了半个小时。

林漾一个人在教室里打扫了半个小时。

夏日的热浪扑面而来，林漾背着书包，步子特意放慢了些。高二大部队有的同学穿过走廊从高一这栋楼下去，带来热烘烘的一阵风。

林漾低着头看台阶，走得很慢。

一直到了怀德楼的门口，那群学生才渐渐散去，她落在了后面，特意绕了一圈，去石桥那里的小超市，买了一支雪糕。

磨蹭了这么久再出来时，主道上果然没什么人了。

她晃晃悠悠地从上面下来。

人群稀少的校园内有几声毫不顾忌的大喊声，林漾觉得那声音耳熟，直到回头，看见昏黄路灯下几道颀长的身影。

沈妄斜背着书包，一只手插兜，眉眼在暗色下显得懒洋洋的，嘴角的弧度也比白日里平添了几分柔和。

又是展子鑫先跟她打招呼：“妹妹，你怎么现在才走啊？”

林漾站在原地，等他们走近了才说：“今天值日。”

她看向沈妄，叫了声：“哥。”

这几人都是上次见过的，林漾也不用特意避着。

沈妄“嗯”了一声，黑眸往四周看了看，蹙眉：“就你一个人值日？”

林漾点头，咬了口雪糕：“我同桌有点儿事，我让她先走了。”

她还真是好心。

几人前前后后地走着，展子鑫开玩笑：“妹妹，我还以为你特意等我和你哥呢。”

沈妄早就听他这称呼不顺耳了，抿唇瞪了他一眼：“说几遍了，那是我妹。”

“行行行，你妹，那我叫啥，叫名字？”

林漾这才想起还没跟这人介绍过自己，于是扬声道：“我叫林漾。”

除了展子鑫和纪磊，另外几人都很疑惑，怎么这兄妹俩不是同一个姓，但没人在这个时候开口问。

展子鑫立即拍马屁，夸她这名字好听，很仙气，沈妄的名字则很大气。沈妄实在听不下去，用脚踹他：“闭嘴吧你。”

几人都跟着开玩笑，说起了无聊的话。

林漾一支雪糕吃完，去旁边的垃圾桶扔垃圾。

“沈哥？”纪磊抬手给沈妄递了个东西，沈妄低头瞥了眼，又抬头盯着那抹纤瘦的身影，手背虚挡了下，淡声道，“说话都注意点儿。”

众人都愣了愣，一时没反应过来。

还是展子鑫瞥了眼扔完垃圾往回走的林漾，懂了。

他率先笑了下，挥手指挥道："说话别这么没分寸啊，我们几个大老粗没关系，这儿还有个女生在呢，懂不懂怜香惜玉啊。"

沈妄睨了展子鑫一眼。

几人堪堪明白过来，立马闭了嘴。

林漾扔完垃圾，又摘了一侧的书包带子，就这样半背着，从里面拿出一包纸巾。

下一秒，沈妄把她肩上的书包取下来，拎在自己手里。

她正觉得不方便，被沈妄拿过去省了不少劲，她抬了抬头，迎合着路灯的光亮，笑容明媚："谢谢哥。"

见周围几人都盯着自己，林漾合上纸巾，问："怎么了？"

沈妄黝黑的眼底闪过一抹异样，沉声道："眼珠子不会转了？"

"……"

纪磊无语，明白沈哥这是嫌他们眼珠子放在了不该放的地方，他将胳膊搭在其中一个男生的肩上："晚上干吗啊，来一局？"

几人说笑着，一窝蜂地往门口走去。

纪磊又不由得心猿意马，想起刚刚沈哥那妹妹仰头弯唇，恰好站在路灯下，被灯光打上了一圈光晕，柔光下明眸皓齿、明媚生辉的生动模样。

也难怪沈哥藏着这妹妹不给他们看。

要他们也有这样一个妹妹，估计得藏得更深。

沈妄脸色不怎么好看，偏林漾自己还没有察觉。她刚吃过雪糕，唇红齿白的，声音也变得清凉柔和："哥，你要跟他们一起去打游戏吗？"

要是平常，沈妄可能还会去待个十多分钟。

但今天，他望了望漆黑的巷子，换了只手拎书包："不去了。"

校门口传来摊贩吆喝的声音，不少下了课的学生出来买夜宵，几人站在小道上，周围四处飘香。

展子鑫见他对游戏没兴趣，有眼色地转向林漾："妹妹，要不一块儿吃个夜宵？"

他这称呼还是没变。

沈妄本来跟他们约好了，只不过没想到放学遇到了林漾，他抬腕看了下时间，也不算晚，沉思了两秒，偏头询问她：“去吗？”

刚吃了雪糕，林漾其实不是太饿。但她刚刚已经扫了人家的兴，总不能再扫一次，于是点头：“去吧。”

几人去的是下坡路的一家小餐馆，主食有米饭、米线、面条、粉丝一类的，还可以看菜单点炒菜，他们几个经常过来吃，跟老板很熟悉。

沈妄走在最前面，在桌子旁一直站着，没动。

直到后面的林漾过来，他抬了抬下巴：“进去。”

等林漾坐下后，沈妄又抬脚钩了个塑料板凳过来，把两人的书包搁在上面。

一张长方形的大桌子上，这一边只有她和沈妄两个人。

展子鑫和另外两个男生挤在另一边，纪磊则加了个板凳坐在过道边上。

“看看吃什么？”沈妄说。

林漾抬头寻找菜单。

店里没有专门的菜单，都是做成了一块黑板大的菜品板子贴在墙上。这家店的菜单贴在靠近厨房付钱的那端，离得有点儿远，林漾看不清。

沈妄也注意到了，沉思了两秒：“先等会儿。”

他起身，拿了手机。

林漾不知道他要干吗，不经意转头时和一侧的展子鑫对视上，展子鑫笑了下：“妹妹，你这坐里面，进出不方便，听你哥的话，就坐着别动啊。”

“……”

没一会儿，沈妄回来了。

林漾的眼前出现一只骨节匀称的手。

他把手机往林漾面前的桌子上一搁：“吃什么，自己点。”

手机屏幕上是一张刚刚拍下的菜单照片。

林漾粗略扫了几眼，点了一碗鸡丝米线。

这会儿没人，饭菜上得很快。沈妄和展子鑫几人聊着上周的一场球赛，他大大咧咧地靠着椅背，一条胳膊懒散地搭在桌边，眉眼轻倦地听着他们激动地聊几个高光时刻。

他时不时地扯唇笑笑，有兴趣的话还会搭上一两句。

林漾不尴尬，也不拘束，大大方方地低头吃着米线，并未多言。

鸡丝米线吃到后面越来越辣，她没忍住咳了两声，再吃的时候动作明显慢了许多。余光中，旁边的位置又空了。

没两分钟，沈妄又回来了。

他把刚从冰箱里拿出来的橙汁放到林漾手边，说道："喝点儿。"

声线轻浅，像从羽毛上刮过一样。

林漾眼睫抬起，盯着瓶子停了两秒才眨了下，"嗯"了一声，然后放下筷子拿水。

意料之中，瓶盖儿又是习惯性地被拧松。

她把这个行为默认为沈妄不易显露的细心和教养，就像是对待李姨、王叔，以及卖麻辣烫的两位老人一样。

殊不知，饭桌上其他几人惊得目瞪口呆，这会儿更是食不知味，谁见过沈哥这么会照顾人，谁还管你看不到菜单亲自去给你拍，谁管你吃饭辣不辣需不需要喝水啊？

兄弟和妹妹的差别就这么大吗？

吃完饭，沈妄去付钱，他的几个同学到门外站着等，林漾顺手拿起两人的书包。

沈妄的书包明显要比她的轻许多。

付了钱，沈妄收起钱包，没让她继续拿着书包，眼神示意：书包给我。

林漾把他的书包还给他，作势要把自己的书包背在身上："哥，你别拿了，我装的书多，太重，我自己背着吧。"

沈妄"啧"了一声："事儿怎么这么多。"

他伸手将林漾的书包捞过来，径直向门外走去。

林漾："……"

亏她刚刚还以为这人转了性，破天荒地将"沈妄"和"贴心"两个字沾上边。

她也真是大半夜睡虫上脑，太离谱。

那天晚上回到家的时候，已经是十一点半了。李姨一直没睡，见两人一块儿回来，才安心了些："平常你都准点到家，今天这个点才回来，我还以为怎么了呢。你妈说你今天值日，我看着迟了这么多，还想着给你打个电话问问。"

林漾细细地解释了几句，拿出手机查看了一番，并没有任何新的短信和电话。

一瞬间，她情绪低了下去。

连李姨都知道担心她回家晚出什么事，卓季芳就这么放心吗？

林漾站在楼梯口，喝了口橙汁润了润苦涩的口腔，慢慢抬脚上楼了。

沈妄都上楼好一会儿了，一直没听到动静，这会儿打开门见她低垂着头慢吞吞的模样不由得皱眉："都几点了，别磨蹭，赶紧洗洗睡觉。"

林漾抬头，没什么精神地"哦"了一声。

沈妄挑眉："今天这么听话？"

"……"

这话听着总觉得哪里不对。

但林漾也没多问，打开门摆摆手："哥哥晚安。"

"林漾。"

林漾停在门边。

"以后如果回来得晚，记得给我发个消息。"

林漾突然又觉得有点儿欣慰。

看吧，就算她妈不关心她，家里的李姨和哥哥还是会关心她的。

连原本讨厌她的沈妄也能把她当妹妹照顾了，那她这个人，应该也没那么差劲吧。

周婕的生日聚会定在了周五的晚上，因为那天高一和高二赶上了同一天月考，下午考完试直接放学，晚上没有晚自习，也方便了他们狂欢。

周婕的父母给她订了一个大蛋糕，考完试放学的时候，周婕给林漾发了消息，让林漾陪她一块儿去拿蛋糕，其余的人先去KTV。

周婕家离学校不算近，十几分钟的路程，和林漾家是两个相反的方向。

路上周婕提起刚才校门口又在争吵的沈曼凡和吴泽昊，摇摇头：“一会儿这两人会不会打起来啊？”

“不会，”林漾说，“他俩有分寸。”

这毕竟是周婕的生日会，吴泽昊跟着几人吃过几次饭，周婕才顺带喊上了他。

到了周婕家门口，林漾没进去，她站在离她家不远处的电线杆旁，躲在阴影里：“你进去吧，我在这儿等你。”

“那你稍微等我两分钟，我马上就出来。”

这处坐落着不少小区，对面是刚开发的新楼盘，周婕家是老小区，纯楼梯房，只建到了六楼，旁边挨着两三栋。

这处一直说要拆迁，但拆到现在也没动静了，里面留下的住户并不多。

林漾正回忆着沈柏裕说过的这一处规划，从周婕家旁边的单元楼里走出来一个熟悉的人影。

杨瀚穿着一件白色背心，一个大裤衩，脚上踩着一双人字拖，头发凌乱，睡眼惺忪地提着一包垃圾走到垃圾桶旁。

林漾估算了下时间，高二的考试虽然比他们结束得早点儿，但从学校到这里的距离，杨瀚也不可能考完试回来睡一觉。

看那样子，应该是睡了很久。

杨瀚扔完垃圾，又往旁边吐了口唾沫，抬头的那一瞬间瞥见了电线杆下的林漾，两人隔着条马路遥遥对望，最后神色平静地移开眼，好似并不在意。

提着蛋糕的周婕下楼看见杨瀚，盯着他的方向不由得怔了怔，然后快步跑过去：“林漾，拿好了，我们走吧。”

林漾点头，两人转了身，没再看他。

杨瀚无所谓地耸耸肩，又晃悠进了单元楼。

刚走没两步，周婕忍不住问："你认识杨瀚啊，你怎么认识他的？"

"不算认识。"林漾提了下书包带子，夕阳的余晖洒在她疑惑的明眸里，"你和他是住一栋楼吗？"

"对啊，杨瀚家一直住这儿，但我们跟他都不熟，他们一家吧，都有点儿怪。"周婕的语气有些嫌弃。

林漾沉思了两秒，还是问："他家怎么了吗？"

杨瀚家的情况吧，说可怜也可怜，但说可恨吧，也可恨。

"他爸跟他妈原来夫妻关系挺好的，他妈人挺不错的，还是个富家小姐。但杨瀚他爸好赌，输了不少钱，差点儿把这房子都赔进去了。幸好他妈提前藏了房产证，他爸后来发现后，把他妈打了个半死。"

周婕想想当时见到的那个场景就觉得可怕。

"再后来，他妈那边的娘家人知道了，逼着他妈跟他爸离婚，然后把他妈带走了。他爸用杨瀚威胁他妈，说敢离婚就不准要儿子。谁知他妈娘家那边真一不做二不休，很快给他妈找了个有钱男人，自此，杨瀚再也没见过他妈。这套房子大概也就是他妈对杨瀚的弥补。"

周婕跟杨瀚不熟，但周围的邻居倒是经常聊起他家的事情："离婚后，他爸就从赌徒变成了酒鬼，天天喝得烂醉。意识不清的时候，他爸还砸过我们不少东西，回家也砸。杨瀚小时候被他打过无数次，现在大了好像知道跟他爸反抗了，他爸再也没打过他。"

林漾微微眯眼，又问："那刚刚说的可恨又是怎么回事？"

"你看他爸那样子哪会是好好培养杨瀚的人，他爸在外面没少做坑蒙拐骗的事，连带着杨瀚也不学好，光我这一年都听过他不少龌龊事。还有刚刚那样，估计也是刚睡醒。他经常逃课，不是在网吧待着，就是在家睡觉。青春正好的男孩，就开始自我堕落，也是可惜。"周婕说着叹了一口气。

见林漾长久不说话，周婕还以为她是在难过："你是不是在同情杨瀚啊，我不知道你俩是怎么认识的，但你真得离他远点儿。不是因为他家庭不好，我只是提醒你，这人心思不正。"

你要说这样悲惨家庭的孩子也有不少，无非是两种选择：要么就是发愤图强，通过努力改变自己的惨况；要么就是像杨瀚这样的，埋怨命运的不公，把怨恨全部发泄在别人身上，破罐子破摔，自我颓废下去。

“他还总觉得大家看不起他家，以前小区里的好心人看他可怜，给他送饭送钱的，他都把人赶出来，还说我们是施舍，说我们是去看笑话。”周婕骂着，“跟个神经病一样，说为什么我们就能这么幸福，为什么不是我们来遭受这些？你说这人心理得多阴暗啊？”

她叮嘱：“林漾，你可千万别同情他。”

“不会。”林漾摇头，眼神无波无澜的，“他是不幸，但他只是这世上千千万万不幸人中的一个罢了，这世上比他不幸的人还有很多。”

杨瀚更不该用他的不幸去伤害另一个人。

难道他伤害的那位高二同学就幸运吗？那两个上了年纪却还要为了生活夜间奔波的老人就幸运吗？六七十岁的老人尚且会为了生活而努力，他杨瀚在青春正好的年纪又何至于此呢？

KTV 里，众人已经到齐了。有人点了一首劲爆摇滚 DJ，林漾被震得耳朵发麻，幸好中间有人换成给寿星祝福的生日歌。

唱完生日歌，众人又忙着切蛋糕、分蛋糕。

吴泽昊给林漾拿了水果过来，提醒道：“你一会儿离那边远点儿，这帮人指不定要用蛋糕抹谁呢。”

林漾顺着他的目光看向围在桌子边的那几个男生，有的人都已经开始摩拳擦掌了。

“吴泽昊，你够不够意思啊，怎么不提醒我啊。”沈曼凡过来，因为刚跟他吵过，脸色不太好。

“你这一点儿亏都吃不得的人，还需要我提醒？”

于是两人又吵起来了。

耳边是包厢里喧闹扰人的噪音，林漾看着沈曼凡快气哭的模样，忽然就想起周婕曾说过的“凡凡喜欢吴泽昊”。

她抿唇，有些事自己好像确实忽略了。

蛋糕刚被分好，那处就爆发出一阵此起彼伏的欢呼声，周婕被人涂了满脸蛋糕，这会儿正抓着蛋糕追人。

怕殃及自己，林漾趁机开了门想出去，周婕却拦着她不让走。她两只手抓着奶油悄悄地放在林漾的腰间，一脸无辜："我没涂，我真的不会涂你的！"

"我出去接个电话。"林漾给她看正在闪烁的手机。

卓季芳问她晚上大概几点回家。

林漾中午跟她提过晚上有同学聚会，但没说具体的时间，看了看屋内正玩在兴头上的同学，她回答："我也不确定，可能还要一会儿。"

卓季芳没急着挂电话，不停地碎碎念："你爸也不知道怎么回事，这个月你的抚养费还没打过来。他到底是什么意思啊，当初都说好的，现在又不想遵守约定了？"

林漾一时语塞，闭上了眼睛，不知道说些什么好。

其实，卓季芳并不缺钱。相反，在沈家，她没有任何花钱的地方。无论是家庭开支，还是林漾和沈妄的上学花销，以及平常的零花钱，全都是从沈柏裕的账户里扣除的。

卓季芳不用负责家庭的任何采买，这些都由李姨负责。她平常的生活也就是逛逛街，出去和朋友喝喝下午茶，并且有时会和沈柏裕一起出去参加饭局和酒会。

但这些方面的衣服和装扮，也都有专人负责。同样，沈柏裕给了卓季芳一部分钱，任她支配。

卓季芳自己离婚所得的那些钱，可能都没有动过一分。

沈家的经济条件事实上是超过林漾原本那个家庭的，甚至超过许多家庭。

沈家和当初沈妄母亲明家联姻的原因，除了一部分是沈柏裕不可衡量的前途，还有两家门当户对的缘故。

电话里，卓季芳还在唠叨，林漾没什么反应，等那头说完了，她才问："沈叔还没回来吗？"

如果不是这个原因，她也不会打这么长时间的电话。

“没回来，家里现在就我一个人，你哥晚上也没回来吃饭。对了，你有空也给你哥发个消息问问他在哪儿，别只顾着自己玩。”

挂了电话后，林漾本没有把卓季芳说的最后一句话当回事。但是，她脑海里突然蹦出沈妄那天晚上的一句叮嘱：“以后如果回来得晚，记得给我发个消息。”

现在已经七八点了，回去肯定会很晚。

两分钟后，正在KTV的沈妄收到了一条消息。

林漾：“哥哥，我今天回家会晚一点儿。”

第六章

「异样」

沈妄的电话直接打过来，那边声音同样嘈杂，音乐声和喧闹声不断。林漾等了一会儿，电流里的声音渐小，她才听见沈妄的声音：“在哪儿？”

他嗓音又低又沉的。

“同学过生日，来了 KTV。”林漾靠在走廊外的墙上，抬头看着头顶来回变幻的光亮，问，“哥哥你也在 KTV 吗？”她声线懒懒的，听着挺乖。

但沈妄还是皱了眉：“地址在哪儿？”

“什么？”

“KTV 地址。”沈妄耐着性子，又问了一遍。

以为他是不放心，林漾给他报了地名。

隔壁有人推开门出来，里面的声音震耳欲聋。林漾听见电话里沈妄清冽磁性的嗓音：“还要多久才结束？”

“还不清楚。”林漾伸出一只手，百无聊赖地看着光线从她指间的缝隙溜过，樱唇微张，“应该还要一会儿。”

“我就在这附近，结束了给我打电话，时间太晚了，我去接你一块儿回家。”

林漾收回手，嘴角无意识地弯了下：“好的，哥哥。”

挂了电话，她没急着进去。

直到有人催促她，林漾才眨了下眼：“我回个消息马上进去。”

她给林贺发了条短信：“爸，我这个月的零花钱不太够，给我转点儿钱吧。”

林漾不知道是不是上个月葛青回去说过什么的缘故，所以这个月林贺该打给卓季芳的抚养费迟迟没到账。但无论是什么原因，林漾都不想卓季芳因为这份抚养费再和林贺产生任何瓜葛。

葛青和林贺结婚的事，卓季芳可能还不知道。

也可能知道了，只是她装作不知道罢了。

两人离婚，卓季芳先在林贺前再婚，就是为了不给那些想看她笑话的人，再次见到她狼狈的机会。

卓季芳骨子里的傲气不会让她低头，她更不允许离婚后的自己比出轨的那对男女过得不好。

两人离婚，各自有家庭本是一件很正常的事，但偏偏，林贺还是选择了那个让卓季芳脸面尽失的小三。

她在意葛青，很在意这个抢了她男人的女人。

即便是她本就不打算要的男人，但也得，卓季芳亲手丢弃。

没一会儿，手机就收到一条转账信息，金额足足超过两个月的抚养费。

林漾看了一会儿，将其中的一半转给卓季芳："我爸把抚养费打到我这儿了，我一直没注意到。"

做完这些，她心累地叹了一口气，推门进了包厢。

本以为聚会会结束得很晚，结果因为周婕头发上被抹上了奶油，她受不了，早早散场说要回家洗澡睡觉。

众人也不好再跟着胡闹下去，把KTV收拾干净后就准备回家。

吴泽昊立马过来找林漾："太晚了，我送你回家吧。"

他身后的沈曼凡站着没动。

林漾刚给沈妄发完消息，她把沈曼凡叫过来："你俩家正好住一个方向，你俩先走吧，我在这儿等我哥，他就在这附近。"

沈曼凡"哼"了一声："谁要跟他一起啊，他这么烦人。"

"不跟拉倒。"吴泽昊立即呛她，"一会儿某人可别颠颠儿地跟在我身后。"

两人打骂着出去了。

等人走得差不多了，林漾这才背着书包下电梯。

现在快十点了，因为在空调房里待久了，所以即便一出门就吹到了徐徐的晚间微风，林漾仍感觉燥热。

沈妄让她在门口等，她也没敢走远，就在KTV门口不远处的石凳上坐着。

为了打发时间，她低着头看手机。

林贺那会儿给她回："下次钱不够花了，记得跟爸爸说。"

林漾没回。

她一边有些贪婪又期待地享受着这份独属于她的父爱，一边又对林贺和葛青之间的龌龊有着怨气和不甘。

有恨吗？可能也有吧。只是这事太龌龊，更多的，却是别人津津乐道说起时的不堪和不耻。

可即便这样，林漾宁愿自欺欺人，也不愿丢下那仅存的父女关怀。

这世上，没有父爱的人还有更多。

像她这样的，还算是幸运的吧。

沈妄来得很快，见她弓着背，头垂得很低，几乎快挨到手机上，还以为她睡着了。他走过去，倾身扯了下她的书包带子。

林漾回头："哥。"

她锁上手机，从石凳上下去，这块地不平整，比较矮，她看沈妄更需要仰头，不想让他先探究，主动开口："你在这附近干吗呀？"

沈妄垂眸，视线凝在她发红的眼角，到嘴边的那句"等个人都能睡着"又变成："在这里等多久了？"

"没多久，刚出来没一会儿。"

其实林漾不算矮，十六岁已经有一米六五的身高了，但奈何沈妄太高，比她足足高出了一个头，这会儿再往下一站，看得更费劲。

从沈妄的角度就觉得，这人快被书包压扁了。

他好心地伸出手，托住书包底部，给她卸了所有重力，却摸到一手的奶油。

林漾："……"

她忙去找纸，懊悔地给他擦着。

林漾擦得专心，低着头，粉唇抿着，眼尾还泛着红，眼睫也跟着垂下，长长的，在微风中翕动着。

两人偏凉的指尖交握。

沈妄敛眸看去，她细白的葱指握着自己食指和中指的指腹，莹润的月白指甲搭在他指节处，轻巧圆润。微微垂头时，两侧的碎发落到沈妄的手腕上，带了点儿，撩人的、丝丝的痒意。

林漾一只手拽着他，另一只手用纸巾一点一点地擦着他手上的奶油。女生的力气本就不大，沈妄粗糙惯了，偏那抹细腻不断，从指尖到掌心、手腕，触觉在这夏日的晚风里被无限放大。

他倏地收回手，林漾不解。

“纸给我，我自己擦。”沈妄神色如常地说道。

林漾又抽了一张纸递过去，也没觉得有什么奇怪。

她书包上沾了不少奶油，衣服后面不知道什么时候被人涂上的，黏在上面一直没发现。

包厢里那会儿都是玩这个的，自然也没人会提醒她，只以为是故意砸上去的。

林漾今天还穿了一条蓝色的牛仔裙，奶油的颜色尤为明显，印在那一处，被书包挤压得一团糟，非常难看。

林漾不知该露出什么样的表情，过了好几秒，才哭丧着脸：“哥。”

书包继续背着估计得弄得到处都是奶油，沈妄把她的书包拿过来拎在手里，皱眉盯着她不忍直视的后背，也沉默了。

今天考试，她书包里也没装校服，沈妄就带了一部手机，书包扔在学校都没带回来。

两人站在KTV门口，这里灯光又足，路上来来往往的人不停地打量他们。偏偏这里也不能停车，要一直走到红绿灯路口那附近才能打车。

“……”

林漾觉得要不就破罐子破摔吧。

沈妄站到她身后，挡住那群人的视线。

几秒后，他拎着书包挂到她的肩上：“背上。”

林漾明白他的意思，想着反正书包和衣服都黏上这么多奶油了，也就不在乎严不严重了，用书包挡着总比被人盯一路好点儿。

她老老实实地背上书包，书本的重量刚落在肩上，就又忽地一轻，彻底没了。

林漾诧异地回头——

沈妄跟在她身后，一只手插兜，另一只手半抬，拎着她书包最上面的带子，卸去了她书包的所有重量。

林漾肩上就只有挂着的两条书包带。

背着书包，却又似乎没背。

他就这样跟在旁边懒散晃悠地走着，短发被风吹得乱了些，面上却多了点儿随性痞淡。

见她回头看他，沈妄懒懒地挑眉：“现在不急了？”

林漾清澈的眼底闪过一抹不自然，回过头，没再说话。

走了没几步，沈妄接到了展子鑫的电话。

“纪逸苒来这儿了，她看了纪磊的手机，知道我们在这儿，找过来了。”

展子鑫有些无奈：“跟她说了你不在这儿，她不信，非要在这儿等你来，纪磊不放心，也不敢直接走。”

沈妄听得不耐烦了：“直接让纪磊把人扛回去。”

“……”

林漾不由得侧目。

沈妄顿了一下，没刚才那么暴躁了：“我不过去了，你们自己看着办吧。”

就是因为没办法，展子鑫才给他打电话的啊。

“你要不还是过来一趟吧，估计她就是想见你一面。等见到你，她也就走了，要不然就她那毅力，估计后面还得堵你。”

两人走到路边，旁边是个童装店，里面的大喇叭来来回回播放着“今日特价”，沈妄听得更心烦了。他揉揉眉心，正要把电话那头的人打发了，林漾转过身子，望着他说道：“哥哥，你是有事要回去吗？”

她善解人意道：“那哥哥你去吧，我自己回家就行。”

林漾说着就要走。

“回来！”

书包被人扯住，她又被拽回来。

沈妄的脸色不太好看：“大晚上瞎跑什么？”

“……”

她哪有瞎跑？不过当下林漾自然不会跟他理论，她无奈地撇了撇嘴，懂事地站在一旁等他。

“现在不急着回家吧？”沈妄挂了电话，直接问她。

林漾本就不想那么早回，要是卓季芳这个时候还没睡的话，估计又要念叨林贺那件事。她更不想听。

于是，她佯装乖巧地点头：“还行。”

“那跟我去个地方，我先去处理一件事，然后再回家。”

“可是我的衣服……”林漾别扭地指了指自己的后背。

沈妄扫了一眼，嘴上说着“麻烦”，实际已经抬头给她找附近有没有服装店了。

成人服装店在对面，红灯还要等四五十秒，沈妄的视线在她和旁边喇叭里喊着“今日特价”的童装店两者间停留。

林漾后退了一步，表情一言难尽：“哥，不是吧……”

沈妄直接提着她的书包把人拉进去。

林漾：“……”

这过分了吧。

沈妄在童装店扫了一圈，发现那些童装尺码太小，当他看到挂的那一排防晒衣时，就要了件最大码。

防晒衣本就贴身，沈妄又选了一件蓝色，所以蓝色的冰丝防晒衣和林漾身上的牛仔裙搭配在一起，还真不怎么违和。

那件防晒衣跟个短款小外套似的。

沈妄出门就直接打了车，上车前还饶有闲情逸致地拽了下她防晒衣的帽子，慢悠悠地评价：“看起来还不错。”

林漾无语，看着窗外：“哥哥说得对。”

斑驳的光线掠过后车厢，男生好看的薄唇浅浅地扬了下。

林漾本以为他要过来处理什么大事，直到沈妄带着她又上了一家 KTV 的电梯。

之前打电话时沈妄说自己在附近，但打车也要一刻钟，也不算是附近了。

林漾站在他身后，眼睫不经意地抬起，扫过那人的身影。

很快，她的视线又移开了。

他们这间包厢里，除了林漾之前见过的那几人，还有三四副新面孔，其中的几个男生和展子鑫坐在一块儿玩骰子，另一边是位女生，坐在纪磊身边，手上不知道拿着什么。

屋内长时间没开门，空气里各种味道混合在一起，林漾下意识地皱了皱鼻子。

沈妄见状，步子顿了一下，扫了一圈，然后扬声道："都别玩了，开点儿门，透透气。"

众人这才看见他身后的林漾，瞬间懂了。展子鑫开玩笑地应了一句："妹妹来了啊，那是不能马虎。"

只有坐在纪磊旁边的那个女生，停住了手上的动作，一双刻意画了眼线的美眸失了魂似的盯着林漾。

见她这样，沈妄眸色沉了沉，嘴角渐渐绷直。

展子鑫出来打圆场："我说逸苒妹妹啊，沈妄的妹妹可比你还小，人家可是好好学习的乖学生啊，你可别一直盯着人家看，把人家吓坏了啊。"

听见那几个字，纪逸苒慌乱回神，被纪磊提醒后，才忙坐正。

"沈妄的……妹妹？"她笑着问。

出于礼貌，林漾点了点头。

纪逸苒看见沈妄手上拎着一个白色书包，明显是女生的，书包一侧还挂了个透明的果冻小熊吊坠。

沈妄一来，中间展子鑫和那几个男生的位置自然要被让出来。他把书包搁到一边，半抬下巴示意林漾坐下，想了想，又把桌上的零食端过来。

只是几人玩得上头，桌上的零食和垃圾参半，沈妄手指停在碟子边缘，盯着那堆垃圾看了会儿。

然后，他抬起胳膊，皱眉，嫌弃地用碟子将那些东西推走，空出了面前的一块"好地"，把酒水单丢给林漾："想吃什么自己点。"

"……"

林漾不知道自己为什么会给沈妄留下爱吃的印象。

难不成就因为那天晚上饿了要去买炒面？

算了，她也不纠结了，反正也不知道要在这儿等多久，她干脆翻开酒水单，认真地选着。

沈妄把林漾安顿好后，才开口问纪逸苒："找我什么事？"

纪逸苒没见沈妄对谁这样好过，但屋内有几人是见识过的，所以只是平静地感慨沈哥还是个好哥哥，但纪逸苒就不一样了。

她什么时候见过沈妄身边有女生啊，更别提还知道照顾女生吃东西，要不是这是他妹妹，她都觉得他俩关系不一般了。

所以纪逸苒当下看着他笑了下："你对你妹还挺好。"

这话让林漾也分了目光看过去，纪逸苒大大方方地回望，抬手："妹妹你好，我是纪逸苒，在追你哥。"

林漾十分惊讶，又把视线转向她哥。

啪的一声，沈妄扔了正在把玩的打火机，周围温度倏地降下来。

他漆沉的瞳孔里映着林漾惊讶的模样，沈妄火更大了。

"你不点单听她瞎说什么？"

林漾："……"

沈妄跟林漾说的是"听她瞎说什么"，而不是跟纪逸苒说："你跟她瞎说什么？"

这俨然，谁外谁内，一听就分辨出来。

除了当事人，包厢里的人都愣住了。

林漾合上单子，说了两样："荔枝和瓜子。"

听见这两样东西，沈妄掀了下眼皮："火气大？"

"嗯？"

荔枝和瓜子，可不都是上火的吗？

沈妄按铃叫侍应生过来，点完单后，他又拿起桌上刚被扔下的打火机，有一下没一下地玩着。

"找我什么事？"他又问了一遍，视线却没转向纪逸苒，仍盯着手上未打火的打火机。

纪逸苒回过神，打了下给她使眼色的纪磊："干吗啊，我又不是胡闹。

"你们最近怎么回事啊，出门玩都不叫我。"

要不是今天在纪磊手机上看到他们的聚会地址，纪逸苒还真被纪磊这小崽子给忽悠了。

纪磊："我们今天刚考完试，也是临时决定出来，这边离一中远，再说也不是去要见全承谦，就没跟你说。"

全承谦是一中的学生，纪逸苒也不安分，哪能老老实实地听全承谦在一中定下的那些规矩，所以经常挑衅他。

纪家这一对兄妹也是在那样的情况下认识沈妄的。

再后来，两校大佬经常交锋，一来二去就传出这两人是死对头的消息。

每次纪磊和沈妄去一中，纪逸苒都要在场，生怕这二位一言不合面上就撑不住，一中又是全承谦的场子，怕沈妄在他们学校吃了亏。

但这两人的发展，倒是有点儿出乎意料。

纪磊提起这人，纪逸苒才想起前几天全承谦遇见她时，让她带给沈妄的话——

"全承谦说考完试要再跟你约一场。"

约什么？林漾轻怔，约什么，是她想的那样吗？

她下意识地转向沈妄，见他毫不犹迟疑地答应："行。"

侍应生把林漾点的荔枝和瓜子送上来，见林漾没动，沈妄把东西推到她面前："吃。"

就一个字。

展子鑫无语，真没见过沈妄这样关心人。

林漾没有立即吃，而是身子靠后要越过沈妄拿书包。沈妄见她够得费劲，头都没偏一下，一只手就把书包轻而易举地拎过来，嘴角扬起的弧度似在嘲笑她刚刚的"笨动作"。

"……谢谢哥。"

好汉不吃眼前亏，林漾只在心里腹诽了一句，默默从书包里拿出一包湿纸巾。

回忆着之前她给自己擦手的那包纸巾，再瞅了一眼她现在正在擦手的湿纸巾，沈妄挑眉，这人出个门还挺麻烦。

但实际上，林漾书包里除了文具，就备了这两样。

纸巾在学校用得多，湿纸巾是因为自己经常把笔墨蹭到手上，她有时不想出去洗手，就用它随意地擦一下。

林漾没那么讲究，这会儿也是因为前面在周婕那儿沾了不少奶油，手指上黏黏的，从那边过来沾了一路的灰尘，总不能直接剥颗荔枝就往嘴里塞。

被沈妄盯得有些不自在，林漾快速擦好手，心不在焉地拿起一颗荔枝，随口问道："哥，我们什么时候回家？"

"你不是不想回家吗？"沈妄反问。

林漾剥荔枝的动作一顿，她缓缓地动了两下唇，没回答这个问题。

她不知道他是什么时候看出来的。

"那正好啊，赶紧把我刚刚没唱完的那首歌切回来。"展子鑫拿着话筒问林漾，"妹妹唱不唱？"

林漾摇摇头："不了。"

那处打牌的几个男生又招呼她一起打牌，林漾忙摆手："不用，你们玩就好。"

毕竟是沈哥的妹妹，他们不敢多想，但也不敢怠慢。

沈妄把林漾的书包又拎回了原本的位置，向后靠时瞥见她挺直的背脊，眯了下眼，缓缓问道："你坐这么前面干什么？"

音乐声响起，一个男生和展子鑫正在抢话筒，谁也没切进去，另外几人打着牌不知在聊什么，脸上挂着爽朗的笑。

林漾嘴里嚼着荔枝肉，咽下了才说："怕把奶油蹭到沙发上。"

她身后的防晒服倒是一点也没显出来痕迹，看着也不会黏上，就是这么挺着也不嫌腰疼。

纪逸苒在这个时候又过来了："沈妄，明天周末，有空吗，一块儿出来玩啊，带上妹妹。”

“明天有事。”沈妄捏了颗荔枝，也不吃，就看着。

知道这又是应付自己的敷衍话，纪逸苒哼了一声，在林漾那侧坐下：“沈妄，你至于吗？不就是我说要追你，你怎么躲我跟躲瘟神似的？”

沈妄眼底的漆色沉了沉：“纪逸苒，我说过了，别在我身上浪费时间。”

“浪不浪费时间你总得让我试试啊，不试怎么知道？”纪逸苒和他对视，嘴角翘起。

林漾坐在中间忽然有些尴尬，她嘴巴里的荔枝核现在又不能吐出来，只好抵在腮边。

她早知道是这么个情况，那会儿直接回家多好，没事来凑什么热闹。

就在林漾快要忍不住了的时候，沈妄起身了，他扔了手上的那颗荔枝，面无表情地说：“你要连朋友都不想做了，那你就试试。”

有些话说开了就不好听了。

纪磊也知道他这堂妹喜欢沈哥，可喜欢沈哥的那些女生他也不是没见过，但真没见过有哪一个能跟在沈哥身边的。

纪磊知道，沈妄看在他的面子上，已经给纪逸苒留了情面，再这么让他堂妹追下去，沈哥脾气怕是真忍不了了。

见沈妄出去，纪磊也忙跟着追出去。今天本来就只是他们几个考完试想出来放松一下，谁知道他堂妹纪逸苒昨天到他家看到了他手机上的聊天记录，今天居然直接到现场追人了。

纪逸苒从小到大多是如此，只要是自己喜欢的，绝不遮遮掩掩，除非自己死心，要不然别人劝不动。

这要不是她跟沈妄不在一所高中，估计天天都能堵在班级门口。

其实说起来沈妄也没怎么跟纪逸苒有过交集，之前几次见面要么是去一中找全承谦，她碰巧在场，要么就是出去玩的几次，她跟着纪磊一起过来。

自从纪逸苒说过要追沈妄后，不用沈妄警告，纪磊再出来绝不会带着她。

但今天这事，他还是得去解释一下。

看见纪磊跟在沈妄后面出去，纪逸苒也毫不在意。她坐在林漾旁边，越看越觉得这妹妹颜值真高，难怪和沈妄是一家。

她率先开口：“妹妹，我叫纪逸苒，你应该认识纪磊，我是他堂妹，你叫什么？”

林漾赶紧吐了荔枝核，笑了笑：“我叫林漾，沈妄是我哥。”

“林漾，林……”纪逸苒有些疑惑。

“我跟我哥是重组家庭。”林漾并未刻意避讳，语气十分自然。

见林漾这么坦诚，反倒换纪逸苒尴尬了，她随手抓了一把瓜子，叹道：“我刚刚好像把你哥惹生气了，你哥性格真冷淡，一点儿机会都不给我。”

林漾沉默了会儿，也不知道要说什么，对沈妄的事她不好过多评价。

纪逸苒发现林漾身上的防晒服挺有个性，林漾三两句搪塞过去。她转而又问了林漾的生日，发现自己就比林漾大了一个月，于是高兴地说：“那我还是比你大，我虽然在一中，但以后在三中有谁欺负你了就跟我说声。”

一首歌放完了展子鑫也没唱几句，听见这话他有些想笑：“纪逸苒，妹妹哪需要你护着啊，我们几个可都在三中呢，你这是不给我们面子啊。”

旁边的几个男生也跟着起哄。

“谁跟你们说话了，玩你们的吧。”纪逸苒又瞪了一眼展子鑫，“你就不能在沈妄面前多给我说说好话，我和沈妄要是真成了，你可就得叫我嫂子了。”

不知是不是林漾的错觉，她总感觉展子鑫的视线若有若无地朝她这边扫过来，然后才说：“八字没一撇的事，等你成了再说吧。”

他说完，又顺手拿了颗荔枝吃。

林漾默默地把荔枝往展子鑫那边推过去。

“妹妹，我不吃。”展子鑫注意到她的小动作，笑着把荔枝推回来，“这是你哥点给你的，我可不敢多吃。”

林漾：“……”

“你别听他说话，他嘴里就没几句顺耳的话。”纪逸苒打开手机 QQ，“妹妹，咱俩加个联系方式呗，以后方便联系。”

林漾觉得两人的联系应该不会多，但也没必要拒绝，所以拿出手机给她报了 QQ 号码。

沈妄推门进来的时候刚好听到这句，望着那人专注地在手机上点来点去，听着那一声声“妹妹”，啧了一声。

他就出去了这一会儿，她这么快就把自己卖出去了。

沈妄一回来，展子鑫自然立马有眼色地让出位置，顺带把自己剥的荔枝壳一并带走了。

沈妄顺势瞥向林漾面前，桌上的荔枝壳还是他走前剥的那些，林漾被纪逸苒拉着说话也没空吃，那盘瓜子也被纪逸苒霸占了。

沈妄舌尖抵了下腮帮子，不怎么高兴。

他在原本的位置上坐下，指尖搭在荔枝盘的边缘，垂眸看了会儿。

再然后，指尖换了个方向，伸手拿了那包湿纸巾。

林漾眼尾的余光跟着飘过去。

沈妄从里面抽了两张，然后仔仔细细地把自己的手擦干净，扔了纸巾，再拿起荔枝。

“……”

这人怎么不把这盘荔枝供起来？非得整那么干净才能碰？

纪逸苒也服了，跟沈妄吃过几次饭，虽然知道他爱干净，但还没到这种洁癖似的程度啊。

下一秒，两人动作整齐地盯着他的手看。

好看的人本就吸引人，更别提认真做事的时候。沈妄现在用那只好看的手拿起棕红色的荔枝在指尖轻转，没几下，鲜嫩多汁的荔枝肉被他剥出来，然后放到一旁干净的一次性杯子里。

连着剥了好几颗荔枝，因为这处太安静，引得几人都看过来，展子鑫嘚瑟地伸头：“这么疼我啊，剥给我吃的啊？”

轻缓的音乐中，沈妄的那声轻笑尤为清晰，他抬头觑了展子鑫一眼，半明半暗的眸子里写着：那你吃？

展子鑫哪还敢吃，连连摆手：“算了算了，吃不起，吃不起。”

他还是继续唱歌去吧。

怕纪逸苒坐在那处再惹沈哥生气，纪磊过来把纪逸苒叫走了，拽着她和那几个男生去玩游戏。

纪逸苒愤愤地骂了一句，回头朝那处望去时，头顶旋转的氛围灯刚好切换颜色，浅黄色的光线洒下来，落在坐着的两人周围。

她看见沈妄把剥好的荔枝往林漾那边推了推，看不真切的嘴角似扬着不甚明显的弧度，眼尾被光淬得发亮。

包厢里明明还有其他声音，可纪逸苒就是听清了他跟林漾说的那两句话："剥个荔枝你都能盯着看半天，就这么想吃？

"行，那你吃吧。"

沈妄把满杯的荔枝肉推到了林漾面前。

林漾一时竟辨不清他这话的真假，只是望着他极亮的墨眸恍惚了一瞬，长睫垂下，把那杯荔枝推回去："我不吃了，哥，你吃吧。"

沈妄对她这话恍若未闻，好整以暇地直起身子："赶紧吃，别磨叽，吃完回家。"

他轻飘飘扫过来的一眼恍若在说：你事怎么这么多。

"……"

行吧，林漾心底刚才生出的那点儿慌乱和旖旎消失殆尽，她心安理得地吃着沈妄剥好的荔枝。

纪逸苒眼睛都看直了，她抓着纪磊兴奋地说："沈妄我追定了，这人对他妹妹都这么好，以后对他女朋友岂不是更好？"

"纪逸苒，我劝你别追。"纪磊尽量不打击她的自尊心，"女朋友这事吧，得看沈哥喜不喜欢，他如果不喜欢，你再怎么追也没用。"

纪逸苒说他是小孩，不懂。

"人家都说'女追男隔层纱'，我要真追上了，你想想是叫我妹，还是嫂子吧。"

纪磊无语到了极点。

几人差不多玩到十一点钟就散了，虽说第二天不用上课，但总不能玩得太迟。

几个人分别后，林漾和沈妄也没打车，从KTV出来转过两个路口就是他们回家的那条小巷，林漾临走时还抓了一把瓜子放在口袋里，这会儿时不时地往嘴里扔两颗，倒也不会太安静。

沈妄走在她前面，回头打量时，她正用纸包了一个封底的漏斗，另一只手往里面扔刚嗑完的瓜子壳，红色的唇瓣上沾了点儿瓜子碎屑，她有所觉地抿掉，又乐此不疲地继续嗑瓜子。

书包在沈妄手里，她倒是乐得自在。

“怎么了，哥？”察觉到他的视线，林漾把脚步放慢，两人隔着不远不近的距离。

沈妄挑唇笑了下：“我发现你每次跟我出来，这嘴就没停过。”

嘴巴没停过？这是说她爱吃？

林漾嗑瓜子的动作缓了缓，她仔细回忆了最近几次，好像还真是。

从那次许纵生日接她回来的路上买了寿司、饭团和牛奶，在学校碰见她买麻辣烫，买雪糕，再有今天……

沉默了几秒，她伸手抓了点儿瓜子，递过去：“要不，哥，你也尝尝？”

算她还有点儿良心。

沈妄没要：“你自己留着吃吧。”

照这么个嗑法，够不够嗑到家都不知道。

两人又没话了，这个时间点小巷子里又太安静，林漾觉得这样也不好，毕竟她哥今天又是接她、又是给她点了瓜子和荔枝，她本着礼尚往来的态度回以关心：“哥，纪逸苒那会儿说的，你跟人约一场，是要找人麻烦的意思吗？”

“找人麻烦？”沈妄缓慢地重复这几个字，意识到她以为的事，眉梢扬了下，“如果是呢？”

林漾知道自己不该管他的事，也并不是想要越线，于是她斟酌着开口：“如果必须这样，那哥哥注意点儿；如果不是必要的，握手言和最好。”

她说：“哥哥这样的话，沈叔会担心。”

怕他爸担心啊，她倒是挺会操心的。

沈妄脚尖一抬，书包侧边干净的那一角稳稳地落在他的膝盖上，他右脚踩着旁边的小台阶，一条腿半抬着，弓着身子斜眼看她："那你呢，你这个妹妹就不担心吗？林漾，你就这么没良心？"

小巷昏暗的灯光半洒，他的侧脸慵懒地扯了个弧度。

林漾也坦然地承认："担心啊，我肯定担心啊，以后还要好好孝顺哥啊。"

这是之前沈妄呛她时，反问她的话，如今却被她拿来堵他，沈妄没忍住低头笑了下，他把书包拿下来，收了腿，站直身子："出息了。"

林漾又开始嗑瓜子。快到家的那个路口，沈妄突然开口："今晚为什么不想回家？"

"没有啊。"林漾下意识地否认，"不是哥哥你要带我去你朋友那边的吗？"

"以你的性子，你如果不想去，我让你去，你也不会去。"沈妄没拆穿她，他没忽略那会儿问她"急着回家吗"时，林漾眼底一闪而过的逃避。

瓜子嗑多了，林漾嘴巴里有些发苦。她卷好放瓜子壳的纸巾，摇摇头："没有，就是因为那会儿太晚了，想着等你一块儿回家更好。"

沈妄知道，她还是没说实话。

他敛了眼底的柔色，没再开口。

到家时，卓季芳还没睡，见两人一起回来，又问了几句。

看出卓季芳跟林漾有话要说，沈妄把书包给她放在桌子旁，抬脚上楼："我先上去了。"

卓季芳问林漾那钱到底是怎么回事。

"是爸转的，可能忘了吧，转到我这里了。"

她怀疑地盯着林漾。

"妈，你也不想想，我哪有这么多钱一次性转给你，这些钱真的是爸转到我这里的。"

这话卓季芳倒是相信，林漾的零花钱一个月也不多。但她还是对林贺的做法不满："你爸也真是的，每个月按时打给我的钱，这次却转到了你那边，还拖了这么久，他什么意思啊，当初协议都签得好好的，现在难道想不认账吗？”

林漾不知道林贺这次抚养费的拖后是不是因为葛青那次到学校的事。

如果是，那他都知道了吗？

为什么，他一次都没问过自己呢？

见林漾一直不说话，卓季芳皱眉：“我说了半天，你是不是一个字都没听，还在维护你爸，觉得我说得不对？”

“……不是，我在想其他事，”林漾就知道一回来她妈肯定要跟她抱怨，她以为回来得迟些卓季芳应该睡了，没想到这个点还在等她。

她问：“妈，你不困吗？”

“你别给我转移话题。”卓季芳声音冷了些，“你爸都这样了你还叫他爸，你怎么不跟我一条心呢，你现在应该跟他断了，断得干净。”

“妈，你声音小点儿。”林漾的脸色也不好看，“沈叔他们还在楼上呢。”

卓季芳眼底闪过一丝慌乱，很快又镇定下来。当她再次开口时，明显地压着声音：“林漾，你知道你爸做的那些事，不应该考虑为他做任何事。他不爱你，如果他爱你，他就不会抛弃你，更不会与那个女人结婚。”

“我知道的。”林漾声音平静，没有波澜，“我知道他不爱我，也知道你们对我的爱到底有多少。但是妈，你是真的想让我跟爸完全断绝关系吗？先不说我们之间的血缘关系，如果我真的跟他断了联系，你会甘心吗？”

林漾并不在乎公司和股份，但她知道卓季芳关心的是什么：“妈，你想好了吗？我如果跟他真的断了，爸的公司就完全与我无关了，那就只是他们两个人的了。

“我去给你倒杯水。”林漾起身去了厨房冷静下来。

其实，她有过卓季芳所说的想法。她应该怪罪林贺和葛青吗？是的，她应该。

但是，即使没有葛青，卓季芳和林贺也必然会走向离婚。葛青只是两人离婚的诱因。

母亲早因林贺的公司陷入经营危机而计划离婚。

林贺长时间不回家，他甚至忘记了自己有个妻子和女儿。

父母都说爱她，但在彼此的生命中，总会有一些东西比爱更重要。

林漾应该与他们断绝关系，但她无法完全断干净。

她无法拥有父母之间纯粹的爱，因为血缘关系所占的比例太小。尽管如此，与血缘关系相关的亲情却已经牵扯进来了。她可悲地想抓住这份关系，因为如果真的断了，她就真的成了父亲不疼、母亲不爱的孩子了。

卓季芳从客厅进来，已经思考过林漾刚才提到的那些事："你爸的公司毕竟是我和他两个人辛辛苦苦经营出来的，肯定不能让别人从中占便宜。将来该给你的，我们会给你的。公司股份，他必须给你全部，不能少一分，妈妈会帮你争取的。"

早已预料到会是这样的回答，林漾平静地递给她一杯水："妈，我知道了。"

看吧，总会有更多的利益来衡量她这个女儿的价值。

六月初高考时，高一高二也跟着放了假，沈妄以高二高考生的身份提前参加了高考，那两天倒也不算热。

卓季芳和李姨那两天很紧张，总是问沈妄饭菜合不合胃口，晚上叮嘱他早点儿休息。反倒是沈妄本人压根没把这次高考放在心上。

长川三中每年都会选取高二的优秀生代表参加高考，有的高二生若是达到其他硬性要求，再考到指定分数线，便可以选择少辛苦一年，直接走少年班。

但学校并不会强求，最后的选择权仍保留在学生自己手里。

沈柏裕也是早知道沈妄不会走这条路，他只是提前去经历高考，锻炼心理和意志能力，也算是一种很好的经验，他并不反对。

高考完的那个晚上，除了放飞自我的高三生，高一高二的学生都要回到学校上晚自习。

班级里的桌椅板凳都要重新调整，林漾趁着这会儿把高考放假期间布置的物理习题册收上来，去办公室交给老师。

办公室里，周弦思也在。

因为上周测验的分数不理想，老钱晚上过来找了周弦思。也不算是谈话，就只是随意问问她这段时期有什么不懂不会的。

老钱瞥了一眼站在物理老师桌前的林漾，又一遍叮嘱周弦思：“数学上有什么不懂的可以请教请教你同桌，不要觉得不好意思，你之前的数学成绩有进步，离不开你同桌的指导。

“周同学，咱们做人可要知道感恩，以后许纵要是有什么风吹草动，跟哪个女生走得过近了，你要及时提醒我啊。”

周弦思：“……”

这不是恩将仇报了吗？

林漾放好本子，出去的时候无语地望天，好一会儿才道：“老钱就差直接提我名了。他大概不知道，我跟许纵是真的塑料同桌情。”

听到这句话，周弦思安安静静地走在一侧，抿着唇，垂着眼睫，回想那次许纵上课提醒她读课文的事，正要问林漾之前有没有这种情况的时候，林漾忽然侧身捏了下她的脸：“思思，你这是什么表情？”

“你该不会以为我真对你的同桌感兴趣吧？”林漾微笑地问道。

“没有没有，”求生欲使周弦思疯狂摇头，而且她也挺了解林漾的，“你好像没有喜欢的人。”

林漾笑容顿了下，松开手，和她一起继续往教室走去。

“喜欢人和被人喜欢，本就是一件虚伪的事，我不会让这种虚伪发生在我身上，更不会喜欢上任何人。”

进班级前，林漾清冷的嗓音在周弦思耳边响起。

周弦思睁大双眼：“可是很多事情是控制不住的啊，你为什么会这么想？”

她看了下神情冷淡的林漾，怎么会有人能控制住自己的心，一辈子不喜欢任何人呢？

明明，就是控制不住啊。

“没什么，”林漾不在意地说，“我爸妈就是一个很好的例子，‘喜欢’这个词的廉价，在他们身上表现得淋漓尽致。”

已经进了教室，两人要分开，也就没再聊下去。

周弦思看着林漾的背影，不由得叹了一口气。

原生家庭对孩子的伤害有多大，她很清楚。

最后一节晚自习是物理课，物理老师在黑板上写了两道大题，让他们下课前交上来。

题目有点儿难，大多数同学都做不出来，一个个托腮叹气。

周婕在草稿纸上写写画画了十多分钟，转头想看林漾写了多少时，却见她握着一支笔，低垂着头十多秒都没写下一个字。

“林漾？”她歪着头小声叫道。

没得到回应，周婕又叫了一遍。

林漾抬头，眼底还藏着未收回去的茫然，闭了下眼又睁开：“怎么了？”

“你怎么了啊，怎么心不在焉的？”

“没事。”林漾揉了揉太阳穴，“你叫我干吗？”

周婕气馁地趴在桌子上：“物理题不会，下课就要交了，我想问你做多少了。”

但林漾的草稿本上比她的还干净。

林漾努力把脑海里的那些乱七八糟的想法清空，才开始低头写字。

黑板上的两道题是物理老师找的经典题型，根据今年的高考题稍微改动了一些条件，难度确实很高，林漾也只能做出来一道题。

“要不，最后一题你问问你哥？”周婕眼睛亮了亮。

林漾的脑袋里又冒出刚才那些乱七八糟的想法。

和周弦思说那句“我不会让这种虚伪发生在我身上”时，她脑海里莫名其妙地浮现出沈妄的轮廓。

他那样的人，烦躁、厌恶、高兴、愉悦、恼怒，所有心情的好坏都是明明白白、坦率直白地写在脸上，就算是对待纪逸苒的不喜欢，也从不刻意掩饰。

沈妄，应该跟“虚伪”这个词永远也沾不上边。

林漾甚至能想象到，他如果喜欢一个人，绝对会热烈又果敢地直接表达自己的喜欢，沈妄绝不屑于藏匿自己的喜欢。

他要他的喜欢，和他的人一样，坦坦荡荡地站在阳光下面，而不是磨磨叽叽地于黑暗里不敢见人。

这样的人，才是真的值得被爱吧。

林漾想，她将来的嫂子也该是如此，这样才能值得她哥的喜欢。

高一的暑假原本是整个高中时期最长的假期，几人还计划着暑假一块儿出去玩玩，结果因为物理老师搞了个补习班的事，个个都唉声叹气的。

物理老师让林漾统计班里要报名参加暑假补习班的学生。物理老师准备把补习班和他的实验室放在一块儿，这样方便学生们做实验。

林漾整理好报名的名单往办公室走去，这会儿正是大课间，老师们都在，几人正在聊今年的高考。

分数在前两天就出来了。

老钱看见林漾才想起，说道：“你哥考得挺不错的。”

林漾“啊”了一声。

老钱恍惚想起这两人关系复杂，答应了林漾不在学校提起，又忙转了话题：“听说高二的沈妄考得挺不错的。”

“是挺不错的。”物理老师说，“我刚从教导处那边过来，他是所有参加高考中的高二学生中的最高分。他们班班主任问他走不走，好像他说明年要参加高考。”

另一个老师接话：“沈妄啊，我高一曾到他们班代过一段时间的生物课，那孩子确实聪明，也好学，他要是不参加明年的高考，我们没准会损失一个高考状元。”

“是啊，沈妄肯定……”

后面的话林漾没听清，她关上门退了出来。

对于这次的高考成绩，沈妄好像都没在家里提过，林漾想起上周去他房间问题目时，他正在看一场足球赛，林漾当时问："哥哥你不查分数吗？"

他懒洋洋地把耳机摘下来，揉了下脖子，不以为意地说："查不查分数都无所谓，明年才重要。"

班级里吴泽昊正说起自己打游戏的战绩，旁边围了几个男生，都笑着说他吹牛。

"别不信啊，我放学就去网吧，给你们打一把看看。"

"行啊，吴泽昊，我们等着啊。"

说到网吧，大家都有些手痒。

"走走走，这会儿时间多，去外面聊两句。"

吴泽昊立即答应，又拉了几个男生一窝蜂地涌出去，班级里瞬间安静了不少。

回到座位，周婕告诉林漾："你手机刚才响了，我看了一眼来电显示，好像是你爸，你看下。"

林贺的确给林漾打了电话，但因为没人接，挂断后又给她发了一条消息："快放假了吧，爸爸也很久没见你了，有空吗？爸爸想和你一块儿吃个饭。"

林漾沉默了许久，还是给他回了消息："好，我知道了。"

周婕等了半天，见她脸色还行，这才上前跟她聊起八卦："我昨天晚上放学那会儿看见沈妄了。"

看见沈妄并不是什么稀奇的事，但出于礼貌，林漾还是收起手机应了一句："嗯。"

"然后你猜我还看见谁了？"

"谁？"

"我看见一中的人了，好几个呢，我也不知道有没有看错，有个好像是一中的全承谦。"

这个名字林漾上次在 KTV 里听纪逸苒提起过，当时还说他要跟沈妄再约一场。

周婕看了下周围，压着声音说："这不是重点，重点是我在这么多的男生中，看见了一个女生，第一次哎，我第一次看见沈妄身边有女生。”

“女生？”林漾跟着偏过头。

“对啊，身高跟你差不多，留着一头长发，还化了妆，挺好看的。她好像跟沈妄还挺熟，我看见她找沈妄说了好几句话。”

听周婕这么一形容，林漾就清楚了，这个女生是纪逸苒。

大概是跟着一中的人过来的，那她说的约一场，是沈妄昨天跟他们……

周婕还在乱猜测着：“林漾，你说这个女生是不是就是……”

后面的话她没说出来，但林漾明白她的意思。

周婕：“我感觉有点儿像，不然你看在学校他身边哪有什么女生出现过？”

“不是。”林漾很自然地脱口而出。

“你怎么知道啊？”周婕两眼兴奋地闪烁着光芒，“你知道更多内幕吗？快跟我说说。”

“……不是，我也是听别人说的。”林漾随口应付着。

但后面周婕再说什么，她就听得心不在焉了。

昨天晚上沈妄回家的时候，她应该睡着了，根本没察觉到外面的动静，自然不知道沈妄昨天是不是真跟一中的那些人碰上了。

林漾想起自己劝诫他的那个晚上，虽然早知道自己的话没那么重要，但心底还是忍不住生出一种失落感。

明明她被忽视是该习惯的事啊。

最后一节课是英语课，林漾听课不认真，导致读错了一段课文，英语老师冷着脸批评了她两句，罚她回去抄课文。

放学后，林漾没急着走，大家还以为她是受了打击，纷纷过来安慰她，让她别在意。

吴泽昊：“英语老师本来就阴晴不定的，她说的话，你左耳朵进右耳朵出就行了。”

沈曼凡：“对啊，我们几个都被她批评过，下次给她考个好分数，让她开心开心。”

毕竟林漾学习成绩一直名列前茅，这还是第一次被老师批评，几个朋友是怕她受打击，好心安慰着。

林漾笑了笑，说道：“没事，我知道，你们先回去吧，我今天中午不回家，在学校吃。”

今天卓季芳和沈柏裕要出去应酬，提前跟她说过，现在天又热，林漾便跟李姨说了中午不回家吃饭。

等教室里的人走完，她才拿着钱包出门。

天热，晒得人恹恹的，没什么精神。

门口的陶文霜等了半天，看见她就来气，但又不能直接朝林漾发火，于是阴阳怪气地说道：“不知道的还以为我要进去八抬大轿请你呢，一个劲坐在里面不出来。”

林漾停在门边，看着她问：“你又发什么疯？”

陶文霜眼神别别扭扭的：“你为什么不早说沈妄是你哥？”

“我为什么要说？”

“你……”陶文霜气得跺脚，沈妄是她哥，她又不能拿林漾怎么办。她把手上的盒子递过去，“这个给你，是葛阿姨让我给你的，什么意思你应该清楚。”

白色的盒子上是一个有名的手表品牌的标志，林漾她还真不清楚这是什么意思。

“林漾，你别得寸进尺啊。”陶文霜觉得这人不可理喻，“葛阿姨都跟你道歉了，你还要怎么样啊，别得了便宜还卖乖。”

林漾嘴角嘲讽地扬起：“她跟你说这是跟我道歉，还是她让你代她向我道歉？”

热风吹得陶文霜心浮气躁，她拿着盒子，语气不耐烦：“不管怎么样，这么贵的手表都买来送给你了，你有必要得理不饶人吗？葛阿姨是长辈，她都先跟你低头了，你还要不依不饶，你有完没完啊。

“葛阿姨要不是为了林叔叔，她有必要这么讨好你吗？你现在这么高傲，不就是仗着林叔叔只有你一个孩子吗？如果葛阿姨跟林叔叔有了自己的孩子，你觉得谁还会管你？”

“谁会管我跟你有关系吗？”林漾眼底忽然变冷，直直地逼视着她，“陶文霜，你能不能动动脑子？她如果要讨好我，上次又何必说那些话？你不是三岁小孩了，葛青也不是你妈，你有事没事多回家看看你妈。再让你妈这么作下去，你真有可能给自己作个‘林阿姨’‘李阿姨’。”

林漾这直白的一番话让陶文霜目瞪口呆地站在原地。等回味过来林漾最后那句话的意思，她脸色涨红，气得破口大骂：“我爸才不会找小三，我才不会有那些阿姨！”

林漾已经走远了，理都没理她。

手表盒子被陶文霜紧紧握着，她大骂着，想把手表砸了。再想想它的价格，她又不甘地咬了咬唇，林漾不识好歹，她还要把东西还给葛阿姨。

陶文霜在心中气愤地想，到时候让葛阿姨在林叔叔面前多说点儿林漾的坏话，就说林漾看不上这块表，还想要更贵的。

林漾下楼梯下得很快，她抿着唇，紧皱着秀眉，一个字也不想多说。

沈妄等了她老半天，耐心都没了，正要打电话时，目光触到她下楼的身影，步伐迈得很急，一张干净的脸上露出鲜有的愠色。

他眼底寒凉渐升。

林漾刚下楼梯没两步，手腕就被人猛地抓住，她下意识要挣脱，那人攥得紧，她紧跟着转头。

对上沈妄漆沉的视线时，她神色稍顿，缓了缓刚才没压下去的怒意，喊他：“哥。”

“怎么回事？”沈妄的视线紧凝在她发白的脸上，“谁惹你了？”

林漾闭了闭眼，再睁开时，杏眼已恢复了清明自持：“没事，题没解出来，有点儿烦。”

沈妄没说话，黑沉沉的双眸中墨色翻涌，一瞬不瞬地锁着她，是冷冽的、压迫的，又是危险的，这是他发火的前兆。

林漾受不了这种沉默的凌迟，说了实话：“刚骂了人。”

“骂了陶文霜。”沉默几秒，她又补充道。

沈妄认识陶文霜，林漾也没必要再瞒着。

“她又欺负你了？”沈妄声线薄凉。

“没有，她替别人拿来一块手表。”林漾没说别人是谁，但她知道沈妄会明白，不想再继续解释，随口诌道，“她送的手表太丑了，我没收。”

沈妄眼底冷色散了些，问她：“有多丑？”

林漾压根没打开盒子。她低头，视线落在两人交叠的手腕及沈妄手腕上的那块银色的手表上。

沈妄顺着她的视线垂眸，指尖的细腻触感似在提醒他一时的冲动。

他松开手，余光扫过林漾白皙手腕上的一圈红印。

沈妄薄唇动了动，又问了一句：“有多丑？”

林漾并不在意地揉了两下，盯着他手腕上的手表，扯了句：“没你的好看。”

虽然只是随口应付，但沈妄的手表确实好看，无论是表带的款式，还是表盘简单整洁的图案，很明显是由专人设计的。林漾没猜错的话，这应该是私人定制，价格不菲。

葛青送那块手表，无非是做给林贺看罢了。

不用打开盒子，林漾也知道她选的那块手表有多不用心。

沈妄抬手：“这块？”

他沉吟了几秒：“你喜欢？”

林漾松了手，并不感兴趣地摇了摇头：“不是。”

没再继续这个话题，林漾朝往外面的大太阳扬了下头，问他：“哥，你中午怎么过来了？”

她自己说的话忘记了？

沈妄提醒：“不是你早上给我发消息？”

林漾茫然地拿出手机：“我早上……”

早上周婕提到一中后，她怕沈妄真的去找人麻烦，所以纠结着给他发了条消息问他中午在不在学校。

沈妄：“早上给我发消息到底想说什么？”

他并不觉得那是林漾一时兴起的关心问候。

这会儿正是吃饭时间，因为放学没多久，吃饭的人还没回来，整个校园里空荡荡的。想着三食堂是个小食堂，有专门的小隔间，应该不会被人认出来，于是她拿出钱包拉开拉链一边低头数着钱一边分神地问道：“哥，你吃饭了吗？中午我请你吃饭吧。”

瞧着她一边数钱一边说要请客的没出息模样，沈妄眼尾懒懒地挑起，轻嗤道：“别数了，你哥还能养得起你。”

除了平常沈柏裕给的零花钱，他舅舅、他妈、他外公外婆每个月都会往他专门的银行卡里打钱，再加上沈妄在校参加竞赛的奖学金都还没动过。

林漾数好了钱，把钱包收起来，没说好，也没说不好，只是觉得刚才那句话细究起来好像有点儿别扭。

三楼食堂里的人确实不多，因为这边的价格偏贵，来这里吃饭的学生不多。

两人在最靠里的那个隔间坐下。

点完单还要再等一会儿，林漾擦了擦桌子，偷瞄了下沈妄的脸色，觉得这会儿他心情应该恢复了才开口问：“哥，你昨晚放学干吗去了？”

“林漾，你什么时候说话变得这么拐弯抹角了？”沈妄声音没什么起伏，“有话直接说。”

林漾抿了抿唇，垂着眼睫没底气地问：“你昨天是去找一中人的……麻烦了吗？”

这问题让沈妄想起了那个晚上，她劝告自己别惹事时的坚韧模样。他挑了挑眉，食指搭在桌边，有一下没一下地敲着，似笑非笑地瞧着她：“找什么麻烦，你哥我还等着你好好孝顺我呢。”

林漾不可思议地眨了下眼：“你真要我孝顺你啊？”

那晚就是开玩笑的话。

她头都要大了：“不是哥，我说真的，你昨晚到底有没有找人麻烦？”

“谁跟你说什么了？”沈妄敲击桌子的动作停下，“还是你看见什么了？”

林漾只好说了昨晚她同学看到全承谦的事。全承谦是一中有名的人物，有人能认出来并不是一件奇怪的事。

沈妄坐直身子，也没再开玩笑："没有你想的那些事，昨晚他来找我，是因为其他事。"

不让杨瀚在三中周围生事，他又跑到了一中那边开始了那些禽兽勾当。沈妄并没跟她提起这些。

听沈妄这样说，林漾欣慰地眯了眯眼。

递菜窗口叫了他们的号，林漾应了声"好"，正要起身时，被沈妄蜷起手指轻敲了下额头："坐着。"

林漾眨眨眼，很真诚地望着他："哥，不用我孝顺你了吗？"

她这就是故意挑衅，沈妄用食指抵着她的额头，把人推开，语气嫌弃："傻样。"

林漾："……"

吃完饭，展子鑫和纪磊两人也过来了。展子鑫刚刚在沈妄和林漾吃饭中途打来了电话，问沈妄什么时候到，都等着他一起吃饭呢。

沈妄神色如常："你们吃，吃完来找我。"

他直接挂了电话，给展子鑫发了地址。

展子鑫本来还觉得莫名其妙，等看见林漾时才突然明白过来，见面又是一句热情的"妹妹好"。林漾喝了口汤，跟他们两人打了招呼。

估计他们应该还有事，林漾吃完饭也没多待，临走要去付钱时，沈妄再一次握住了她的手腕："回班上去。"

他半抬下巴："你哥没那么穷，不用你请。"

行吧。林漾也没再执着，等他收回手要走时，又停了停，表示："哥，你这样挺好的，以后都不要跟别人起冲突了。"

她杏眼明亮清澈，唇畔漾着清浅的弧度。

展子鑫和纪磊愣了下，转而目不转睛地盯着沈妄，看他怎么回答。

沈妄仍坐在位置上，整个人向后靠着，长腿半屈，手随意转了两下手机，似考虑了两秒，这才懒散地眯了下眼："行，知道了。"

展子鑫和纪磊更加错愕了。

见林漾已经走了，两人立马上前："沈哥，什么情况，你以后真不找那些人了啊？"

"对啊，沈哥，"纪磊早就有疑惑了，"你最近怎么回事，怎么对杨瀚也不怎么上心了？"

他们俩跟沈妄认识这么久，自然知道沈妄答应的事就绝不是嘴上轻飘飘的一句"行"，他亲口答应的，就像原则一样，绝不会打破。

要说哄哄林漾让她放心，沈妄大可以三两句搪塞了。林漾刚才也并不是一定要他开口说话，只是顺势提了一句，但沈妄这么郑重其事地答应下来，是真的让两人十分惊讶。

"沈哥？"纪磊坐在对面，抓了把头发，"以后真这样啊，别人挑事的那种，你能忍住？"

沈妄抬头："谁敢挑事？"

纪磊瞬间沉默了。对啊，谁敢来找沈哥的事。

展子鑫回味过来，反倒悠闲自在地坐下，脸上就写着两个字：挺好。

因父亲身份特殊，其实沈妄犯错的次数少之又少，他对这些方面尤其注意。他高中参与过的那几次，也都是他实在看不过去那些流氓混混的做法，才带着他们几人给了点儿教训。

至于杨瀚，不用沈妄动手，他们几个就够了。

等沈妄付完钱出来，展子鑫笑着调侃："你现在跟妹妹感情不错啊，怎么样，是不是知道有妹妹的好处了？

"以前谁关心过你犯不犯错啊，现在有人担心你了，这多好啊。"

沈妄腮帮动了动，大太阳下俊眉微扬，他半眯着眼睛缓缓道："还行。"

"……"

纪磊懂了，妹妹是比兄弟重要。

展子鑫了然地笑笑，他没说的是，沈妄不参与这些乱七八糟的真的是好事，不然就他爸那工作的性质，展子鑫还真怕哪天出事被牵扯进去。

回教室的路上，沈妄一直在低头看手机，手指在屏幕上敲敲点点的，好像在跟谁发信息。

展子鑫刚凑过去，他就移开了。

“跟谁发信息呢，不知道的还以为你藏了个女朋友。”

“老子没这癖好。”沈妄把人踹远了两步，低头继续看手机。

屏幕上的收信人那一栏显示着“舅舅明珩”。

沈妄问舅舅明珩，那款手表还能不能定制一块女生款。

明珩：“女生款？你要给你女朋友定制？”

“……”

展子鑫还在耳朵边叽叽歪歪，沈妄不知道这一个两个都哪来这么多情啊爱啊的心思，但看着“女朋友”三个字，脑子里却破天荒地代入了林漾的脸。指尖在屏幕上停留了两秒，似又觉得离谱，沈妄拢了拢眉心，回复：“不是，是给林漾的。”

想了想，他又加了一句：“她马上要过生日了，随便送个当生日礼物。”

林漾的生日在暑假，上次在饭桌上沈柏裕提过一次。

另一边收到信息的明珩饶有兴趣地眯了眯眼，他的食指和中指夹着半燃的烟，恣意地吐出一口烟雾，摘下眼镜，淡笑出声。

他这个外甥倒是大方，一块专人定制的手表，被他说成随便的生日礼物。

临近期末考试的那周，林贺给林漾打了个电话，问她有没有空，出来一起吃个饭。

那天周六，全校都不上晚自习。林漾提前跟卓季芳说了晚上不回家吃饭，直接从学校门口打车去了和林贺约好的饭店。

林贺到得比较早，已经点了几样林漾爱吃的菜，杯子里是给她倒好的橙汁。

“漾漾。”林贺看着比以前消瘦了一些，这么长时间没见林漾，他盯着看了会儿，有些愧疚地移开目光，“看看，有没有什么要加的菜，再点一些。”

两人坐的是二楼靠窗的那张餐桌，林漾视线扫过下面时，瞥见了一辆刚在停车位上停下的黑色轿车。

林漾没点菜，有些疑惑道：“爸，你的车子怎么才到？”

话音刚落，从车上下来一个熟悉的身影，高跟鞋，黑色西装，白色的手提包。

侍应生也过来加了副碗筷。

林漾缓缓抬头看向对面的林贺，眼神含着质问。

林贺不自然地咳了一声，端起水杯抿了口水道：“我上次听你葛阿姨提起过，你和文霜在学校里闹了点儿不开心，学校通知了家长，文霜那边是你葛阿姨过去处理的。她说当时你跟文霜因为口舌之争吵了几句，她说话可能没注意，让你有些生气，所以今天想过来跟你道个歉。”

饭菜的香味弥漫在两人之间，林漾摩挲着玻璃杯壁，抬头微笑道：“所以爸，不是因为你想见我，而是因为她跟你说要跟我道歉，你才打电话叫我出来的，是吗？”她努力控制着自己的情绪。

“漾漾，爸爸当然也想见你，只不过你葛阿姨……”

“漾漾，你别怪你爸。”葛青的身影出现在林漾面前，“我怕我直接联系你不高兴，所以让你爸给你打了电话。今天我们一起吃个饭，就算阿姨给你赔个不是了。”

葛青跟她赔不是，还是当着她爸的面给她赔不是。

林漾还挺佩服她人前人后的两张脸，明明对自己那么厌恶，却还能在林贺面前熟稔亲密地喊出“漾漾”。

她没理这话，翻开菜单，喊来侍应生，又加了几道菜。

余光中，她看见林贺安抚性地握住葛青的手，葛青不在意地笑道：“把我的包拿过来。”她的手提包刚才被林贺放到了座位里面。

葛青从包里掏出一个盒子，放到林漾面前：“漾漾，上次阿姨给你买了块手表让文霜带给你，听文霜说，你觉得那块手表太便宜了，这不，阿姨前两天又给你买了块，你看看喜不喜欢？”

“陶文霜跟你说我觉得手表太便宜了？”林漾并不生气，牵唇淡笑道，

“陶文霜还跟我说阿姨你要给我买辆车，阿姨你买了吗？”

林漾作势往楼下看去：“阿姨你今天没开来吗？”

“你要给漾漾买车？”林贺偏头询问葛青。

葛青放在包带上的手攥紧，她死死地盯着林漾，双眼闪过一丝狠厉，却碍着林贺在场，并未发作。

葛青面色如常道：“这孩子可能听错了，漾漾现在还是个高中生，车子不急的。”

林贺也同意：“漾漾，你现在还小，也不会开车，等以后再大点儿，爸爸会给你买。”

“好啊，谢谢爸爸。”

林漾的笑容有些刺眼，葛青忍了忍到嘴边要骂出的话，颇为温柔地端起面前的杯子：“漾漾，上次在学校，阿姨说话没考虑到你的感受，我以为文霜在学校受到了欺负，一时激动，光顾着维护她了，也没顾及你，阿姨跟你道歉，希望你别在意。”

林贺也跟着开口：“漾漾，你阿姨都跟我说了，她是无心的，这段时间也一直愧疚不安。你看她一听说你不喜欢上次那块表，这又特地重新买了一块。她也是希望你能开心些。”

买表只是希望她开心吗？林漾不知道她爸是真的不懂，还是不想给自己找事，装作不懂。

买表也好，今天的道歉也好，主角都不是她，一切都只是做给林贺看的。上次那块表林漾没要，这次她道歉林漾再不接受，林贺是不是就会觉得他这个女儿太咄咄逼人，得寸进尺了？

但林漾是真的不想答应。她倾身，手指停在杯子上，却并未端起，而是轻轻地敲了一下，然后朝林贺很无辜地眨了眨眼睛：“可是爸，阿姨说我有娘生没爹养，说你不要我了，这是真的吗？”

“你跟漾漾说了这些？”林贺猛地站起来大喊，板凳划拉出刺耳的刺啦声，引起了餐厅里其他客人的注意。

葛青睁大双眼，手紧紧攥着杯子，没想到林漾居然会把这些话说出口。

她忙朝林贺解释："这、这孩子乱说的，我怎么可能说那些话？"

林贺深深皱着眉，眼底浮现怒意："漾漾从来没有说过谎话。"

"那你的意思是我在骗你？"葛青将杯子重重地往桌子上一摔，里面的水溅到了桌子上，"我跟你说了这么多事情，又有哪件事骗了你？

"怎么，我跟你说的话你不信，这丫头跟你说了一句，你就信她不信我？林贺，你什么意思？"

"我、我不是那个意思！"林贺烦躁地摔了一个碗，餐厅里陷入了诡异的安静。

"她是我的女儿，换成是谁说出这样的话我都会生气！"

葛青的声音变得尖锐起来："林贺，你别得了便宜还卖乖，我这段时间为了帮你女儿买表跑了几个商场，现在我还要低三下四地给她赔不是，可她对我这个长辈完全没有尊重，在学校里惹了事情还不依不饶，我不是她亲妈，我可会不惯着她！"

她的声音太大了，已经影响到其他顾客用餐了。

侍应生忙走过来提醒，三人中只有林漾跟人说了声抱歉。林贺这才想起，抬头看着林漾欲言又止，最后吞吐着说出一句："漾漾，葛阿姨虽然不是你的亲妈，但她这段时间是真的一直在关心你，手表也是她的一番心意。爸爸知道你不会那么快喜欢上她，但爸爸只希望你和葛阿姨之间不要有误会，你们两个我都相信，你、你不要让爸爸难做好吗？"他还是偏向了葛青。

葛青忍了一中午，有意借此发作，见林贺信了自己，这才哼了一声，拿起包就走。

高跟鞋的嗒嗒声在林漾耳边响起。

林漾喝完杯中的橙汁，似懂非懂地点了点头，然后才不紧不慢地背起书包，站起来说道："我明白的，爸爸，我理解你的苦衷。"

林漾薄凉地一笑："爸爸好像也没心情跟我吃饭了，那我先走了。"

林漾说完抬脚离开，转身的一瞬间，脸上的笑意尽失，身后林贺的喊声她恍若未闻，眼神清冷犀利。

她点的菜一道还没上，林漾这顿饭也一口没吃。

林漾回到家的时候，家里一个人都没有。客厅里的灯也没开，整栋房子一片漆黑，安静到只剩下阳台外风吹过的热浪声。

林漾换了鞋子，直接把书包扔到玄关处，她走到冰箱前，打开冰箱门，手指毫不犹豫地摸向上层的罐装啤酒。

沈柏裕平常在家不怎么喝酒，冰箱里只备了两罐啤酒，她要是喝一罐必然会被发现。视线在上面停留了一会儿，林漾转而从侧边抱了三四瓶橙汁出来。

家里现在没人，李姨出去散步得到七八点才能回来，卓季芳参加聚会回来得也迟，沈妄说今晚有活动，也不会在这个时候回家，整栋房子里，这会儿只有林漾一人。

她没上楼，而是直接在楼梯台阶旁盘腿坐下，一瓶一瓶地把橙汁盖子拧开。

像是灌酒一样，林漾面无表情地喝着橙汁。

林漾小的时候，她爸林贺每次因为公司的事心情郁闷时，总会一个人拎着啤酒坐在家门口的台阶上，自己和自己喝。林漾碰见过一次，她那个时候才十多岁，见她爸喝，也伸手拿着啤酒要往嘴巴里倒。

林贺当时为了哄她，骗她喝的是橙汁，给她拿了瓶橙汁，父女俩一起碰杯。

后来，林贺渐渐不再回家，而在郁闷的时候喜欢喝橙汁的这个习惯，只有林漾还保留着。

屋内的光亮被夜色拖曳，只有透过阳台洒进来的月色落在楼梯一角，映出了地上她一人屈成一团的影子。

周围很静，风吹过的时候，林漾脚边的空瓶滚了两圈发出叮咚的轻响。

门在这个时候被人打开，刺眼的光亮也在一瞬间充满了整个客厅。

林漾下意识地闭了下眼，再睁开时，看到了站在门口微怔的沈妄。

他今天穿着一条黑色的休闲运动裤，上身是一件圆领白 T 恤，露出一截修长有力的脖颈。他应该是跑回来的，灯光下，皮肤从下巴到脖颈处都泛着汗水的湿润，线条紧绷流畅。

沈妄不在意地用手背抹了下，黑眸从林漾脚边的两个空瓶子上扫过，边换鞋边问：“坐在那儿干什么？”

林漾说：“这里凉快。”

她往旁边挪了挪，腾出楼梯口的位置，没什么反应地又喝完了一瓶橙汁。

沈妄走过去，站在她面前，抿唇看了几秒，弯腰，和她平视：“你这是把橙汁当酒喝？”

他眸色很亮，带着一种审视。

林漾别开头，拿着还没喝的那瓶橙汁晃了下：“有点儿渴，一口气喝得有点儿多了。”

“有点儿渴？

“有点儿多？”

沈妄的重音落在“有点儿”三个字上，她这是对“有点儿”的误解。

沈妄站直身子，林漾感觉到他的注视停留在自己的头顶，也没说话，只是托腮望了望阳台外的月亮，惬意地眯了眯眼。

又过了几秒，沈妄上了楼。

林漾这才把头垂下来抵在膝盖上，缓慢地揉了揉眉心。

沈妄再下来时，手上抱了个足球，他没直接离开，而是在林漾身边停下。

“解渴了吗？”他问。

林漾喝了三瓶半橙汁，她收拾好瓶子起身：“哥，你要去踢足球吗？那我先上去休息了。”手腕又被他拽住。

沈妄侧眸，凝着她恹恹的脑袋，不自觉地放缓语气：“踢足球缺个观众，要不你赏个脸？”

林漾也不知道自己怎么脑袋一抽风就跟着沈妄来了外面的这个足球场。这处是一个专门开发的小操场，足球场在最南边，其他体育设施都在隔着一条马路的最北边。

这里因为是小区内部，四周别墅、高楼耸立，中间开凿了一条狭窄的人工小溪，小路两侧的绿化带上点缀着亮色的小路灯，影影绰绰。

迎面刮来的风中夹着不知名的花香。

林漾坐在旁边的草坪上等他们，和沈妄一起踢足球的有展子鑫，还有他们之前提过的一中全承谦。

刚才听展子鑫说起，她才知道之前说的“约一场”不是约架，而是约踢球。

三人在场上狂奔，沈妄球踢得真好，足球在他脚下如同有灵性一般，随着他的操纵时快时慢，晃过了全承谦的拦截，飞快地向球门射去。

足球以一个漂亮的弧度绕过展子鑫的防守，飞进了网内。

沈妄喘着粗气，五官被汗水打湿，他随意地用 T 恤擦了下，神情桀骜张狂。球被展子鑫踢回来，他拦截到，毫不嫌弃地抱起，食指与大拇指蜷起，在唇边做了一个“吹哨”的假动作。

林漾看见他唇边挑衅的弧度，一如少年此刻的意气风发，卓荦不羁。

全承谦弯着腰撑着膝盖气喘吁吁地朝沈妄喊：“再来。”

沈妄站在原地，脸上漾着张扬的笑，抱着球应了声“行”。他把球放在地上，右脚抬起，从底部把球顶起来，然后身体往后仰，脚踝绷紧猛地用力一踢，直击球的最底部，咚的一声在放肆的夜晚中极为响亮。

青春本就该是肆意张扬的。

那个少年，本就该是与平庸相斥的。

这个夏天，变得灼人而热烈。

全承谦连着被沈妄虐了几场，实在不干了，和展子鑫哥俩好似的搭着背往旁边走，干着嗓子说：“你这人踢个球也使全劲，平常没地方使是吧？”

这些话平常几人经常说，等小腿被沈妄踹了一脚，全承谦才反应过来：“妹妹啊，坐这儿无不无聊？”

沈妄走上前，睨着全承谦。

汗水从脸颊流进胸膛，沈妄整个后背都是湿的，他随性地往地上一坐，一只手撑在地上，另一只手懒懒地搭在膝盖上。

林漾把带来的毛巾分给三人，才答：“还行，不无聊。”

“我跟你哥踢球，谁看起来比较帅？”全承谦的长相跟他的名字完全相反，他长了一张足够招蜂引蝶的脸，说话也极为自恋，“还是我帅吧，我可比你哥有风采多了。”

展子鑫：“得了吧你。”

他直接朝着全承谦砸了一瓶水过去，又扔给沈妄一瓶。

沈妄拧开瓶盖儿，仰头灌进嘴里，凸起的喉结跟着滚动，脖颈处肌肉偾张用力，他一口气直接灌了大半瓶水。

偌大的足球场上只有他们四个人，全承谦对林漾非常好奇，连着问了她几个问题，直到沈妄喝完一瓶水，忍无可忍地把空瓶子砸过去：“有完没完啊你？”

“别这样啊。”全承谦笑嘻嘻道，“你妹妹可比你顺眼多了。”

全承谦躺在地上，双手枕在脑后，瞥见林漾坐了一晚上也没怎么换过的姿势，又侧过去：“妹妹，你今天心情不好啊？”

沈妄眼皮掀了下，没说话。

展子鑫也发现了，擦着汗问：“别做观众了，要不一会儿跟我们上去踢个足球？”

“不想踢。”林漾摇头。

“那你想干什么？”沈妄问她。

安静了十多秒后，林漾侧头，看着她哥，语气很平静地开口：“想上厕所。”

沈妄：“……”

全承谦没忍住躺在地上笑道：“我说兄弟，你妹可太有意思了。”

但林漾确实很想去厕所，她一口气喝了三瓶半橙汁，能憋到现在已经是忍了很久。

展子鑫跟看戏似的晃悠着开口：“厕所在北边，那边路黑，妹妹，你自己一个人去行吗？”

“可以。”林漾撑着地起身。

全承谦用脚去踢沈妄：“兄弟，大晚上你真放心啊，不跟着去看看？”

几秒后，沈妄闭了闭眼，他把毛巾扔到那两人笑个不停的脸上：“少在那儿看戏！”

他说完，利落起身跟过去。

林漾其实知道沈妄就跟在她身后几步远的地方，因为她闻到了空气中有股熟悉的薄荷味道。

这条路其实不算黑，但因为有些路灯出了点儿问题，闪闪灭灭的，时明时暗。

沈妄在厕所的前一个路口就停下了，月色下，他挺拔颀长的身形倚在那处，单手插兜，低着嗓音喊她：“林漾。

“去吧，我在这儿等你。”

少年身上的白色和月色融合，辨不清的五官在夜色下却越发朦胧深邃，林漾忽然想起他在家问的那句：“你把橙汁当酒喝？”

沈妄早看出了她今晚心情不好，才说让她赏脸来当观众。

林漾面朝他向后倒着走，她迎风笑了下：“哥，谢谢你。”

沈妄嘴里吃着糖，眉眼懒散着“嗯”了一声。

几分钟后，林漾从厕所里出来，沈妄已经换了一个地方站着，他身上的薄荷味被晚风吹散。沈妄见林漾出来了，就走过来挑眉问道：“还想干什么？”

解决了一个生理需求，就该解决另外一个生理需求了。

林漾晚上喝了那么多的水，一口饭也没吃，去完厕所，饥饿的感觉就更加强烈了。

她望望四周，实话实说：“我想吃饭。”

“嗯？”沈妄服了她，“大晚上的在厕所边上，你让我上哪里给你弄吃的？”

林漾也知道这个要求有点儿强人所难，于是决定往另一个漆黑的方向走：“哥，你先回足球场吧，我回家吃饭。”

“回来！”沈妄冷声道。

他看着她身后的黑暗磨了磨牙，挤出几个字：“等着，你哥我去买！”

林漾回来的时候，展子鑫和全承谦已经休息好，开始了下一场球赛。

全承谦看见就她一个人回来，有些纳闷地踢着球问：“妹妹，你哥呢？怎么没跟你一起回来？”

“他去买吃的了。”

沈妄刚刚让她在那儿等着，可刚走开两步，又沉着脸回来：“回足球场等。”

林漾：“那我回去，哥你去买吃的吧。”

沈妄眉心跳了跳：“你急什么，就非差这两分钟？”

“……”

他越过她走在前面，深吸一口气：“我先把你送回去再去买。”

沈妄刚刚把她送到足球场入口，看到全承谦和展子鑫两人的身影时，才转身换了方向，去买吃的。

两人听完，也不踢球了，全承谦和展子鑫相视一笑，道：“你说沈妄什么时候能这么伺候伺候我啊？”

展子鑫：“等着吧，下辈子。”

“不过没看出来，这小子还挺会照顾人的。”全承谦笑嘻嘻地凑到林漾跟前，“你哥平常对你照顾多吗？”

林漾想了下，说：“还行。”

全承谦摇头：“就你哥这样不知道怜香惜玉的，将来也不知道从哪儿给你找嫂子。”

说着，他想起一人，问展子鑫：“纪逸苒还追着呢？”

“追着吧。”展子鑫颠着球，“不过有纪磊看着，她心里应该有数。”

“沈妄也是，一点儿机会都不给人，你说他到底喜欢什么样的啊？”全承谦又转向林漾，“妹妹，你哥跟你说过没？”

沈妄跟她说这些干什么？林漾从手机上抬头：“没有。”

“沈妄喜欢的，”展子鑫看着远处笑了下，“他不是喜欢什么样的，得看人是谁，人对了，什么样的他都喜欢。”

“这话什么意思，什么叫人对了，这人在哪儿呢？”

展子鑫状似无意地从正在玩手机的林漾脸上扫过，没再说话。

正聊着，沈妄从外面回来了，他手上拎着个袋子。离几米远的时候，全承谦就扬声喊道：“兄弟，你给我买了吗？”

沈妄冷笑：“想吃自己买。”

他把袋子递给林漾，里面有汉堡、薯条，还有一盒牛奶。

林漾收了手机，接过袋子：“谢谢哥。”

汉堡的香味顿时飘散开来，全承谦虽然不饿，但嘴上就是欠，非要调侃：“什么时候见你沈大少爷亲自跑腿给女生买东西了，这有妹妹了果然不一样啊。”

“瞧瞧，”他伸头，“这还贴心地买了牛奶，你怎么没想着我们这些兄弟啊。”

沈妄看了看全承谦，没说话。

展子鑫是有眼色的，他拍了拍全承谦，带着人往另一个方向走：“走走走，想吃我带你买去，非得在这儿站着吹风，去店里吃热乎的不好吗？”

正在吃汉堡的林漾愣了一下。

两人先过去，全承谦边走边望，一会儿望望展子鑫，一会儿又回头望望沈妄，意味不明地说了一句：“你俩挺贴心啊。”

全承谦的声音渐行渐远，沈妄像是没听见，没搭理全承谦的话。

他站在风口，衣服被吹得鼓起，额头的几根碎发虚掩着眼睫，他不在意地眯了下，叮嘱：“吃完把牛奶喝了。”

林漾又应了声：“好。”

几人就在她抬头可见的地方。树影晃动间，林漾隐约能闻到几缕被吹散的薄荷味，风声夹杂着少年们不拘的笑声，林漾咀嚼的动作越来越慢，直至停止。

对于全承谦和展子鑫说的那些话，林漾并不是不懂。相反，因为卓季芳和林贺的缘故，她早在记事起就理解男女之间的情愫了。这些情感之间的束缚和悲哀，那些曾在青春时的豁达承诺，最终被生活的琐事和磨难磨平了棱角，被时间打败，只留下不断加深的互相厌恶。

因此，林漾在接触到第一份告白时，就已经下定决心。她从未觉得，这些十几岁的少年的爱和承诺能经得起时间的考验。父母对她的爱都会发生变化，她怎么可能相信会有人只是纯粹、专一地一直爱着她？

展子鑫说，沈妄在意的是对方是谁，和对方如何无关。

林漾并不是没察觉展子鑫看向她的目光，也不是没察觉沈妄最近对她的照顾。但她更愿意相信，就像全承谦所说的，只是因为沈妄是她的哥哥才如此照顾她。

林漾觉得这应该是真的，她更认为，沈妄的爱应该是坦白而直接的。他喜欢的人也应该坦诚地勇敢表达自己。

而自己，并不是这样的一个人。

从足球场上回家的路上，两人的话明显变少了很多。林漾是思绪乱不想说话，沈妄则是蹙着眉，察觉她心情比来时更差，又来火了。

快到家时，沈妄开了口："饭也吃饱了，还不打算说？"

林漾从思绪中回神："说什么？"

"林漾，你真当我看不见？"沈妄不想跟她继续打哑谜，"你今天那个鬼样子，别跟我说什么事都没发生。家里如果酒多，你是不是就直接把橙汁换成酒，把自己灌醉了？"

林漾手指倏地收紧，想起刚才展子鑫说的那些话，她唇瓣张了张，忽然问道："哥，你……是以我哥的身份问我的吗？"

这层试探，却被沈妄曲解成了另外一个意思，他冷笑，眉宇间积了怒意："林漾，你什么意思？

"这个家，我这个哥，对你来说是不是永远都是外人？"

"哥，我不是……"

"林漾。"沈妄打断她着急要开口的话，"我没那么闲，也没有心思去管一个外人的事。

“我不知道你是怎么看待这个家，怎么看待我跟我爸的，但很多事情，其实你跟我说了会更好。”

他深深地看了她一眼，先开门进了屋。

林漾泄气一般抬手抵了抵眉心，也不知道怎么就把事情搞成这个样子了。

沈妄生气了，是因为他觉得自己作为哥哥的身份没有得到承认。

一种说不上是高兴还是失落的情绪在胸口蔓延，本来没有这个意思，可她还是处理得一团糟，让自己和沈妄的关系更僵了。

林漾心底很清楚，沈妄作为她毫无血缘关系的哥哥，已经足够称职了。

她并没有再解释，只觉得异常烦闷躁乱。

彼此都冷静一下也好。

第七章

「 生日 」

七月初，三中进行了一场期末考试后，暑假就正式开始了。林漾报了物理小组的辅导班，要继续在实验楼上课，跟平常作息时间一样，只是不用再上晚自习。

高三一走，高二的学生就搬到了高三的逸夫楼，备战明年的高考。

沈妄的课程比林漾多了许多。

因为放假，学校食堂并不是全部开放，只保留了几个窗口，饭菜的品种也少了许多。

沈柏裕在家说起的时候，卓季芳想了一个办法："正好林漾中午在辅导班里也要回来吃饭，要不然让她中午上学的时候给沈妄带一份饭，让沈妄就在学校吃。"

林漾的放学时间比沈妄早，中午回来吃了饭再过去刚好差不多。

"漾漾今天下午不是没课吗？这么热的天还让她再跑一趟学校不合适。"沈柏裕记得林漾说老师下午有事，让休息半天。

"现在是放假，她时间多，反正下午回来也没事，吃完饭跑一趟消消食，是好事。"

林漾顺着卓季芳使的眼色说："沈叔，学校离家不远，巷子里很凉快，我走小路消消食，没事的。"

沈柏裕还是没立马松口，想了想，才说："没必要天天送，送个一两次就行。"

"我来看着安排。"卓季芳笑着说。

想起两人自那天后压根没再说过几句话，林漾默默叹了一口气。估计去送饭，沈妄对自己也不会有什么好脸色。

晚上沈妄下晚自习回来听见李姨提起此事时，没什么反应，只说："告诉卓姨，让她不用送。"

"不是她送。"李姨说，"让林漾给你送。"

沈妄要上楼的脚步一顿。

"中午在饭桌上说这事的时候林漾答应了，说是明天给你送饭，你这孩子也是，学校饭菜不好怎么不早说，还得是吃家里的饭菜，总不能上个学再给自己吃瘦了。”李姨心疼道，“本来就高三了，是要多补补。”

沈妄没再拒绝，一边上楼一边低低地应了声：“知道了，李姨。”

路过楼上林漾已经关灯的房间时，像是习惯了，沈妄脚步放慢了一些。他拎着书包在门前停留了会儿，不知想到了什么，睫毛一垂，笑了，他抿着唇往自己房间走。

这丫头还真是没心没肺的，到今天也没想过跟他解释一句。

卓季芳让林漾送过去的是可乐鸡翅、牛肉、番茄炒鸡蛋，又加了两个素菜。

林漾细细地听着卓季芳的叮嘱，意思是她作为妹妹，应该多关心她哥，关心家里。

出门的时候，林漾给沈妄发了消息：“哥哥，我现在来学校了，直接到石桥那边等你。”

石桥下面就是桂花树，桂花树下有几排桌椅，之前高三家长晚自习送饭时都是在那一排候着，上届高三一走，那边也空了下来。

七月的天，正是大热的时候。

小巷子里虽然比外面大路好一些，但一路上也少不了被太阳照着，太阳伞被林漾放到书包里，中午出来也忘了拿。

因为怕被晒，她走得很快，到学校的时候，还有五分钟才下课。

林漾在石椅上坐下，掏出手机消磨时间。

她玩也玩得心不在焉的，因为她也不知道沈妄那气消了没。

“林漾？”吴泽昊忽然出现，“你怎么在这儿啊？不是放学回家了吗？”

林漾也惊讶：“你怎么还没回家？”

吴泽昊手上抱着一个篮球，身上大汗淋漓的。

“我啊，我打球啊。”吴泽昊让她看后面的那几人，许纵、林旭、高辰俊都在。

“我们八月份有个篮球赛，正好趁这段时间补完课在学校的操场上练练。”他瞅到桌上的饭盒，“什么啊，你给谁送饭啊，还是自己带着吃的？”

那边的高辰俊也看过来了，和林漾遥遥对视一眼。

她没什么反应地平静移开：“给我哥送饭。”

“你哥，你哥也在这学校啊？”

吴泽昊还是第一次听林漾提起她哥，所以十分惊讶。

林漾并不想跟他多解释，提醒他：“他们还在等你，你先过去吧。”

远处林旭朝吴泽昊吹了个口哨，不耐烦地喊他：“你能不能搞快点儿啊，想热死我啊？”

“来了来了。”吴泽昊冲林旭道，又对林漾笑笑，“那行，你在这里等吧，我先走了。”

知道林漾不想多提她家的那些事，他也识趣地不问。

吴泽昊过去和那几人会合，林漾看见高辰俊拿着瓶水走到吴泽昊的身边说了话，再然后，吴泽昊又转身跑回来：“这大热天的，你哥真会折腾人，干吗让你过来送饭，赶紧喝口水吧。”

他把绿茶塞到林漾的手里就走，丝毫不给她拒绝的机会。

这瓶水是谁送的，林漾看见了。

她皱着眉看着手里的那瓶绿茶，再抬头时，斜前方逸夫楼的门口已经站了一个人。隔得远，林漾看不清沈妄的表情，只知道，他大概是沉着脸瞧向这边的。

下课铃在此刻响起，他是从高三楼里出来的第一个人。

没过几秒，他身后的楼梯上一群人涌下来，沈妄的身影也被淹没，渐渐模糊。

几分钟后，沈妄已经站到了林漾面前。

如墨的眸子紧紧地锁着她手上的那瓶水，他薄唇抿得很紧，连带着，整张脸的线条都变得犀利锋锐。

林漾拿着那瓶绿茶忽然有些心虚。

她实在受不了这灼人的目光，一瓶水而已，她递过去：“哥哥，你是要喝水吗？”

"……"

沈妄知道她今天来送饭，最后一节课又是自习，不想让她等太久，便提前了几分钟下来。

所以，刚才那一幕他看得很清楚。

正如展子鑫所说，林漾的五官并不单纯明艳，她眼底的清冷疏离反而更加勾人，瞳眸清澈，眼尾总染着几丝烟雨蒙蒙的隐秘，令沈妄第一次见她时也生出了几分探究心思。

那瓶绿茶还冒着刚从冰柜里拿出来的寒气，外面一层水珠。她递过来时，掌心的皮肤越发白皙娇嫩。

沈妄眸子里的冷意稍微淡了一些，他接过水，本来想把瓶子放到桌子上，但是当他瞥到林漾额头上的薄汗时，他收回了动作，干净的手指转向瓶盖，拧开，然后递了回去。

林漾抬了下眼皮，但没有接过水。沈妄又递了递，她还是没有说话，不过动作显示已经有了些不耐烦。

没有再犹豫，林漾接过了那瓶绿茶。她只喝了一口，这味道实在不合她的口味，所以她把瓶盖旋上之后放在了旁边："哥，这是妈让我送过来的饭。"林漾把饭盒往他面前推了推。

周围有越来越多的学生路过，大多是高二的学生去食堂吃饭或者就近回家吃饭。

由于沈妄的存在，有些人会多看他几眼，不过沈妄并没有在意。

他把饭盒打开，侧首，终于开口说了第一句话："你吃了吗？"

"吃了。"林漾点头，顺着台阶就下，"哥哥，你多吃点儿，这些要是不够的话，明天我再给你多带些。"

"我不是猪。"沈妄不冷不热地回了一句。

林漾："……"

最下层的米饭被他拿出来，林漾瞅着那堆"小山"，有些理解了，那米饭差不多是两个人的量。

在一起住久了，林漾知道，沈妄的饭量其实并不大，平常吃饭口味也偏向清淡，像现在，他就只挑了些蔬菜吃。

两人面对面坐着，他吃饭，林漾也不打扰。

偶有高二学生路过，会小声讨论两句。

林漾佯装无意地偷瞄了几次，发现沈妄是真的不在意，对这些肆无忌惮的打量并没什么反应。

很多片段在她脑海里浮现。

好像沈妄只是那一次提过“不要让人知道他们的家庭关系”，但在学校里，从未避讳两人的碰面。

不只是老师，还有他的同学。

一直避讳的，好像都是林漾自己。

所以沈妄在那次请家长时，鲜有地、朝她毫不遮掩地发了火，也在林漾上次弄巧成拙地试探他是不是以哥哥的身份时，再次显了怒意。

是因为，沈妄从他同意卓季芳母女进家门的那刻开始，就已经默认了这个家庭新添的成员。

沈妄，自始至终都对她以家人相待，是真的，他一直用行动承认她这个妹妹的存在。

想明白这一层，林漾心里越发愧疚。

尤其是，她自己还想了那些乱七八糟的龌龊心思。

在林漾再一次眼巴巴地望过来时，沈妄终于忍不住了，他倏地放下筷子：“林漾，你到底想说什么？”

好不容易在这家里得了个哥哥，她还作死地把人惹生气，再厚着脸皮都要把这个哥哥哄回来啊。于是林漾坐正身子，低头真心实意地认错：“哥哥，对不起。

“上次我错了，我当时真不是那个意思。”

可又不能直接说是因为自己当时胡思乱想“喜欢”之事。

怕沈妄起疑心，林漾纠结了几秒，还是决定把那天跟林贺见面的事告诉他。

“我爸那天找我，他现在的老婆也去了，那天在饭桌上闹了点儿不愉快，我情绪有点儿不好，所以回来你问我的时候我有点儿烦，就……”

林漾低着头解释。

她那天的确是情绪混乱，不只是因为林贺。

也因为怕，怕自己真的是沈妄喜欢的人。

沈妄听完，只问了一句：“你那天在饭桌上一口饭都没吃？”

不知道他为什么会突然问这个，但林漾还是点头：“没吃。”

沈妄是真的气笑了，他没再吃饭，把饭盒一样样地收起来，睨着她：“在外面就这点儿出息，还能被这种人欺负了，林漾，你在家跟我闹腾的那劲儿呢？”

林漾抬头，睁大双眼，眼尾带着茫然的反抗。

她什么时候跟他闹腾了？

沈妄盖上饭盒，推过去：“难道不是？”

行吧。意识到自己是在哄人，林漾也不辩解，只说：“当时有点儿烦，真不是对你发脾气。”

“行了，我知道了。”

“那哥哥你不生气了？”林漾笑着问他。

沈妄没搭理她这个问题，视线状似无意地从桌子上的绿茶扫过：“刚才那是你同学？有姓许的和姓高的？”

都这么久了，林漾没想到他还记着这两人。

她眼神飘向别处，也不知自己为什么有些心虚：“他们打篮球，都在。”

过分的沉默后，林漾听见了一声冷笑。

“给你水的又是谁？”

意识到他那会儿看见了，林漾只好实话实说：“吴泽昊，是我以前的初中同学，现在在一个班。”

几秒的沉默后，她又补充：“水不是他给的，这瓶水是高辰俊的。”

林漾看见了是高辰俊让吴泽昊送过来的。

绿茶只喝了一小口，跟没打开一样。沈妄狭长的眸子半眯了眯，语气听不出什么起伏："还喝吗？"

林漾摇头："不太想喝。"她不喜欢这种饮料。

下一秒，沈妄就把那瓶水拿了过来，抬臂微微一扬，瓶子在空中划过一条抛物线，被准确无误地丢进了前面不远处的垃圾桶，还扔进了可回收那一侧里面。

林漾："……"

"林漾，我说过，我们家就没出过早恋的人，你要是让我发现这些乱七八糟，我就……"

"你就打断我的腿。"林漾一本正经地接下去，"哥，你说的话我一直牢记在心，我会好好学习，早点儿努力赶上你。"

沈妄一噎，严肃的表情虽然没松动，但语气也没刚才那么绷着了："好好把心思用在学习上，少让你哥我操点儿心。"

他起身，准备要走，见她只拎着个饭盒，手上再没其他东西时，又退了回来："没拿伞？"

"忘了。"林漾说。

头顶的艳阳偶尔透过树荫的间隙射下来，耳边的蝉鸣声不断，似在控诉这烈日当空的燥热。不远处的大道上，有人用胳膊挡着脸快速奔跑而过，不断喊着"真热"。

"在这儿等我，我一会儿就下来。"沈妄说完就快速跑向了逸夫楼。

不知道这人又要干吗，林漾只好坐下，手肘撑在桌子上无聊地发呆。胡思乱想间，她不由得感慨，沈妄其实挺好哄的，好像吃软不吃硬。

眼前突然出现的一只手打断了林漾的思绪，沈妄把太阳伞递给她，太阳伞外面印着一层切开的牛油果图案，里面是防晒的黑色遮面。

"哥，你问同学借的？"

林漾接过遮阳伞，问那同学怎么办。

"晚上放学的时候没太阳了，明天我再带给……她。"后面那个字有些停顿，实际上他刚借的时候，那女生受宠若惊，忙说不还也可以的。

沈妄没怎么跟那个女生说过话，他尽量温和地道了谢，然后说："我明天带来给你。"

"回去吧，天太热，我回教室了。"沈妄扫过她裸露在外的白皙胳膊，拢着眉心问，"你涂防晒了吗？"

林漾不喜欢用那些，撇嘴："感觉涂上难受。"黏腻腻的，不舒服。

沈妄对护肤的习惯了解不多，只是想起平常自己班里的一些同学一出门就到处要防晒，还喷得满教室都是刺鼻的白雾，跟离了防晒就不能出门见光一样。

他上下打量着林漾，半环着胳膊像是不满："你一个女生怎么活得这么粗糙？"

林漾张了张嘴，被他问得说不出话来。

她低头瞅了瞅自己，试图纠正："好像，也没那么粗糙。"

沈妄淡笑，松了手，抬起眼皮望了下刺眼的阳光，淡声道："明天别来了，跟卓姨说一声，我明天回家吃。"

"能来得及吗？"林漾问。

"能。"

他不睡午觉回家吃个饭，一来一回，时间还是够的。

林漾回家把这事跟卓季芳说了，卓季芳当时正在浇花，她把喷水壶放下，走过来："怎么突然又要回来吃了？你今天惹你哥生气了？"

"没有啊。"林漾把伞折好，明白她妈担心什么，叹气，"我没惹他，我哥就说时间来得及，可以回来吃。"

她看看自己的胳膊，忽然探过去给卓季芳看："妈，你看我粗糙吗？"

"什么？"卓季芳一时没反应过来。

"我说，我生活过得粗糙吗？就是，不像其他女孩子那样……"林漾想了想，说，"精致？"

卓季芳就没指望林漾能有这个觉悟，嫌弃地拍拍她的胳膊："之前给你买了那么多护肤品你也不用，那专门是给你这个年龄的女孩子用的，不伤皮肤，跟你说了多少遍，你就是不听。现在知道自己活得粗糙了？你看看你这胳膊，防晒也不涂，这夏天的太阳这么烈，你真以为打个伞就有用了？”

“还有你那浴室里的身体乳，我昨天去看你也没怎么用，洗完澡往身上涂点儿，人家女孩子都知道爱美爱打扮，你怎么……”卓季芳恨铁不成钢地唠叨了几句。

卓季芳说了几句又觉得不对，问正在反思自己是不是真的粗糙了点儿的林漾：“谁说你什么了？”

林漾不想提沈妄，怕她妈等会儿再继续唠叨，拿着伞上楼：“没，就是感觉这两天皮肤不太好，觉得妈说的话有道理，我上去做做护肤啊。”

这孩子，卓季芳笑着摇了摇头。

沈柏裕从书房出来，刚好碰到上楼的林漾。

“沈叔。”林漾忙打招呼。

“回来了，热吧。”沈柏裕让她赶紧进去休息。

卓季芳已经整理好花，把一壶茶端到客厅，给沈柏裕倒了一杯：“工作忙好了？”

“差不多了。”沈柏裕接过茶杯，想起一事，“漾漾的生日是不是快到了？”

“没有，她生日在八月份呢。”

“八月份。”沈柏裕呢喃，“这也快了，等到时候我们一家人给漾漾过个生日，对了，漾漾有没有什么想要的生日礼物？”

卓季芳笑了：“小孩子哪有什么想要的，别惯着她，到时候一块儿吃个饭就行了。”

话虽是这样说，沈柏裕觉得还是不能这么随意。

毕竟这是林漾第一年在他家过生日。

补习班的课程没有那么紧凑，物理老师一般前两节课会给他们讲题目，后面两节课，一节课用来做作业，一节课用来答疑解惑。

物理老师有时因为还要兼顾实验小组的实验，最后一节课他会让许纵坐到前面看着大家学习。

这个时候，班级里的氛围会相对轻松一些。

就像今日，吴泽昊坐在林漾后面，用笔捣了她几下，小声问："我们补习班明天就结束了，下个星期就是你的生日，你打算怎么过啊？"

沈曼凡跟林漾坐在一起，她也凑过来："漾漾，要不还像平常那样在KTV过？"

笔下的题目写错了一个步骤，林漾停下，用胶带粘掉，说："今年我跟家里在一块儿吃饭。"

"家里？"

沈曼凡和吴泽昊对视一眼，都不解。

林漾继续写着字，没抬头，只是"嗯"了一声，言简意赅："我妈，我哥，还有沈叔。"

她叫习惯了，说完才想起来他们不知道，又解释："就是我妈后来找的对象。"

"你们关系现在这么好啊？"沈曼凡有些意外，以前还怕林漾新到一个家不习惯，没想到现在叫哥哥叫得那么自然。

林漾："嗯，他们人挺好的。"

吴泽昊在后面也忽然冒出一句："挺好的。"

沈曼凡和林漾同时看过去。

"我是说，你现在跟他们成为一家人挺好的。"他抓抓头发，"那你跟他们一起过了，晚上还有时间出来吗？"

"不一定有。"

"那我们要给你礼物怎么办？"

沈曼凡服了："礼物你就不能早一点儿给啊，干吗非得生日那天再给？"

"那不一样啊！"吴泽昊直起腰，刚要说，坐在前面的许纵慢悠悠地望过来，看着他。

他笑了笑，把头低下去，嘟囔着："总要跟人说一句'生日快乐'啊。"

林漾的生日是在八月十一日那天，那个时候他们的物理小组补习班已经结束。

班级里几个关系好的同学提前给林漾送了生日礼物，当天又在手机上给她发了祝福短信。

吴泽昊连发了好几条，最后一条是："高辰俊让我也跟你说声'生日快乐'。"

高辰俊的联系方式被林漾拉黑后，两人就没再联系过。突然看见这个名字，她有些不知道该怎么回。

卓季芳在下面叫她下楼，林漾最后发送了一句"谢谢"才下去。

床上放了个大白鹅的毛绒玩具，是沈柏裕昨天买回来给她的生日礼物。

林漾想到了曾经林贺送给她的那个巨型玩偶，比现在这个还大，但她没带来。

沈柏裕怕她不喜欢，买的时候拍了好几张照片让林漾自己选，买回来后又说如果还想要其他的，也可以再要。

林漾摸了下大白鹅黄色的嘴巴，笑了笑，才从卧室出去。

屋外沈妄正准备敲门，两人四目相对，都愣了下。沈妄先开口："笑什么？"

林漾手指抵着腮帮，又拉了拉，抿唇："没有，我在练肌肉收缩。"

"……"

沈妄没和她掰扯，把盒子递过去："拿着。"

盒子还未拆封，林漾没仔细看，只瞥了下上面护肤品的图案："哥，这是给我的？"

她翻了下："防晒？"

沈妄站在门口，东西送出去后，空下来的双手插进兜里，漫不经心地应了一声，又加了一句："生日礼物。"

他声线低沉清朗，听起来跟平常无异，并无任何起伏，十分自然坦荡。

林漾也无心理负担地收下了，并试图挽救自己的形象："哥，其实，我也没那么粗糙。"

沈妄听后懒懒地抬眸，明显不信。

“……”

估计是上次她哥觉得她连防晒都不涂，实在看不过去，才给她送了这个。

林漾问：“你自己选的？”

沈妄极其无语地捏了下眉心：“你看我像吗？”

不等她再问，他主动说：“问了我舅舅。”

大概是看出了林漾想问却没问出口的疑惑，沈妄耐着性子多解释了两句：“我舅舅有个要照顾的女孩子，比较懂这些。那女孩子，跟你差不多大。”

楼下卓季芳又喊林漾，让两人赶紧下来，林漾赶忙应了一声。她举起盒子，眼神诚恳地扬起嘴角笑道：“哥，谢谢你的生日礼物啊。”

“怎么谢？”

沈妄才不相信她那嘴上的谢谢，故意说道：“要不你鞠个躬，正儿八经地说声谢谢哥哥？”

林漾：“……”

这人怎么能做到这么不要脸的？

但毕竟吃人嘴软，拿人手短，再看看自己手上的礼物，林漾叹了口气，往后退了两步，正要弯腰，额头上一抹力道抵住她。

沈妄丝毫未怜香惜玉地用食指敲了下林漾的额头，瞅着她：“心不甘情不愿地，别委屈自己。”

“……”

林漾是真服了，白眼想翻又翻不出来。

沈妄想笑，率先转身：“赶紧下楼，去吃饭。”

他动作快，林漾也就没注意到他转身的那一刻因为没忍住而微微扬起的嘴角。

晚上吃饭的地点是藏在市中心后面的一家私人菜馆，菜馆设计的是与高楼相反的农家小院。打通的前后院中间通了一条一米多宽的小水流，旁边搁置了几座假山，周围还种了不少竹子，枝叶繁密。

就餐环境安静、雅致。

大厅的服务员正引路时，老板突然下楼，他快步跑到几人面前，颔首低笑：“沈总，您亲自过来怎么不跟我说一声，我好给您留个好位置。”

老板又叫了声：“沈太太。”

卓季芳挽着沈柏裕，嘴角的弧度更深了。

沈柏裕：“今天不是什么工作应酬，主要是和家里人在一块儿吃个饭。”

老板也是个人精，忙夸了几句沈总家庭美满、幸福和谐之类的话，最后还不忘夸赞沈妄和林漾优秀，林漾淡淡地笑了笑。

“沈总，后面有个包厢，观看风景和角度都极好，那处也安静，不会被人打扰，我给您换到那间吧。”

沈柏裕知道这种情况下拒绝了也没用，于是应下：“那就麻烦了。”

老板一边说着“不麻烦”，一边忙让服务生离开，自己亲自引路。

沈妄和林漾跟在后面，林漾余光瞥了眼沈妄，沈妄表情淡淡的，压根没什么反应。

这些事从小经历得多了，他早就习惯了。

饭桌上，卓季芳顺势问了句沈妄的生日，沈柏裕开口：“他的生日在一月份，一般那个时候他都在海京。”

沈妄大部分的生日都是在海京过的。

林漾想起来，问：“哥哥今年都高三了，学习这么紧张，还要去海京吗？”

每年，三中的高三学生们寒假只有一个星期。

沈妄吃了一片竹笋，慢条斯理地放下筷子，侧目看向她：“应该会去。”

林漾回望着他，总感觉他下半句会鬼使神差地冒出一句：“怎么，你要去吗？”

不过下一秒沈妄便转回了头，继续吃饭，没问。

饭局的后半程，林漾收到了纪逸苒的消息：“听说今天是你生日，祝你生日快乐啊。”

林漾：“谢谢。”

纪逸苒：“这个时候，你哥在家吗？”

原来她是醉翁之意不在酒，林漾瞥了下旁边同样在看手机的人，只不过他的眉心是皱起的，双眼皮也因为不悦显出褶皱来。

林漾继续回：“我们出来吃饭了。”

纪逸苒很快回了一条信息：“难怪你哥不回我消息。”

原来她哥是在看纪逸苒的消息。

林漾余光看见他锁上屏幕，将手机放在了一旁。

纪逸苒只能继续给她发消息：“我听纪磊说你哥买了一盒防晒霜，而且价格不便宜，听说还是他舅找专人调配的。妹妹，麻烦帮我打探打探，你哥是送给谁的？”

林漾指尖顿住，她垂着头，杏眼盯着屏幕上的几行字，有些出神。

沈柏裕让她吃菜，她没听见。

桌子上发出的声响让林漾回过神来，沈妄收回敲桌子的手指，在卓季芳冷声开口前先说了话：“那道题有点儿难，回去再想吧。”

林漾茫然地眨眼。

“看题目啊，漾漾还是比较努力的。”沈柏裕赞赏地朝她点头。

闻言，卓季芳脸上的怒气散了些，但仍然严肃地说道：“别看题目了，你叔叔问你有没有什么喜欢吃的。”

“沈叔，不好意思。”林漾手指点了下手机，锁了屏幕。

与此同时，纪逸苒的手机上收到了林漾的新消息：“他是送给我的，生日礼物。”

林漾并不觉得这事有瞒着纪逸苒的必要，本来就只是哥哥送给妹妹的生日礼物，所以她承认得很坦然。

只是意外这盒防晒是沈妄让他舅舅找专人调配的。

她哥是不是对她的“粗糙”生活有什么误解。

八月底的时候，长川三中和一中进行了一场篮球友谊赛，在长川市体育馆举行。

比赛规模并不大，两边学校各来了几个领导和带队老师，体育老师担任教练指挥他们进场。

一班的同学拿到的都是VIP门票，直接占据了前面三排。

林漾几人来得早，直接坐到了第一排，所以从他们进场、入场、站队，都看得清清楚楚。

许纵站在最中间，身高突出，吴泽昊和林旭、高辰俊悠闲地站在他身侧，几名少年漫不经心地聊着天，偶尔向观众席看过来。

三班的几个女生疯狂大叫，时不时还能听见“高辰俊、林漾、许纵”的字眼。

林漾无语至极，这档子破事怎么跟狗皮膏药一样揭不过去了。

一中的人紧跟着入场，林漾抬头一瞥，才发现全承谦和纪逸苒都在。全承谦换上了红色的篮球服，身形高大，他本就面容不凡，这会儿朝观众席抛了个媚眼，惹得一片呐喊。

林漾不经意间和纪逸苒对上了视线。

纪逸苒像是一直在盯着她看，视线对上时愣怔了下才笑着朝她摆手。

林漾也向她打了个招呼。

全承谦注意到纪逸苒的异常，疑惑道：“你看谁呢？”

他顺着纪逸苒的方向望过去，看到了林漾也跟着摆手，笑得张扬：“妹妹。”

“你认识一中的人？”沈曼凡奇怪地问道。

林漾没瞒着：“我哥的朋友。”

听到这话，沈曼凡没再多问，等她再坐回位置看向台下时，两道视线同时射过来。

高辰俊和吴泽昊都紧盯着旁边的林漾。

沈曼凡握紧了手指，抿着唇没再说话。

篮球赛很快就开始了，穿着红、蓝两色球服的少年们在球场上热烈奔跑着。

他们在球场上肆意地挥洒着汗水，只见他们跳起暴扣，娴熟地盖球防守，观众席上的欢呼声此起彼伏，现场气氛高涨。

林漾忽然想起沈妄带她踢足球的那个夜晚，球场上，沈妄身姿挺拔，动作利落干练，脚尖踢球的动作桀骜放纵，卓越的眉眼间散发着他独有的意气风发的气息。

出神间，她左手边的空位忽然坐了一人。

纪逸苒过来了，她主动和林漾打招呼："场上那些是不是都是你们一班的，感觉他们打球技术都挺好的。"

"有的是。"林漾说。

她知道纪逸苒有话跟自己说，示意外面安静的走廊："去那边？"

和沈曼凡几人打了招呼后，林漾跟着纪逸苒去了外面的走廊。场馆内的喧嚣声渐渐变小，三中又投进了一球，林漾听见欢呼声中夹杂着"许纵、高辰俊"的名字。

"你哥今天还上学吗？"纪逸苒和全承谦都是准高二生，和林漾一届。

林漾直接在干净的地上盘腿坐下，给纪逸苒递了一瓶水，点头："他们现在已经进入了高三，学习上会比较忙。"

听到这句话，纪逸苒也算是有点儿安慰。

"我给你哥发消息，你哥从来都不回，估计要不是因为纪磊，都得把我拉黑了。"她自顾自地说道，"所以上次我听说他给女生买防晒真的是惊到了，林漾，不瞒你说，我还真幻想过沈妄那盒防晒是送给我的。"

纪逸苒大方一笑："虽然我也知道不可能，但总要奢望一下啊。不过最后是送给你这个妹妹的，我心里还算平衡了点儿。"

林漾喝了一口水，没说话。

"你说你哥到底会喜欢什么样的人？"

这个问题全承谦也问过，林漾还记得当时展子鑫说的话："得看人是谁，人多了，什么样的他都喜欢。"

有些意外这个答案，纪逸苒沉默了几秒才低语："也对。沈妄这样的，应该很多人都喜欢吧。”

“应该吧。”林漾淡淡地应道。

纪逸苒问林漾，觉得沈妄是什么样的人。

手下意识地捏了下矿泉水瓶，林漾拧开盖子，又喝了一口，看着远方的天空说：“他是我哥，但也是一个少年。”

沈妄大概本就是这样的人，一个让人永远不会忘记的少年。

一个无拘无束、与平庸相斥、心中自有山海的少年。

第八章

「生气」

进入高二后，林漾明显变得更加忙碌了。他们从原本的怀德楼搬到了高二的思学楼，而沈妄所在的逸夫楼则距离他们相隔一条林荫大道。两个年级并不在同一侧。

那段时间，沈妄每晚回家都很晚，他们高三的晚自习已经延迟到了十一点十分，而林漾则要比他们早半个小时放学。两人几乎没有什么机会相遇，为了赶时间，他们中午都在学校吃午餐。

要举办运动会的那个晚上，老钱拿着报名表来让大家自愿报名。周婕选得有些犹豫，于是凑过来问林漾，结果多闻了两下。

“我上次就想问你，你是不是最近用护肤品了，身上很香。”

林漾“啊”了一声，低头嗅了嗅自己的胳膊，大概明白了：“涂的是防晒霜。”

虽然已经过了炎热的七八月天，但这段时间的阳光仍然很强烈。每次出门，她都会涂一点儿沈妄送的防晒霜。

吴泽昊作为体育课代表，刚好过来问她们报名表填好了没，听见周婕的话，脸上笑意更深：“你是不是涂的我送的那款，当时那推销员跟我说是他们卖得最火的一款防晒霜。”

上次林漾过生日时，吴泽昊也送了她一盒防晒霜。

那天中午林漾给她哥送饭连把伞都没有打，吴泽昊就觉得她这人有事从来都不说，估计在那个新家受气，大夏天的都不管她的死活，连把伞都不给，更别说防晒霜了。

别的女生有的，他觉得林漾也该有。

他期待地盯着林漾，以为她会点头。

令他失望的是，林漾摇了摇头：“不是，这款是我家里人送的。”

她没说，吴泽昊送的那款她用着皮肤上容易起红疹，所以用过一次就放在那儿闲置了。

吴泽昊一听，嘴角耷了一下，很快又咧开：“没事，啥时候用都行。”

他又问两人报名表填好了没。

“我填好了，漾漾还没填。”周婕把报名表给林漾，“你看看你报不报？”

这张报名表，老钱交给了吴泽昊解决，让他多动员些人。林漾因着刚才说的防晒霜生出了点儿愧疚感，她犹豫了几秒，还是拿笔在跳远项目上签了名。

运动会只有高一高二的学生参加，高三的学生因为课程紧张不用参加。但课间休息时间可以过去观看一会儿比赛。林漾晚上回家时，沈妄比她还早到家，正站在冰箱前喝冰水。

他刚洗完澡，头发上的水滴顺着脖颈流入后背，白色T恤上印出氤氲的斑驳水迹。林漾站在他侧面，从这个角度能看见沈妄喝水时滚动的喉结，以及下巴的锋利线条。

沈妄喝得很快，一瓶水被他喝了半瓶，瓶身被他骨节分明的手指握住，发出轻微的塑料声响。喝了大半瓶，他停下，被水浸润的双唇抿了下，侧目看过来："站在那儿干什么，想喝水？"

他让出位置，站在一旁拧盖子，抬眸示意她自己过来拿。

林漾没想喝水，只是惊讶这个点在家里看到他，但她也没多解释，走过去拿了瓶橙汁，然后把冰箱门关上。刚转过身，沈妄就把她手上的橙汁抽走，他左手还拿着自己的矿泉水，然后用食指和中指借力，右手轻松地把瓶盖拧了一半，递过去。

林漾习惯性地接过瓶子，她喝了一口才问："哥，你今天怎么回来得这么早？"

"明天考试，今天晚上要排位置，不上晚自习。"

高一高二明天开运动会，高三明天则要月考。

林漾点点头："那我先上楼了。"

"等会儿，"沈妄喊住她，眯了眯眼，"今天涂了防晒霜？"

他闻出空气中熟悉的香味。

"涂了一点儿，天太热了。"林漾没想到他还记得这味道。

沈妄示意她继续往前走，跟在她后面一起上楼，边走边问："运动会报名了吗？"

"报了跳远。"林漾其实压根不感兴趣。

“跳远，”沈妄重复了下，“什么时间？”

“明天上午。”

卓季芳听见说话声从卧室里出来，看见两人笑了笑：“你们俩饿不饿，我去给你们做点儿夜宵？”

“卓姨，我不饿，不用……”沈妄顿了一下，又转向林漾，“你平常晚上写作业都不吃东西吗？”

他记得，有几晚到楼下拿水时将近一点钟，林漾房间的灯还亮着。

林漾知道卓季芳主要是关心沈妄的，她原本都没打算回答，突然听到沈妄这话脚步意外地停了一瞬，才神色如常地开口：“一般不饿，也不吃。”

卓季芳没有给她做夜宵的习惯，林漾也早就习惯了。

沈妄俊眉皱了下，又很快松开。

楼梯上，母女俩一句交流也没有。

走到林漾房间门口，沈妄的视线从手机屏幕上收回，丢下一句：“明天天热，做好防晒。”

等他已经开了门进入房间，林漾才意识到刚才那句话是对她说的。

她闭了闭眼，有些疲惫地靠在门板上。

是有点儿难受啊，名义上的哥哥都比她妈关心她。

林漾洗完澡从浴室出来时听见有人敲她房间的门，李姨在外面问她是不是睡着了。

“没。”她快步过去打开门，“李姨？”

李姨端了一碗面上来，上面卧着个荷包蛋、几片午餐肉，还搭配着几片蔬菜叶子。

“李姨，我不饿。”

“你晚上作业这么多，消耗脑力怎么会不饿，我这最近下午睡多了，晚上本来就睡得迟，你们别觉得打扰我。”李姨说着佯装生气，“还有沈妄也是，刚才我过去的时候，他正自己站厨房里洗菜呢，我一问才知道他是饿了，你说说，你们啊。”

林漾惊讶：“我哥在厨房做饭？”

“对啊，说是有点儿饿了，我看到忙接过来，把他赶出去了。他让我顺便多做点儿，然后给你也送点儿。”

李姨把面条给她端到桌子上，让她快点儿吃。

林漾关上门，站在桌子前，注视着那碗色香味俱全的面，却久久未动。

第二天，天气的确很热。

林漾不仅涂了防晒霜，还穿了一件防晒衣。即使这样也抵不住脸上的汗不停地往下流，幸好她的跳远项目在上午，这组搞完她就要过去检录。

不远处，人群熙熙攘攘的，有人惊呼，周婕特地跑过去转悠了一圈，再回来时神情尤为激动：“她们刚才说看到高三的沈妄了！居然看到沈妄了！”

她手舞足蹈地四处搜寻：“哪儿呢哪儿呢，哎，我怎么就没遇到这种好事啊。”

林漾：“……”

她把防晒衣脱下，戴上自己的号码牌，见周婕还在兴奋中，只好无奈地摇摇头，拍了下周婕的手：“应该看错了，今天高三月考，他不可能过来的。”

“对啊！”周婕懊恼地一拍脑门，“他们今天月考，我怎么把这事给忘了。”

她把林漾的防晒衣抱在怀里，那边的体育老师已经吹哨提醒集合了，林漾跑过去，身后周婕拍了拍脸，不经意往大门方向一瞥时，顿时愣住了。

林漾在队伍里检录时，吴泽昊拉着班级里的文艺委员上去给她送了一条祝福语：“林漾林漾你最棒，林漾林漾你最强，林漾林漾，小手背后，小脚并齐，一飞冲天！”

几人听得浑身起鸡皮疙瘩，林漾让吴泽昊今天别出现在自己眼前。

周围围观的别班同学讨论：“谁？谁是林漾？谁要过来一飞冲天？”

一班过来加油的几个男生还骄傲地大喊：“就她，站周弦思旁边的那个就是我们班的林漾！就她就她！她最棒她最强！”

林漾：“……”

沈曼凡忍不住嘀咕了一句“笨蛋”，真是太丢人了。

观众席上的同学给林漾喊着加油。

林漾压根不在意，她就是来走个过场，平时练都没怎么练。

一班别嫌她丢人就好。只是吴泽昊这傻瓜，几乎把一班的男生全拉过来给她捧场了……

天气太热，体育老师也不想耽误时间，让她们赶紧做好准备。林漾热身时像是觉得有什么不对，抬头往侧边望去。

快到正午，正南边的太阳直射过来，令林漾忍不住抬手挡了下，手指的缝隙中只模糊看见一道瘦削的人影，又汇聚成光点，很快消失不见了。

哨声响起，很快轮到林漾。

她对自己的实力门儿清，也有自知之明，跳完都已经自我放弃了。她准备潇洒起身离开时，谁知吴泽昊在最前面给她拍手叫好：“金咕噜棒，银咕噜棒，你是林漾你最棒！”

众人：“……”

体育老师一言难尽地看着她：“你叫……林漾？”

“对不起老师，我不叫林漾。”林漾面无表情地挥手离开场地。

站在观众席最外侧的高辰俊嘴角抽搐，实在没忍住，吐槽了一句：“傻瓜。”

比赛结束后，林漾就直接去找周婕了，这天太热，她实在是待不住了。

跳绳的场地正忙着检录，三班的几个女生围在一起说说笑笑，林漾在里面看到了陶文霜，陶文霜也看见她了。她极不自然地看了林漾一眼，生怕林漾先开口说话，拉着身边的同学转身就走。

“……”

不是，她什么时候这么怕自己了？

“林漾！”周婕抱着衣服过来，神采飞扬，“我、我刚刚，我刚刚真的见到沈妄了，我偶像，沈妄，我真见到了，真的太帅了啊！”

“你见到了我……沈妄？”林漾舌头打了一个结，才堪堪换过来。

周婕头点得飞快：“对，我真的看到了，他和几个高三的学生站在一起，真是太绝了，那身材、那脸，真的太有冲击力了！”

“他们不是月考吗？”

“刚才他们有二十分钟的休息时间，我听见他同学问他这好不容易休息，来这儿干什么。”

林漾缓慢地眨了下眼睛：“那他怎么说？”

“他说来看看。”周婕还在高兴，嘴快咧到耳后根了，才想起来把防晒衣给林漾，“你快把衣服穿上，中午一会儿还要吃饭，下午还有思思的排球比赛。”

林漾“嗯”了一声，穿衣服的时候明显心不在焉的。

中午的时候，几人去的是一家小饭馆，许纵上午参加了三千米长跑，因为大家都消耗了很多体力，所以吴泽昊怕几人不够吃，特地点了两大盆米饭。

吴泽昊见林漾压根没怎么吃饭，拿了碗就要给她盛饭。

“不用，我不吃。”林漾伸手要把碗拿回来，吴泽昊也没松手，两人指尖就这么意外地触碰到了一起。

里面隔间的人陆续出来，沈妄走在最前面，一只手插兜，另一只手拎着校服，大大咧咧的，眉眼桀骜不驯，瞥向这边时，眉头微微皱了下。

展子鑫也看见了握在碗边缘的那两只手，女生肤色白皙，手指纤细，和男生的一对比，尤其明显。

他看戏似的笑了笑，拍拍沈妄的肩膀：“走了，兄弟，下午还有考试，再不走就要迟到了。”

林漾也因为看到沈妄愣了下，等到几人都出去了，她才拿回碗淡声道：“我不吃，谢谢。”

本来吴泽昊跟林漾就熟，偶尔不注意的触碰也没什么，但今天他也不知道是不是自己的错觉，感觉林漾语气好像不太高兴。

一顿饭吃下来，他也心不在焉的。

下午的比赛一结束，林漾就回家了，她总预感今天在家碰到沈妄，他也不会有什么好脸色给她看，直到两人真的在家里碰见。

沈妄只是冷冷地掀了下眼皮，然后直接越过她，去冰箱里拿了一瓶水上楼。

林漾："……"

纠结了几秒，在他背影消失前，林漾还是叫住了他："哥。"

沈妄偏头，眸色冷淡。

"你……一会儿有空吗？我有几道题想问问你。"

他冷笑了下，继续往前走："怎么不问你的那个同学？"

"什么同学？"林漾问完才想起来那会儿撞见时的"小意外"，"不是，吴泽昊跟我是……"

"有什么题不会的，就赶紧拿上来。"沈妄打断她的话，"我不关心他是吴泽昊还是高辰俊，但我还是要提醒你一句，你要敢早恋我迟早把你的腿打断。"

"……"

她叹了一口气，背着书包上楼。

也不知道她哥为什么天天纠结她早恋这个事。

十分钟后——

"这题都不会？之前教你的都白学了？

"林漾，出门别跟人说我是你的老师。

"这题步骤可以这样简化？真是蠢死了。"

下一秒，林漾抱着书拉开门，指着门外，冷声赶人："谢谢哥哥，不用哥哥教了，哥哥费心了，我想先休息了。"

似乎第一次看见她毫不遮掩奓毛的模样，沈妄注视了她几秒，挑了挑眉，唇间漾出一个字："行。"

他刚出去，砰的一声，林漾直接把门摔得震天响。

沈妄低头，薄唇扬起一个若有若无的弧度。

运动会一结束，一班又恢复了之前"埋头苦干"的学习氛围。

老钱担心他们会分心，特地举了几个今年高考落榜的例子，希望他们珍惜自己现在的学习机会，不要等到将来后悔莫及。

老钱提醒他们现在已经是十一月份了，等过完年之后，离高考就更近了。

“你们还不给我上点儿心，整天别给我想那些有的没的，没事就想想你们的大学目标是什么。”

教室里响起此起彼伏的哀叹声。

周婕问林漾有没有想考的大学，她摇摇头：“暂时没有。”

手上的那题已经想了十多分钟，还是没任何思路。周婕提醒：“你怎么不问你哥啊，问一下你哥这题怎么做啊？”

林漾重新抽了一张草稿纸出来：“不问。”

周婕察觉出不对，凑过去小声问：“你们兄妹俩，闹别扭了？”

闹别扭吗？也不算吧。

林漾就是很烦他那天呛自己的那些话，自己明明也没做什么，为什么要在他面前心虚早恋这回事？

再说，就算她真的早恋了，要生气的也应该是她妈卓季芳，沈妄作为哥哥，林漾不知道他为什么这么生气。

手上的草稿纸被她不小心戳出了一个洞，林漾笔尖在上面停留，顿了一下，又换了一张。

她其实也更烦躁为什么会因为沈妄的一举一动影响自己，会因为他的心情而波动自己的心情……

明明以前自己并不会在意沈妄的看法，明明以前跟沈妄的关系并不是这样的。

傍晚，林漾和安悦、李凝、周弦思一起出去吃饭。几人简单地吃了些东西，嫌天气闷，便找了一个附近的奶茶店坐下来。

周围有人聊起高三的沈妄学长，安悦和李凝的眼睛闪着八卦的小光芒，周弦思则看着她刚拍下来的那道题，而林漾则是完全不在意。

“沈妄真的太优秀了！上周还在参加足球赛，回来课都没怎么上，这次又是模拟考第一！”

“我们老师在班里天天提他，关键这人有颜又有才，也不知道是哪个女孩的青春。”

三四个女生在那边聊得热火朝天。

李凝和安悦也怀着对偶像的崇拜光芒掏出手机：“沈妄你们知道吧！高三一班的学霸，就和我们高二许纵是一样的存在。”

“我记得当初他进校时还有个视频，我找给你们看，那张脸绝了！”

听见“许纵”两个字，周弦思才抬头。

李凝以为她对自己同桌护短，大气地摆手：“放心，和你同桌是同等级别，只不过不是一个类型的。”

许纵是懒散不羁的帅哥，沈妄是清冷桀骜的狂傲型男。

“哪里帅了？”林漾对那张脸都已经看腻了，“不就是两个眼睛一个鼻子，和普通人有区别？”

她现在看这人，还没有吴泽昊顺眼。

“你认识他吗？”在那两人激烈热聊的时候，周弦思从手机上移开目光，问林漾。

林漾惊讶：“你怎么知道？”

“你还从来没有对一个人这么嫌弃过。”林漾的性格一向不显不露。

“他就是……”

“这么牛！”李凝一叫打断了林漾的话，她抱着手机，将上面最新的消息分享出来，“高三上周模拟考，沈妄总分居然只扣了十分，这人是魔鬼吧？”

林漾面无表情：“这人除了成绩一无是处。”

“要不我们下次偷偷转到高三部去看看？”

林漾越想越气：“别看了，沈妄他不配。”

话音刚落，门口的风铃发出清脆的碰撞声。

两名男生逆着光走了进来。走在最前面的那个人被夕阳映照着半张脸，睫毛似乎沾染了橙红的余晖，模糊不清。

他身材高大，一只骨节分明的手撑在玻璃门上，不经意地往这边瞥了一眼，几人才看清他的面容。男生眼尾狭长，五官深邃，此刻他似乎有些不耐烦，剑眉下意识地皱了皱，嘴唇也跟着抿紧。

有女生忍不住惊呼，他和许纵一样，有着在第一眼就攫夺了所有人视线的五官。

另一个男生紧跟着进来，问他怎么不走了。

沈妄径直看向林漾，无声地挑了挑眉。

林漾刚到嘴边的吐槽的话立马咽了回去，她状似乖巧，嘴角牵起一抹微笑的弧度："哥哥。"

周弦思："嗯？"

李凝、安悦："什么？"

沈妄冷淡的目光扫过她，两只手插进口袋里，缓慢地走过来："你刚刚叫了我的名字？"

林漾脑子转得飞快："对啊，听说你又考了第一。"

她非常给面子地鼓掌："我说，哇，哥哥你真厉害。"

周弦思等人："……"这是她们认识的林漾吗？

"哦，这是你妹啊？"跟他一起的男生还纳闷他突然进来干吗，见状正要介绍自己，"你好，我是你哥……"

"行了。"沈妄把人拎着往后转，偏着头跟林漾说，"以后少说点儿，蠢死了，丢人。"

转头时，沈妄嘴角的弧度一闪而过。

林漾闭眼，深吸了一口气："哥哥再见。"

直到风铃声再次响起，门被关上，店里的两桌女生都还没缓过神来。

一开始在一块儿谈论沈妄的那几个女生突然过来："你是沈妄的妹妹吧。那个，能不能麻烦你跟我们说点儿你哥的信息？"

"我能加你的联系方式吗？你放心，没事我绝对不会打扰你的。"

"……"

等到解决完这么一出"热情搭讪"，再从奶茶店走到校园主干道上，安悦久久不能回神。

校园内秋风阵阵，丹桂飘香。

林漾无心欣赏风景，言短意赅地解释了她家的情况。

“所以不算哥哥，我跟他的关系有点儿复杂，也就没跟你们提过。”

这么一说，三人也都很有分寸，没再多打听她家的事。李凝郑重其事地说：“我真的没什么大的愿望，真的，但就希望你没事能多拍点儿你哥的照片给我欣赏欣赏。”

林漾难以理解：“许纵就坐你身后，你多看看许纵就行了。”

“那不一样！看许纵多简单啊，回头就能看到，沈妄不同啊，这人越是得不到的越想要，你知道吗？”

李凝继续说道：“不信你问问思思，许纵跟沈妄，她现在对谁最感兴趣？”

疑惑的目光同时向周弦思投来。

周弦思不紧不慢地喝完最后一口奶茶，将杯子扔进垃圾桶之后，才回了个模棱两可的答案：“我跟沈妄不熟。”

安悦：“啊，这……”

又来了个不解风情的女子。

林漾没心情关注这些，想起自己刚刚在沈妄面前那没出息的模样，不禁叹了一口气。

几人问她怎么了，她摇摇头说没什么。

只是在同学面前承认沈妄是她哥这个事，好像有点儿麻烦。

不是沈妄麻烦，是林漾给自己带来了麻烦。

一回去，周婕听说了这件事，拉着林漾说了好一会儿，又夸张又惊讶：“没想到我的偶像就是你哥。林漾，你怎么能那么冷静啊？”

林漾正在手机上回复奶茶店里那几个加她微信的人的信息，轻声道：“我们俩虽然是兄妹，但是交集不太多。”

几个关系好的同学都知道林漾家的特殊情况，周婕也没好一直问下去，只说：“下次你在家没事的话，记得多给我拍几张你哥的照片。”

“……”又来了。

加林漾联系方式的那几个是高一的学妹，过了没几天就送来了一包礼物。林漾甚至没有拒绝的机会，几个女生直接把东西塞到林漾手上就离开了。她们还感谢她，让她将礼物转交给沈妄。

林漾望着手里的“烫手山芋”，再瞅瞅班级内众人的注视，她有些无奈地拎着东西回到座位上。

沈妄这几日好像有些事，上个周末去了趟海京，说是今晚回来。

走廊里时不时有接水的学生路过，陶文霜和另外两个女生原本正拿着水杯说笑着，看见林漾时愣了一下，再看看她手上的一大包东西，表情有些难看。

高三的沈妄是林漾哥哥这事，这几日在这一层楼传了个遍，林漾这次的风头出够了。

晚上十一点，林漾到家的时候，卓季芳正好从楼上下来。她盯着林漾手上的东西看了一会儿：“那是什么东西？”

“我哥的。”林漾问，“我哥回来了吗？”

“回来了，你一会儿上楼动静小点儿，你哥这两天有点儿累，他那屋灯刚关上，你别把他吵醒了。”

“知道了。”

尽管林漾动作已经放得很轻，但她脚尖刚落在他门边的时候，门就开了。沈妄穿着睡衣站在门口。里面的灯没开，只有走廊的灯影晕染了屋内的一角。他眯着眼，有些不适应，额前的碎发也有些凌乱，懒洋洋地落在一侧。

沈妄的确刚睡下，但睡眠并不深，嗓音此刻染着一丝哑：“先等会儿，有东西给你。”

“嗯？”林漾惊讶，举起那包东西，“哥，这些东西也是要给你的。”

“给我？”沈妄适应了光亮，开了灯，“什么东西？”

里面有一些零食，还有一个篮球，也有杯子、背包这一类的用品。

“你送的？”沈妄惊讶他这妹妹什么时候有这么高的觉悟了。

“不是。”林漾斟酌着把这事说了，“就是上次在奶茶店遇到的那几个女生，她们说，给你买了点儿东西，不好退，让我带回来给你。”

她一开始的确拒绝了，但那几个女生太热情，将东西直接送到林漾班上，她推拉太久还引得周围同学关注，林漾也很烦。

“别人送的？”沈妄语气突然冷下来，“林漾，你替别人给我送东西？”

他把那包东西丢回林漾怀里，塑料袋的窸窣声在安静的空间被放大，像是沈妄一点即燃的火气：“你收的，那就你自己拿着，别拿来碍我的眼。”

林漾觉得莫名其妙，蹙眉不解：“不是，这些东西……”

“你就这么希望我收下这些东西？”沈妄眼底墨色翻涌，下颌绷着，又问了一遍，“林漾，你就这么希望我收别人的东西？”

“这跟我希不希望有什么关系？”林漾奇怪，“这是别人送给你的东西，你收不收都是你自己的事，我只是代为转交。”

沈妄抿着唇，沉黑的眼眸盯着她，半晌，蹦出一个字：“行。”

他砰的一声把门甩上了。

林漾：“……”她也烦躁得不行，拿着那包东西脚步踩得很重。

本来她也想摔门的，但想到卓季芳提醒她上楼声音小点儿，她才有所收敛，手上压着力道关门。

那包“罪魁祸首”被她随手扔在床边，林漾气不过，又把袋子往旁边踢了踢，泄气地往地上一坐，急促地呼吸着。

她在心底忍不住骂了好几句，不知道今天怎么又招惹了他，平白受了这么一顿气。

但是，她更讨厌这样的自己，讨厌如今的林漾会让沈妄轻易地影响她的喜怒哀乐，这并不是一个好现象。

她无法控制自己的情绪。而就在此时，隔壁的沈妄也和她一样颇为愤怒，几乎要把手上的手表盒子扔进垃圾桶里。

他担心快递途中手表会受损，特地上周去了海京取这块定制手表。因为航班延误，他不得不转了两趟飞机才回到长川。他刚刚本想把这份礼物送给林漾，算是一份补偿性的生日礼物，她却先替别的女生送了礼物……

沈妄把盒子扔到抽屉最深处，眼不见心不烦，薄唇又忍不住冒出一句：“行，可真行。”

听见动静，沈柏裕也从书房出来，站在门口询问卓季芳：“这俩孩子怎么了？”

卓季芳僵笑了下：“没事，估计就是小孩子闹别扭，过两天估计就好了。”

“你工作忙好了？”她走过去，关切地问道，“饿不饿，要不要吃点儿夜宵？”

沈柏裕摇摇头：“还有一点儿没搞完，你先睡吧。”

他这段时间有几个重要会议要开，正忙得不可开交。沈妄明年就要高考了，最近对他的学习也没怎么关注，琢磨着得找个时间好好聊聊。

只是这一晃一学期就到了尾声，沈妄赶上今年高考的政策变化，去参加了一些重点大学的加分竞赛项目，整个十二月份都没怎么在家，林漾也几乎没碰见过这人。

两人赌了一个多月的气，其间一次都没联系过。林漾一开始还能从周婕嘴里陆陆续续听到高三的一些消息，都是外面传回来的竞赛喜报。

后来见林漾反应很淡，周婕也察觉了些什么，试探着问：“你俩上次闹别扭闹到现在啊？”

一提这事，林漾胸口更堵得慌。

最开始因为“早恋不早恋”的问题她也疑惑，只是这事还没解决，沈妄那天晚上又莫名其妙地发了一通脾气，两人的矛盾一下也就更深了。

林漾记得第二天早上起来，她本想在沈叔和卓季芳面前装装样子，可那人连装都懒得装，她笑脸刚挤出来，沈妄直接目不斜视，背着书包走人了。

两个家长也察觉不对，卓季芳私下里问过林漾不少次到底怎么回事，林漾自己也一头雾水，她还有火没地方发呢。

自己的心情就这样被这人扰了一个多月。

事情的转折出现在元旦假期的最后一天。

林漾那天刚进教室，书包还没放下，班主任老钱就着急地过来叫她：“你家里人刚刚打电话，说你父亲住院了，你赶紧回去看看。”

“我父亲？”林漾拿出手机，因为上课期间她调了静音，拿出来才看见卓季芳在五分钟前给她打了三四个电话。

因为情况紧急，林漾只好让周婕帮她补了请假条，然后背着书包急匆匆地下楼。

吴泽昊刚好在门口碰见林漾，见她脸色不对，敛了嬉皮笑脸，问：“怎么了，发生什么事了？”

“我家里出了点儿事，我得先回去。”林漾也没空跟他解释这么多，说完这话就离开了。

许纵让吴泽昊先回班里，见他盯着楼梯口的方向出神，提醒道：“她现在比较忙，你要是关心，等她回来再问问吧。”

林漾直接打车去了医院，路上她给卓季芳回了电话。林漾这才知道，沈柏裕因为这几日应酬过多，一不注意，突发急性胃肠炎，今天进了医院，要住院一段时间好好休养。

那边声音听着十分嘈杂，卓季芳还有事要忙，沈柏裕的那些下属、同事都挤在病房里还要招待，没说两句就挂了电话。

林漾靠在后座上，思绪有一瞬间的出神。

那个父亲，她还以为是林贺。

后来冷静下来才意识到，林贺出事，卓季芳是不会给她打电话的。

说曹操曹操就到，她打车到了医院，刚下车，就遇上了从门诊部出来的林贺和葛青。两人并排走着，林贺手上还拿着葛青的包，手上一堆化验单，葛青看起来心情很好，林贺在一旁低头说着什么。

林漾要去住院部，几人刚好在中间的交叉路口碰见，她本想低着头装作没看到，葛青却故意笑了下：“你女儿也在这儿，你不用过去跟她打个招呼吗？正好，你也有事要跟她说。”

她一副趾高气扬的模样，还没开口，林贺就好声好气地哄着：“你先上车，外面冷，别站着了。”

正是傍晚降温的时候，初冬的寒气止不住地往衣领里钻，林漾双手都放在外面，她却跟没知觉一样盯着林贺心虚不敢看她的眼睛。

直到林贺把葛青送上车，又回来。

“漾漾，你怎么来医院了，哪里不舒服吗？”

林漾麻木地摇摇头：“你为什么来这里？”

停了几秒，林贺也没出声。

“她怎么了？”林漾有种不好的预感。

“没事，你葛阿姨就是感冒，我带她来看看。”林贺说着又关心她，上下打量了一遍，“漾漾，你是不是生病了？有事记得跟爸爸说。”

“没事。”林漾不太想跟他解释那么多，语调很淡，“我还有事，先走了。”

林贺看着林漾的背影，叹了一声。

坐在车子里的葛青又在叫他，让他快点儿，一上车，葛青就气呼呼地质问：“我刚刚要说，你为什么拉着不让说，她迟早要知道的，你还打算瞒着？”

“我没打算瞒着，你再给我点儿时间。”林贺寻思着得找个合适的时机再说。

葛青冷笑了一声，给林贺撂脸色。

沈柏裕住的是单人病房，林漾到的时候刚走了一拨探望的人，她刚出电梯就看到了正站在病房门口单腿半屈独自等着的沈妄。

他倚着墙，头微微垂着，侧脸的弧度深邃清隽，只是这会儿线条绷得有些严厉。

林漾太久没见他了，突然对视时，两人都有一瞬间的茫然。她抓了下书包带子，走过去主动开口：“哥。”

她做好了沈妄可能不会理她的准备。

沈妄视线却凝在她通红的手上，皱眉：“手怎么了？”

林漾顺着他的视线看了下，并不在意地插进口袋里：“刚才在外面站久了，有点儿冷。”

“沈叔怎么样了？”她往病房里看。

“正在输液。”

病房里时不时传来说话声，两人并排站着，走廊里其他路过的病人好奇地看过来，沈妄也不在意，问她：“从学校直接过来的？”

“嗯，班主任通知我的。”林漾觉得背上的书包沉，刚动了下胳膊，旁边的人就发现了。

“给我。”沈妄站直身子自然地把她书包拿下单手拎着，“他们刚来，估计还要再等一会儿。”

林漾“嗯”了一声，双手解放后，她也轻松了不少，低头瞅着光亮的地板随意地问：“哥，你今天是临时回来的吗？”

“不是。”沈妄说，“今天那边刚好结束竞赛。”

他竞赛结束，刚落地长川就接到了电话，直接就从机场赶来了医院。

走廊里不如病房里暖和，这边靠着尽头的小阳台，时不时有风吹进来，林漾刚才在外面就有些冷，这会儿站在风口，忍不住把手拿出来吹了下。

沈妄眼皮抬了下，起身往护士台那边去：“先等会儿。”

两分钟后，沈妄端着一杯热水回来。

“先喝点儿暖和一下。”他示意林漾。

林漾动作慢了几秒，才接过去：“谢谢哥。”

一次性杯子里装的是白开水，隔着杯子林漾指尖触碰到里面的温热，掌心里顿时暖和了不少。她低头小口小口地抿着水，身体渐渐回温。

林漾的心底，却突然变得慌乱。

她想，她知道自己的心情为什么会因为沈妄的一言一行而受到影响了。

但她对沈妄，是妹妹对哥哥的依赖。

病房里的那些人出来看见两人时，又是一番寒暄：“沈总的一双儿女真是一表人才、亭亭玉立，沈总和太太好福气。”

“是啊，这面相一看就是做大事的人，真是随了沈总啊。”

此类恭维沈妄从小听到大，他只是礼貌地颔首了下，卓季芳和沈柏裕的秘书一边回应，一边送那些人下楼。

林漾和沈妄这才有空进了病房。

沈柏裕刚输完一瓶液，不想再躺着，沈妄给他后面垫了一个枕头让他坐起来，他脸色还有些苍白，说话有气无力的。

“漾漾是刚从学校过来的吧？”

“嗯，本来今天也不上什么新课。”林漾笑了笑，给沈柏裕倒了一杯水。

沈柏裕又顺势问了几句沈妄竞赛的事，问他对海京大学有没有把握。

“你不用管这些，先管着你自己身体。”沈妄站在床边，神色并不认同，“那些应酬我早就跟你说能推的都推了，不能喝酒就少喝点儿。”

自知理亏，沈柏裕摸着鼻子不说话，看向林漾：“你哥天天在学校是不是也这么唠叨地管你？”

沈妄也跟着看过来。

林漾：“我哥……挺好的。”

沈妄挑眉和沈柏裕对视了一眼。

没一会儿，卓季芳和秘书从外面进来，她把病房里那些人带过来的东西简单收拾了下，又叮嘱林漾和沈妄：“这几天你爸住院，我们就不回去了，你们两个在家注意点儿，有什么需要就直接跟李姨说。”

沈柏裕原本就有这个老毛病，一直没好好调理，这次病得有些严重，看来得在医院好好休养一段时间。

时候也不早了，沈柏裕也没让俩孩子多待，让秘书安排了车子把两人送回去。沈妄出了医院门口，手上还拎着林漾的书包，秘书见状，上前：“我来拿着吧。”

“不用。”沈妄抬手挡了下，“你先去开车吧。”

医院外边，门口的救护车还鸣着笛，而周边的饭店这会儿正赶上夜宵点，就连外面都坐满了客人。

车子到了，沈妄把书包给林漾，示意道：“你先上车。”

“你要去哪儿？”

“我去买个东西。”

林漾见他去了旁边的便利店，再出来时，手上拿了一个盒子。

司机见状，忙把车开过去，沈妄上了车，把买的关东煮递过来：“先吃点儿垫垫。”

林漾本想说“我不饿”，但触及前面秘书不经意间望过来的视线时，还是什么也没说，伸手接了过来：“谢谢哥。”

一路上，两人也没怎么说过几句话。

沈妄辗转了一天，确实累了。路上，他还接到他舅舅的电话，问他爸身体情况，两人电话里又聊了几句学习情况，一直到家下车沈妄才把电话挂断。

李姨一直在家里等着，等两人回来忙上前询问：“你爸怎么样了？那边换洗衣物都准备了吗，还有吃的用的都习惯吗？要不要我送点儿过去？”

“不用，李姨，卓姨在那边都安排好了。”沈妄一一回着，说完后又想起来问林漾，“你还饿吗？要不要再吃点儿饭？”

“你们还没吃饭啊，那我赶紧去做点儿，一会儿就好。”李姨说着就要往厨房走。林漾忙叫住她：“李姨，我真不饿，不用做。”

她询问沈妄：“哥，你还没吃饭吧，要吃点儿吗？”

沈妄疲惫地揉了下脑门：“我不饿，既然林漾也不吃，那李姨你就别做了，先去休息吧。”

又交代了几句，两人一前一后地上楼。

她的书包还被沈妄拎在手里，一直到他的卧室门口还没松手。

“哥，”林漾喊住他，提醒，“我的书包。”

沈妄才想起来，递过去：“早点儿睡。”

这个学期即将结束，期末考试即将到来。林漾收到了周婕发来的作业消息，不能早早睡觉了。老钱要他们提早去班里参加明天早上的班会，于是林漾设置了一个比平时早二十分钟的闹钟。

写完作业，已经十二点半了，林漾躺在床上却迟迟不能入睡。

脑子里那些零碎的片段如同电影镜头一般在她眼前闪过，有初来时沈妄对她的冷漠，有沈妄关心她给她买饭、拧瓶盖和拿书包的事，也有沈妄莫名其妙地大发雷霆……

林漾觉得头疼。

明明刚来时沈妄直白地表现出了对她的不欢迎，明明沈妄很硌硬她和卓季芳的到来，但现在……

试探的事情还历历在目，沈妄因为她不把自己当哥哥而发火，虽然沈妄认真地把她当成妹妹，一切都应该朝着正常的方向进行。

但林漾还是烦躁，心底又烦又乱。

她不知道多出一个哥哥对自己来说，到底是好还是坏。

这么来来回回不知道纠结了多久，直到困意涌上来，她才迷迷糊糊地睡过去。

林漾第二天走得早，到教室的时候，班里才来了一半的人。

期末考试前，一班的氛围比较沉闷，毕竟期末考试一过，下学期他们离高三就更近了。

进来的同学大多坐在自己的位置上写着作业，有一部分同学背着英语课文和元素周期表，林漾把书包放下，问周婕："老钱来过了吗？"

"刚进来了一趟，对了，你家那事怎么样，解决了吧？"周婕问。

"嗯，要住院一段时间。"林漾简单解释了几句。

班里的同学陆陆续续到了，林漾拿出语文书翻了几页，刚把书合上默背了一段，外面传来一阵喧闹声，坐在靠门那一排的学生都十分惊讶，下一秒，又不约而同地朝林漾看过来。

林漾奇怪："怎么了？"

"你哥！"周婕抓着她的胳膊，"赶紧的，你哥沈妄在门口，你快去看看！"

林漾蒙了两秒，沈妄来班级门口找她？

这好像还是第一次。她赶忙放下书在一班的惊呼声中出去，吴泽昊就坐在班级门口的第一排，拦了她一下："门外那个，真是你哥？"

"就是，你那个……继兄？"他说话有点儿吞吞吐吐的。

林漾"嗯"了一声，继续往外走。

沈妄正站在走廊的栏杆前，手上卷着两本书和一个袋子，连书包都没背，冬日的校服在他身上松松垮垮的，拉链只拉了一半，长腿散漫地屈在墙边上，抬头望过来时，眼底还带着不耐烦。

“哥，”林漾走过去，“你怎么来了？”

沈妄被她这话问得更不爽了，他把手上的袋子递过去，冷冷地反问：“你早上没吃早饭？”

林漾早上走得早，又不饿，也就没买。

“李姨做了早饭怕你没吃，让我带过来。”沈妄把袋子又往前递了递，像是不经意提及，“吃个早饭浪费不了你多少时间，以后别拿我当跑腿的。”

林漾接过早饭，也习惯了他这明明是关心人却非要故意呛人的语气，点头应道：“知道了，哥。”

林漾进教室后，班里的同学都在感叹：“林漾，你哥怎么那么好，还亲自给你送早饭。”

“沈妄近距离看真的好帅，林漾，你天天对着这么一张脸怎么能这么淡定？”

林漾尴尬地笑了笑，没说话。

林漾回到座位，沈曼凡也凑过来：“你哥对你这个妹妹真挺不错了。”

林漾也不知道是在说给她听还是在说给自己听：“有个哥挺好的。”

一月中旬的时候，天气越发冷得厉害，早上起来路上都结了冰，公交车装了防滑链，但遇到大雾天还是不敢开快，林漾为了不迟到，起床都比之前要早了一些。

临近期末考试的那个星期二，林漾早上醒得早，昨天晚上卓季芳回来拿衣服，因为时间太晚就没回医院。

她怕把人吵醒，楼梯灯也没敢开，下楼下得小心翼翼。

冬日早上四五点钟，天还没亮，屋里黑沉一片。林漾最近又用眼过度，在昏暗的环境下，视力尤其不好。此刻，她借着窗外的月光模模糊糊下到一半的时候，脚下一个没注意，直接踩空滚了下去。

林漾没忍住，疼得喊了一声“啊”。

早上四五点钟，整个沈家都亮了起来。

最先下来的是沈妄，他刚洗漱好开门准备下楼，手还没摸到墙上的开关，就看见楼梯上那抹纤细的身影径直摔了下去。

沈妄黑眸猛地一缩，飞快地冲了下去。

住在楼下的李姨也开了门赶紧过来，灯光明亮的一瞬间，他看见林漾缩在地毯上，书包滚落一旁，她捂着脚疼得脸色发白。

林漾撑着身子咬着唇，忍不住“嘡”了几声。

沈妄把她扶起来，眸底黑得骇人：“摔到脚了？”

楼上的卓季芳也听见动静下来，哎哟了几声：“你怎么成这个样子了？赶紧去医院看看有没有伤到骨头。”

她忙着让李姨打电话叫车过来，沈妄直接把人拦腰抱起放在沙发上，神情紧绷着：“你先坐着，我先去外面看看有没有出租车。”

正是一片慌乱的时候，几个人也没注意到沈妄此刻的行为，都围着林漾小心翼翼的。卓季芳发现她的脚踝肿了，估计是崴了脚，便急忙去冰箱里拿冰块来。

脚踝上传来阵阵钻心的疼痛，林漾疼得直冒汗，额前的碎发没一会儿就被汗水打湿了。她攥着拳头，呼吸急促，努力抑制着不断产生的眩晕感。

在极度疼痛的情况下，沈妄从外面进来，径直蹲在林漾身边，瞧着她的脸色，紧蹙眉头，伸手探了一下她的额头。

突然的冰冷让林漾意识清醒了一瞬，眼泪夺眶而出，只能依稀辨出眼前的人，却看得并不真切。她有气无力地喊了一声：“哥。”

“嗯，”沈妄的手指并没有移开，而是往上落在她的头顶，轻轻拍了两下，“再坚持一下。”

尽管眉宇间积攒着冷冽，但这会儿他的声音也不自觉放轻。

门口传来汽车引擎声，是沈妄叫的出租车到了。沈妄倾身，一只手穿过林漾的后背，另一只手穿过她的腿弯，跟刚才一样拦腰抱起，林漾下意识地搂住他的脖子。

沈妄脚步顿了一下。林漾已经全然被痛觉支配，再无其他想法，大冬天的，冷汗一层层地往外冒。

沈妄没敢再耽搁，朝着屋内喊：“卓姨，我先带她去医院，你之后再赶过来。”

沈妄将林漾放在了后排座上，前面的司机见状也不敢耽搁，幸好早上这会儿车也不多，他一路开得飞快，沈妄一直注意给她用冰块敷着痛处。到医院门口的时候，林漾脚踝上的疼痛已经缓解了不少。

沈妄走到她那边，开了车门自然地还要把她抱起，林漾这个时候恢复了点儿意识，被他抱了一路往诊室里走的时候，环着他脖子的手臂也渐渐松开。

沈妄经常运动，再加上一米八几的身高，按理说应该毫不费力地抱起她，但这次不知道是不是因为着急，他的呼吸又快又喘。

林漾甚至能听到他怦怦有力的心跳声。

来的路上，沈妄打电话给沈柏裕的秘书安排了医生和病房，来的也是和沈柏裕一家医院，所以两人一路上畅通无阻，检查、拍片、看片、拿药，一路都有人跟随。

卓季芳和李姨也跟来了医院。两人都急得上火，这一个沈柏裕还没出院，林漾这会儿又要打石膏，不能下地，还得恢复好一段时间。

忙完了这些，卓季芳喊沈妄：“你赶紧回去上课吧，高三现在课程重要，不能随便就不去了。”

林漾刚打上石膏，又吃了止痛药，已经恢复了点儿气色，只是唇瓣仍发着白：“哥，你先去上学吧，我没事了。”

“是啊，漾漾这边有我们照顾，你去吧。”李姨也跟着说。

秘书和司机还在外面等着，沈妄这个时候离开是最合适的。

只是他看着林漾那条被高高支起来的腿，还是犹豫了。

卓季芳洗完手从洗手间出来，见他还没走，不由得疑惑，视线在沈妄和林漾身上来回穿梭。

“哥，我老师那边还没请假，你现在去学校还能帮我请个假，你赶紧去吧。”林漾率先说道。

沈妄的黑眉皱了一瞬，他深深地看了她一眼，才颔首道：“卓姨、李姨，我先走了。”

林漾的腿打上石膏也不需要住院，怕沈柏裕那边担心，林漾也没再过去，只让卓季芳别陪自己回家了，直接到沈柏裕病房那边。

卓季芳没着急立即走，反倒是趁李姨出去拿药的工夫，和林漾说了几句话：“你和你哥现在，感情是不是太好了点儿？”

“什么意思？”林漾抬头对上卓季芳审视的目光。

卓季芳怕是自己多想，但到底不放心，还是提醒了下：“你们兄妹俩感情好是好事，但也要注意点儿分寸，尤其在外面，他是哥哥，你是妹妹，你们虽然没有血缘关系，但毕竟在一个户口本上，有些事还是不能太逾距。”

林漾最近本来就在烦这些事，被卓季芳说得更烦躁了，忍不住反驳：“以前不是你让我跟哥好好相处的吗？我现在好好跟他相处了，你又说这些话。妈，你到底是在质疑你自己，还是不相信你的女儿？”

见她生气，又刚崴了脚，卓季芳也不再和她争论，只当是自己多想了。

“行，那你一会儿跟李姨回家注意点儿，我先去你沈叔那里了。”

林漾坐在轮椅上低着头看自己的脚，没说话。

脑海里却不间断地浮现沈妄早上着急带她来医院的场景。

林漾还要在家休养个两三天，学校那边沈妄也给她请了假。隔日，一班的同学都知道了她摔伤的事，吴泽昊打来电话，还要买东西来看她，问她家住在哪儿。

“你不用来，我后天就能去上学了。”

临近期末考试，她也不能一直在家待着，三天观察期一过，基本上就没什么事了。

林漾现在只是在担心她上学时上下楼梯可能会有点儿费劲。

一班还在最顶楼五楼，要一口气单脚跳上五楼，她想想都头疼。

因为这只脚不能碰水，这几日洗漱都是李姨上来帮她，要上学的前一天晚上，李姨正给她擦着头发，沈妄站在门口敲门。

“哥，怎么了？”

“明天上学我来叫你。”沈妄进来，还从楼下给她端了杯牛奶，看向李姨，“我刚下楼，看见了就顺手给端上来了。”

这牛奶是李姨准备一会儿下去端上来的，这会儿倒是省事了，她提醒林漾趁着温热赶紧喝。

林漾喝了一口牛奶，从镜子里看他：“你明天早上不用早去吗？”

高三的早自习还要早一些，林漾明天又去得迟，跟沈妄不是一个时间点。

“早不了多少。”沈妄并未多解释，等李姨去拿吹风机回来时，才开口，“吹完头发早点儿睡觉，明天早上在房间里等我。”

林漾：“好，知道了。”

等人走后，李姨也没急着开吹风机，只是看着关上的门，欣慰地笑道：“我就说这孩子会照顾人吧，他只是表面冷淡，内心可比谁都热心肠呢。”

林漾沉默了几秒，在李姨要按开吹风机开关时，抬手挡了下，偏头问她：“哥为什么会这样？”

明明是很热情的人，却要装作一副冷淡的模样。

“这个啊，唉，跟他的家庭有关。”李姨叹气，“这孩子小时候，他爸他妈也不怎么关心他，他爸你也看到了，忙工作，他妈心中也只有事业。”

说到这里，李姨摇摇头，并未再多提。

“哥的……母亲，现在在哪里？”林漾曾以为他母亲在海京。

“不在海京，跟沈总离婚后就去了国外，她也是个要工作不要家庭的，工作重心都在那边，要不然这两人怎么会离婚呢。”

李姨让她坐好：“时间不早了，先吹头发吧。”

吹风机的嗡嗡声在林漾耳边响起，有几缕头发吹到她眼睛上，她眼皮眨了一下，拨开的动作却很缓慢。

沈妄的童年是不是过得也很不好，所以他用冷漠来伪装自己真正的需求，从而也让自己的父母以为，他是真的不需要他们的关怀。

第二天一早，林漾洗漱好准备下楼吃早饭。

刚开门，沈妄的身影就挡在门口，他举起手，估计是要敲门。

两人四目相对，沈妄不赞同地看了一眼她拄着拐杖单腿跳起来的模样，皱着眉问：“不是让你在屋里等我吗？”

“我下楼先去吃早饭。”林漾现在也不是一点儿也不能动。

前两天都是李姨把饭端上来，今天她提前收拾好，干脆就自己下楼，先练习下家里的楼梯，去学校也方便。

沈妄听完，只觉得多此一举。

“你当我这个哥是废人？”

“啊？”

沈妄睨着她，只说了一句“麻烦”，就冷着眉眼把她的拐杖撤走，另一只手搭在她的背后，低声嘱咐：“扶好我。”

林漾还没反应过来，身子忽然腾空，她忍不住低呼出声，再睁眼时，沈妄已经像那日清晨一样，拦腰抱起她，稳步地下了楼梯。

“刚才提醒你扶好没反应，这会儿又抓这么紧？”沈妄余光示意她环在他脖颈上的那只手，因为刚才的猝不及防，林漾怕掉下去，下意识地用力扒着。

她默默地松了力道。

对着他那侧的耳朵却有些生热发红。

好在从楼上到楼下要不了一分钟，沈妄把她放在椅子上，然后拉了一个小板凳过来给她支脚，并未发现她的异样。

李姨从厨房出来，看到林漾有些惊讶：“我还说准备给你送上去呢，你怎么都下来了。”

林漾笑了笑，不知道怎么解释，只点了下头：“嗯，我起得早。”

早餐煮了鸡蛋，还有粥和牛奶，沈妄问她喝粥还是牛奶。她昨晚刚喝过牛奶，手还没放到盛粥的勺子上，沈妄察觉她的意图后，直接拿过她面前的碗给她盛了大半碗粥。

“……”

林漾想说自己伤的是脚，不是手。

见状，李姨觉得这儿也不需要她看着，又去厨房忙碌了。

两人吃饭都习惯性安静，沈妄吃得很快，林漾怕司机等太久，没吃鸡蛋，把粥喝了后就准备起身。

“鸡蛋不吃？”沈妄到楼上拿了她的书包下来问她。

“嗯，不太饿了。”

“那带去学校，饿了再吃。”沈妄把鸡蛋装进她书包一侧的夹层里，拉拉链时忽然又想起什么，下一秒，林漾就看见他去了客厅的零食区。

然后，沈妄拉开她书包的大夹层，塞了几包小零食进去……

“行了，走吧。”沈妄装好零食过来，把书包往背上一挎，见她疑惑，又耐着性子解释了一句，“你这腿买东西也不方便，装点儿零食留着课间休息的时候吃。”

林漾也没再说什么，只是在他倾身弯腰要抱她时下意识往后缩了下。

沈妄：“嗯？”

“哥，我可以自己走，就外面这一点路，我直接跳过去就行，正好也锻炼锻炼。”

车子就停在院子门口，真没有多少路。

沈妄睥她，脸上写着：别给我找事。

“才刚养了三天你就跟我说要锻炼，林漾，你要想再进一次医院我不反对，但我现在没空陪你折腾，王叔还在外面等着呢，你还要磨蹭多久？”

“……”

林漾无奈，只好抬手。

她全程装作镇定地不去看沈妄的侧脸，屋外寒风一刮，她还是忍不住缩了下脖子，往沈妄的肩膀上靠。

衣物的清香味被无限放大。

沈妄只是瞥了她一眼，并未说话。

上了车，林漾费了好一番劲儿才把自己的腿放好，等到车子平稳行驶时，才试图跟沈妄讨价还价：“一会儿进学校的时候，我可以让同学下来接我。”

她低着头，说话声音极小。

沈妄服了这人："你这是掩耳盗铃，还是此地无银三百两？"

林漾睁大双眼。

"你们班还有谁不知道我是你哥？"

原来他说的是这层意思，林漾还以为他是……

她松了一口气："没事，我那边在五楼，哥，你抱我也费劲。"

沈妄一头雾水："你是在质疑我的体力？林漾，你几斤几两自己难道不清楚吗？我什么时候表现出来费劲了？"

他抱自己的这几次确实挺轻松的，除却第一天晚上因为混乱紧张时的急促呼吸。

校园里人太多，林漾不想引起误会，她无法承受那些异样的目光。车子颠簸了一下，她的腿也跟着往旁边晃动了些。两人赶紧扶住了她的膝盖，沈妄的手盖在她的手上，触感温暖。

相比于林漾一瞬间的紧张，沈妄显得很淡定，他平静地收回手，无法忍受她这样吞吞吐吐的，不耐烦地问："你到底想说什么？"

前面王叔听了两人的对话后也察觉出事情不对劲，便出声询问："要不，等会儿沈妄你先去上课，林漾这边我把她送上去？"

两人都看过去。

还没等林漾答应，沈妄已经开口："你是想王叔把你送上去引起更大的轰动？"

沈柏裕提前打了招呼，车子这次必然是要开进校园的，再让王叔把她送上去，大家对她的猜测只怕会更多。

因此，林漾摇摇头："不用了，王叔，让我哥送吧。"

沈妄早有预料，偏头时嘴角扬起一抹浅淡的弧度。

林漾终是妥协，过了一会儿又叹气，沈妄抱她上楼，估计引起的轰动也不会小。

她试图换了下姿势，和沈妄商量："哥，要不一会儿下车你背我上去吧，上楼应该会省劲些。"

沈妄笑容尽收：“要不一会儿我给你扛上去，那样更省劲？”

林漾：“……”

沈妄最终还是把她背上楼的，只不过没想象中的省劲，反而比先前的拦腰抱还费劲了一些。

林漾那条腿因为被石膏固定，不能有大的晃动幅度。如果直接抱起来悬在空中还好，但背起时则免不了要注意她腿的位置。沈妄要注意不能碰到她的腿，只能用一只手扶着她的另外一条腿，另一只手拎着她的书包，每一级的台阶都上得很费劲。

高二一班又在五楼，林漾着实对她哥感到愧疚了一番。

即便沈妄体力足够，但这种努力配合的姿势也让沈妄的步伐和动作都显得更加僵硬，上到五楼也就更费力一些。

一路上，两人更是被周围同学观摩了一番，有认识林漾的还会上前打个招呼，慰问几句，林漾只能硬着头皮尬聊。

高二一班早在刚刚就收到了消息，这会儿全班同学屏气凝神，安安静静地坐在座位上，像是迎接什么重要的人物一样，眼睛一眨不眨地盯着门口看，直到一男一女的身影出现。

周婕已经自觉地把里外位置调换了，让林漾坐在外面，沈曼凡特地过来配合着身后的人把桌子往后拉了一点儿，给她留出更大的位置。

走廊里别班的人都歪着头，只敢偷偷瞄几眼。沈妄完全不在意，上楼后还能分神地问她一句：“腿难受吗？”

林漾摇完头才想起来他看不见，咳了声，才说：“不难受。”

她想过进教室时的场面，却没想过会如此诡异，众人皆对她行着注目礼，沉默得过分。沈妄扫视了一圈，皱了下眉，问她：“你位置在哪儿？”

“这这这，”周婕忙招手，“林漾坐在外面，放这里就好。”

沈妄把林漾放下时，动作显得尤其小心。周婕和沈曼凡也上前帮忙，等到林漾完全坐下，确实耗费了不少力气，沈妄累得气喘吁吁的。

“中午放学在这儿等着，饭我给你送过来，你别下去了。”沈妄把她的书包放到桌子上，垂眸时想起什么，在教室里扫视了一圈，然后走到最后面，拎了个没人坐的空板凳过来。

他把板凳放倒，一只手握着林漾的膝盖，把板凳垫在她的脚下，给她寻了个支架点撑着。

“她白天上厕所的话，可能要麻烦你们了。”他又看向周婕和沈曼凡等人。

一和沈妄对视，周婕的心脏都要跳出来了。沈妄这张脸绝了，她按捺住激动的心情，忙点头：“放心放心，有什么需要我们一定会帮的，不麻烦不麻烦。”

沈妄点头道了谢。

“那我先走了，有什么事给我发消息。”他嘱咐林漾。

林漾拉开书包拉链抽出书，低着头应了声：“嗯，知道了。”

沈妄一走，教室里瞬间炸开了锅。一大群人围上来慰问林漾，有问她伤势的，还有借机感慨沈妄的，她应付了好一会儿，周婕怕她不舒服，说林漾要多休息，才把人赶走。

她给林漾把水倒好，嘱咐：“有什么事你尽管吩咐我，我就是跑腿的。”

周围其他人也说，有需要帮忙的尽管提。

等预备铃打响了，班里才逐渐恢复安静。这时，周婕才找到机会凑过来，眼睛睁得圆圆的：“沈妄原来是这么好的一个人，以前我还以为他是那种高冷型的，没想到照顾起人来这么细心。”

林漾正要说话，眼前突然出现一个袋子。

吴泽昊把一袋零食放在林漾的桌上，笑着说：“有什么想吃的，记得跟我说，我都包了。”

身后正准备回文科班的沈曼凡伸手：“我的呢？”

“你手脚又没断，你什么呢，别捣乱。”

沈曼凡“嘁”了一声，没再说话。

上课的时候，各科老师都关心了一下林漾的伤情，也都善解人意地没让她起来回答问题。物理课代表一职也暂由林漾前面的那个男生代替，省得她到办公室跑腿。

由于下周就是期末考试，这几天大部分时间也都是做试卷、讲题目。一上午，林漾做了两张试卷，中途在安悦和周婕的帮忙下，去了一趟厕所。她感觉到受伤的那条腿在扯动，因此后面的时间也基本没喝水。

中午放学铃一响起，沈妄就走过来了。他手上拿着一个饭盒，应该是李姨做好，让司机送过来的。

见他来了，班上的同学们都很识趣，早早收拾书包离开了。周婕中午要回家吃饭，没再留下来继续欣赏她的偶像。和沈妄抬手打了个招呼后，她一蹦一跳地离开了。

吴泽昊几个人表示没眼看。他的视线停留在沈妄的身上，瞳孔漆黑如墨，似沉静，又似翻涌。沈妄回头，目光和吴泽昊的对上。瞬间，他的眼神眯了眯，毫不躲闪。倒是吴泽昊有些心虚地先移开视线，揽着许纵的肩膀说："走走走，饿死了，去吃饭吧。"

因为林漾腿上的伤，李姨做的菜也都偏向清淡。沈妄把碗筷都摆好了，自己却站在一旁没有吃。

"哥，你吃过了吗？"

沈妄站在窗户旁，望着教学楼下的人群，舌头抵了下腮帮子："不太饿，你先吃。"

整个教室就他们两人，窗外是学生的吵闹声，外面有其他班级路过的同学，会时不时地偷打量他们两眼。林漾吃得并不多，没一会儿就放下筷子了。

"怎么不吃了？"

她摇头："不想吃。"其实主要原因是脚有点儿疼，林漾不舒服地挪动了下。

"脚怎么了？"沈妄走过来，语气严肃。

林漾沉默了几秒，实话实说："上午上厕所的时候好像有些牵扯到了，这会儿有点儿难受。"

学校的厕所跟家里的马桶不一样，这里有台阶，她单腿本就不方便，再加上要跳过去，那条受了伤的脚多少要分担点儿力。

这脚才刚养了三天，哪能这么折腾。

沈妄一听，立马拿出手机："王叔，现在把车开到学校里来。"

"哥？"林漾张大嘴，不明白他什么意思。

"你这脚得再去医院看一下，等医生检查完再说，不能上学就别上了，本来就只剩几天了，也没什么新的知识点要学。"

"可是……"

"晚上回去我给你讲。"沈妄不想听她那些大道理，一边收拾着桌上的碗筷，一边让步妥协，"我说，有不会的知识点，晚上回去我给你讲，这样行了吗？"

林漾："……"

她其实只是想问：你下午难道又要不上课陪我去医院吗？

下楼的时候，林漾自己也不敢多提要求了，任由沈妄抱着她下去。一路上，她又被不少人观摩，已经任他们去了。反正大家都已经知道他们俩是兄妹，随便别人怎么想都没关系。

去医院的路上，沈妄又向他们班主任请了半天假。他刚参加完比赛，取得了好成绩，老师自然不用担心，轻松地放人了。

沈妄也给老钱那边打了招呼。老钱一听，忙说就让她在家安静休养。期末考试到时候再看，他会跟学校反映情况，酌情考虑。

林漾这条腿本来静养一段时间也就没事了，但因为今天折腾的地方比较多，医生检查后为了以防万一，让她在过年这段时间里都在家好好躺着，下次复诊时再看情况判断。

于是，折腾了一上午，林漾老老实实地又回到了自己的卧室。

卓季芳回来的时候，沈妄还没离开，他刚从林漾的屋子里出来，卓季芳听说是他送林漾去医院的，忙叫住他："沈妄，谢谢啊，林漾这边多亏你照顾了。"

"没事，卓姨，"沈妄说，"我爸那边也劳烦你多费心了。"

这段时间沈家确实忙得不可开交，本来临近年关，沈柏裕要处理的事务就多，这会儿又赶上林漾受伤，一家子出了两个病人，卓季芳天天医院和家两头跑。

“你以后就安心在家好好养着吧，你的班主任也给我打过电话了，说期末考试不用去参加也行。”卓季芳看了会儿她支起来的那条腿，叹气，“今天要不是你哥在，还不知道要出什么事，以后你好了，可真得好好感谢你哥。”

她有些欣慰，摸了摸林漾的头：“以前还怕你们兄妹俩处得不好，现在看来，是妈妈多虑了，等今年过年……”

说到这里，卓季芳想起一事：“你哥生日就在年后，你作为妹妹也懂点儿事，给你哥准备一份生日礼物。”

沈妄的生日？林漾想起暑假时，沈妄送给自己的防晒霜。

她也确实要准备一份回礼送给沈妄。

卓季芳在家待到晚上又去了医院，临走时又叮嘱了一遍林漾，让她在家多听李姨和沈妄的话，有什么重要的事，直接打电话就行。

本来离期末考试就没几天，这次考试虽说不是决定命运的高考，但老钱也没敢大意，把各科的期末试卷都抽出了一份拿给沈妄，让他带回家给林漾。

自从伤了腿，林漾那屋的门一直是开着的。

所以沈妄上楼时，林漾就听见了他打电话的声音，沈妄喊电话里的人“舅舅”。

他走到门口还是敲了下门，得到林漾的同意后，才一边打着电话一边走进来，把手上的几张试卷递过去：“舅舅，我知道了，到时候再看吧。”

明珩在那边啧了一声：“你小子，什么到时候再看，你妈可给我打过电话了，她说明年就回来了，你最近可别给我惹什么事啊。”

沈妄打电话也没避着林漾，所以那边的话她也听得很清楚。

她听见了那个“妈”的字眼。沈妄的母亲要回来了吗？

林漾看着试卷久久没动。等沈妄挂了电话才发现她不对劲，沈妄食指蜷起，敲了下桌子：“想什么呢？”

他的视线从她发呆的脸上移到试卷上：“试卷太难？”

从学校回来时，沈妄简单扫了一眼试卷，这个难度，对林漾来说，并不费力。

林漾摇头，抽了一支笔出来："不是，刚才在思考。"

她随口提起刚刚的电话："哥，你今年还要去海京那边过年吗？"

沈妄每年都是去那边过年的。刚才明珩打电话过来也是因为这事。

"不一定。"沈妄对于他妈要回来的事，其实也知晓一二，他妈前段时间给他打过电话，只是他并没什么期待。

沈妄又问了一遍她的脚怎么样了。

"没什么，就和平常一样。"

见她安静低头写题，沈妄也没再开口，脚尖都向门口的方向抬了，又停下："你问我去不去海京过年干什么？"

"啊？"林漾抬头，眼神镇定，"没什么啊，我就随便问问。"

稍一深想，沈妄就明白了。沈柏裕和卓季芳最近一段时间都在医院，过年还不一定能回来，他今年过年要是去了海京，家里估计就林漾一个人了。

想明白这层原因，沈妄挑了下俊眉，揉了揉她的头顶："放心，无论怎么样，你哥我不会丢下你一个人的。"

还没等林漾解释，他又弯腰，低头，和坐着的林漾平视。四目相对，林漾愣了一下，就听见他磁性好听的嗓音在耳畔响起："妹妹，你都这么依赖我这个哥哥了，那我总得拿出点儿当哥的样子啊。"

林漾："……"

她就知道，这人给点儿颜色就能开染坊。

隔天，卓季芳回来的时候，的确提及了此事："你沈叔这次病得有点儿严重，医生建议再休养一段时间，我春节肯定得陪着他在医院里过了，家里这边……"

她又看向沈妄，想起沈柏裕今天提到的事："你爸说海京那边可能明天就会派人来接，沈妄你收拾好东西了吗？"

"还没。"沈妄陷在沙发里，手上转着一个魔方，林漾就坐在他对面，一条腿搭在沙发边上。他看了一眼，又问卓季芳，“卓姨，你打算让林漾自己在家过年吗？”

正看着电视的林漾缓缓回头，她嘴里还咬着一块苹果，快速嚼了下，咽下去：“我没事啊，我自己在家也可以啊。”

卓季芳沉思了好一会儿，尽量想一个妥帖的办法，但也确实不合适：“漾漾这脚要没事的话，她还能跟着我一块儿去医院，现在这样子，也只能留她在家里了。”

她寻思着到时候多做点儿菜放在家里，给她安排好再去医院。

李姨到时候肯定也是要回去过年的，沈妄说家里就留她一个不妥。

“不用担心我。”林漾又叉了块苹果，“我自己能照顾好自己。”

“你确定？”沈妄慢悠悠地提醒她上次上学扯动腿伤的事。

闻言，卓季芳也有些犹豫了。

沉默无言间，沈妄手上的那个魔方恢复原貌，他坐正，清了下嗓子：“卓姨，要不这样吧，让林漾跟我一起去海京过年。”

母女二人同时望过来。

第九章

「关心」

海京是沿海城市，因为距海较近，迎面吹过的空气中洋溢着湿润的味道。

林漾打开车门时，寒风扑面，浑身直打哆嗦。沈妄站在车门边，手里拿着她的拐杖，提醒道：“把羽绒服的拉链拉上。”

车内有空调，林漾嫌热，半路上就脱掉了羽绒服。

要不是沈妄在临下车时提醒，林漾可能连羽绒服都不会穿。

等她将羽绒服拉链拉好，沈妄伸手扶她出来，递给她拐杖。

林漾养了一段时间，现在已经能拄着拐杖蹦跶几下了。

司机把行李拿出来跟在两人身后。虽然前面的距离不算远，但由于林漾走不稳，她不时依靠墙壁支撑自己。沈妄看在眼里，扶了她一把：“把胳膊伸过来。”

他把她的一条胳膊搭在自己的肩膀上，另一只手轻扶在林漾背后，提醒她：“转移一下力量，用左脚跨步。”

林漾受伤的是右脚。

司机在身后默默地推着行李箱，同时也放慢了步伐。

明家的别墅比较大，院子里铺满了鹅卵石，中间处还有一个小型喷泉，四周种满了鲜花和绿植。因为现在是冬天，沈妄的外婆喜欢花草，明珩就让人移来了一些人工培育的鲜花放在院子里。

似乎无论从哪个方向吹过来的风都沾染着花瓣的香气，令人难以抗拒。

林漾走得较慢，但由于地面是鹅卵石，沈妄不用担心她会滑倒。当他们路过喷泉时，屋子里的人注意到了他们，便连忙走出来相迎。

“幸好你们现在到了，我们刚才还在想给你们打电话问问呢。”说话的是一位上了年纪的老人，头发盘起，几乎全是白色，脸上虽有皱纹，但看起来精神非常好，皮肤白皙，五官大气。林漾从她的脸上几乎可以想象她年轻时的风采。

刘甄身上裹了一条披肩，看见林漾缠着纱布的脚时不由得心疼起来：“孩子，受罪了。”

一旁的沈妄先叫了声：“外婆。”

林漾忙跟着喊："外婆好。"

"哎，好，赶紧进来，外面冷，别在外面站着了。"

"外婆，外公呢？"沈妄问。

"他呀，在书房呢，你又不是不知道，他整天就爱他那些棋，这不是看桐桐回来了，拉着她不放，非让陪着他摸两盘。"

话音刚落，从屋里跑出来一个身影，那人穿着一身红衣，声音活泼有力："沈妄，你可终于来了，你赶紧去陪外公！"

沈妄低声告诉林漾："这就是我舅舅身边养的那个孩子，叫卓晓桐。"

林漾记得。他曾经提过他小舅舅身边养了个女孩儿，跟她一样大，今年也是十七。

小女生的笑容明艳张扬，面容看起来极为显小，林漾看见她熟稔地在刘甄怀里撒娇，想起来"娇嫩"这个词。确实是很娇嫩的花朵，不忍摧毁。

看见林漾，她主动打招呼："我叫卓晓桐，沈妄说，你月份好像比我大，那我以后叫你姐姐可以吗？"

她毫无芥蒂的语气让林漾更为放松，点头笑道："当然可以。"

楼上的明学成听到声音也立马走下楼，因为高龄，他手上也拄了副拐杖，触及林漾手上的那副时，众人不约而同地笑了笑。老爷子开着玩笑："丫头，你这年纪可不能像我这把老骨头一样啊，得赶紧恢复。"

林漾又叫了声："外公好。"

林漾从知道要来海京时，心底生出的忐忑在这会儿也散得七七八八了。

她想起沈妄隐在内心深处的真正性格，想起他对待家中的司机、阿姨，以及对待自己不怎么熟的同学，都会伸出援手。

从小在这样的环境下长大，沈妄也会耳濡目染吧。

在这里没人提及她是明家外人的那层身份。明明这里是沈妄母亲的家。

大家明知道她只是沈妄的继妹，明知道她只是卓季芳带到沈家的拖油瓶，但没人介意，就像对待沈妄和卓晓桐一样，对待一个还未成年的孩子。

明珩是中午吃饭的时候回来的，一听见汽车引擎声，卓晓桐立马从沙发上跳起来，神情兴奋："四叔回来了！"

“你慢点儿。”刘甄叮嘱她。

明学成看着也摇了摇头，这一个个的，孩子不像孩子，长辈不像长辈，都没个正形儿。

“一会儿你跟着我叫声舅舅就行。”沈妄端了一杯水过来，在林漾身旁落座，推向她面前。

话音刚落，从外面走进来一个身形高挑的男人，他脱了外套，上身只一件羊毛衫，薄唇上咬着烟，上挑的眉眼犀利深刻，此刻微微眯着，挑眉望过来，神情傲然又懒散。瞥见沈妄遥遥望过来的不悦视线时，他挑衅地抬了抬下巴，摘下烟：“怎么，看见你舅舅我不欢迎啊？”

“什么不欢迎？”卓晓桐跟在他身后进来，臂弯里搭着一件男款的黑色大衣，伸头，“四叔？”

明珩懒懒地应了一声，腾出一只手揉了揉卓晓桐的头顶，示意：“去给四叔倒杯水。”

卓晓桐欢欢喜喜地又把衣服放下去了厨房。

“这么大了还好意思指使人家小孩子，你也真够厚脸皮的。”明学成扶着拐杖哼了一声。

刘甄也跟着说了几句：“别看桐桐好欺负，就整天欺负人家。”

“妈，我哪里欺负她了？”明珩在一旁的空位坐下，“她要什么我不给，这丫头有多难养你们可比我清楚，要不然下学期让她回来孝顺孝顺你们。”

老爷子瞬间不说话了。

刘甄倒是看透了：“你要是舍得你就送回来。”

明珩抽着烟，笑了下，隔着层烟雾，视线落在安安静静的林漾身上。

林漾颔首：“舅舅好。”

明珩点了下头：“在这里不用拘束，跟着你哥好好玩，有什么需要也尽管跟你哥提就行。”

说着，他拿过一旁的烟灰缸，修长的手指在烟尾弹了两下。

一直到这会儿，自己外甥那不爽的视线还凝在他的手上。明珩乐了，手腕搭在膝盖上，瞧他：“沈妄，我这是欠你钱了？”

几人都看过来。

沈妄很淡定地拿了个砂糖橘，模样很是懂事地劝阻："舅舅，在家里就别吸烟了，我和外公外婆都不想吸你的二手烟。"

明珩愣了下。明学成和刘甄都赞同地让他赶紧把烟给灭了，怕他带坏孩子。林漾却恍惚了一瞬。她想起，之前自己提醒过沈妄吸二手烟的事，也想起，在那个家，沈妄的父亲沈柏裕好像也很久没抽烟了。

海京的新年气氛很浓，吃完饭，家里人都忙着准备年货，布置新年的装饰。两位老人没再折腾，上楼休息了。

卓晓桐带着林漾去看房间，因为考虑到林漾腿脚不方便，房间也给她准备在了一楼，靠后面的小花园，风景极好。

"这事啊，还是沈妄打电话来提前说的，明叔还说呢，说沈妄会照顾人，这点随他，细心。"

"明叔？"林漾记得卓晓桐喊明珩都是"四叔"。

卓晓桐开了扇窗，然后才在床边坐下，想着尽量用最通俗易懂的话解释："明叔就是沈妄的外公，我爸和明叔是好朋友，其实我应该是和四叔同辈的，但因为我比他小了七八岁，他说我喊他四哥太别扭，就让我喊四叔了。"

"明叔和刘姨还说，他就是想占我便宜。"卓晓桐感慨着笑了下，"说起来，要按照辈分，沈妄还应该喊我一声'姨'呢，但他从来不喊。"

视线对上微愣的林漾，卓晓桐笑得更大声了："没关系，我们一样大，我不会占你便宜的，你直接叫我名字就好。"

林漾一时之间还真不知道是叫还是不叫好。

外面传来沈妄和明珩的说话声，两人抬头望过去，那两人正站在院子里，对着刚拿过来的大红灯笼无处下手。

"再让他们两个磨蹭下去还不知道要等多久。"卓晓桐说着要去看时间，想起手机没带，又下意识地转向林漾的手腕，有些奇怪，"你的手表呢？"

“什么手表？”

卓晓桐：“不对啊，上次沈妄不是给你定做了一款女士手表吗？”

林漾更加迷惑了：“什么？”

“就是他手上戴的那款手表啊。他之前打电话说要给你准备生日礼物，不仅让四叔找人调制了防晒霜，还定做了一块和他一样款式的女士手表啊。”卓晓桐还记得上次是沈妄亲自过来取的。

林漾从没听过这些，突然听见，眉心跟着猛跳了下：“沈妄是亲自过来取的？”

卓晓桐点头，说出自己所知道的：“对，他说怕路上快递不保险，还是亲自来一趟比较稳妥，好像就前段时间。”

林漾彻底怔住了。

她想起沈妄前段时间突然来海京的事。家里都以为他是过来考察大学的，没想到只是为了来拿一块手表。

卓晓桐：“你不知道吗？沈妄还没送你啊？”

这话让林漾也稍稍放宽心：“没有。”

上次过生日的时候，她只收到了防晒霜，这段时间也没拿到手表，所以手表不一定是送给她的。

卓晓桐也想到了这层可能，她起身走到窗户处观看，摇头：“沈妄难不成有感兴趣的女生了？”

感兴趣的女生吗？林漾只记得他身边唯一一个出现过的纪逸苒。

纪逸苒……会追到她哥吗？会成为她嫂子吗？

见林漾失神，卓晓桐转身问她，是不是想到什么了。

林漾笑着摇摇头：“没事。”

隔日便是春节。

明家的人都早早起来，林漾听见动静也没再赖床，她小心地从床上坐起来，拄着拐杖慢腾腾地移到卫生间。

洗完脸，林漾刚往脸上点了几处面霜，外面就响起了敲门声。

她随便抹开两圈，朝着外面喊了一声：“来了。”

她也没拿拐杖，直接单脚扶着墙跳过去。

一开门，沈妄看着她这副狼狈的模样，蹙了下眉，问道：“怎么不叫人？”

“什么？”林漾脸上还带着水珠，额前的碎发也润湿着。

之前在家有李姨帮忙，沈妄怕她在这里不方便，一大早下楼过来看，等真看见人了才想起自己不方便，转而问道：“要叫晓桐过来帮你吗？”

“不用啊。”林漾单腿支着脚，有些不方便，干脆把门打开，让他进去坐，然后往回跳进卫生间里，“我马上就洗好了，哥，你等一下。”

海京今年过年还没怎么下雪，第一场雪刚好落在春节这天。林漾洗漱完出来时，才看到窗外的景色，白雪皑皑，满目银色。

“下雪了？”她边走过去边问。沈妄顺手扶了一下她，撤了她的拐杖，让她靠着墙。

窗外穿着大黄色袄子的卓晓桐正在雪地里奔跑，她脚上的靴子踩在雪上面，发出沙沙的声响，脸上的笑容明艳张扬。明珩正站在屋檐下，远远地望着她，嘴角染笑。

林漾问沈妄：“你要出去玩吗？”

“不去了。”隔了几秒，沈妄突然问了一句，“漂亮吗？”

“嗯？”

沈妄提醒：“你不是想知道海京的雪景是什么样的吗？”

他示意：“现在不就是个机会吗？”

林漾这才想起，之前她曾听过沈柏裕说海京的雪景很漂亮，也向她哥求证过，当时还让他以后有机会多拍点儿照片。

“确实挺漂亮的。”她实话实说，海京这座城市本就漂亮，再加上明家的别墅低调奢华，配上这银装素裹，只觉眼前如同梦幻一般。

一大早，沈妄就带她去和外公外婆问了“新年好”。吃完饭，卓晓桐来林漾屋里写给朋友的贺卡，在提笔写给沈妄的那份的时候忽地想起来：“明天好像就是沈妄的生日，我这礼物还没准备好呢。”

沈妄的生日？

林漾把他的生日忘得一干二净了。

其实她是准备了生日礼物的，只不过还留在长川自己的房间里。

“没事。”卓晓桐宽慰她，“反正每年四叔都让他随便挑礼物，到时候让他多挑两个，我们让四叔埋单就行了。”

这大过年的，林漾腿脚又不方便，现在再准备礼物也确实来不及。

外面鞭炮声响起，卓晓桐扶着林漾站在门口看，沈妄和明珩正站在院子外的大门口，把一串长长的鞭炮摆在地上，明珩单手夹着一支烟。

卓晓桐看见他用力吸了一口，颈下的喉结跟着滚动，猩红的烟头莹莹发亮。明珩蹲下身子，用烟头点燃了引线，两人娴熟地向一边跑，那处很快再次响起一连串的鞭炮声。

“四叔，晚上放烟花吗？”卓晓桐捂着耳朵扯着嗓子喊道。

前方的两人回过头，在鞭炮的青白色烟雾中，林漾看见了沈妄嘴角消失的弧度。他大踏步踩着雪走过来，眸色有些沉：“你出来干什么，进屋里去。”

“你在担心什么啊，有我在呢。”卓晓桐示意自己是林漾的人工拐杖，还拍着胸脯保证，“放心，我不会让林漾摔倒的。”

“桐桐，”明珩喊她，并朝她招手，“别胡闹，过来。”

卓晓桐双眼放光，立马把林漾的胳膊移到沈妄手上：“来来来，你不放心我那就你自己扶着，自己照顾着总得安心了吧。”

沈妄没说什么，把林漾的胳膊架到自己的肩上，带着人往屋里走：“今天用人进进出出的，这里路滑，等一会儿让人收拾一下，你想出来再带你出来。”

林漾点头，强装镇定地问起刚刚卓晓桐提的话题：“晚上还要放烟花吗？”

“会放。”沈妄每年过来，晚上都会跟着明珩一起去顶楼放点儿小烟花，也算是增加点儿过年的气氛。

“晚上放烟花的时候叫你。”以为她感兴趣，沈妄又补充了这一句。

林漾只记得过年一般要守岁，问他是不是十二点放。

“那个点太迟了，不用专门等到那个点，想什么时候放都可以。”沈妄说，“晚上吃完饭就早点儿放，天冷，大家都想早点儿休息，在这里没这么多规矩，你困了就去睡觉。”

林漾却并不打算早早就睡下。她要守到十二点，这样就能在零点的时候跟她哥说一句“生日快乐”。

她想做第一个祝他“生日快乐”的人。

这个想法刚冒出来，林漾又觉得不可思议。她没想到自己有一天居然会把一开始和她势不两立的沈妄当作自己的家人。

这样想着，林漾搭在沈妄肩上的手指也无意识地缩了一下。

沈妄带有疑问的视线移过来，但终是没问什么，只把她扶回房间，又开了空调，才淡声道：“一会儿吃饭的时候来叫你。”

海京的习俗是中午过年，饭菜摆满了整整一桌，用人们专门一桌，就设在隔壁。再加上外面不间断的鞭炮声，这顿饭吃得很是热闹。

老爷子明学成举杯祝大家新年快乐，说起对几个小辈的祝词时，大多是希望他们快乐成长，做一个明事理、讲礼数的人。

他还特地多提了一句林漾，面容慈祥：“丫头，早日把腿养好，明年还来这里过年，外公给你包个大红包。”

林漾脸上露出真心的笑容，她举着杯：“谢谢外公。”

饭桌上放的饮料是椰汁，沈妄不动声色地瞥了一眼林漾杯子里没怎么动的椰汁，趁着大家正感慨的时候，起身去了厨房。

再回来时，他手上拿了一瓶刚温好的橙汁。

众人都看向他，明珩饶有兴致地挑了挑眉：“你什么时候喜欢喝橙汁了？”

沈妄还拿了几个一次性杯子，他懒懒地应道：“突然想喝了。”

沈妄连倒了几杯，给卓晓桐和明珩都分了一杯，最后才自然地拿了一杯放在林漾面前。

没人注意到这个小插曲，除了吃得食不知味的林漾。

晚上的时候，两个老人睡得都比较早，卓晓桐一直守在门口，等听见院子里的汽车引擎声就立马出去迎接。

再回来时，她怀里抱了一大袋烟花棒。

明珩跟在她身后，一身寒意，手里还拿着车钥匙。

他朝沈妄点了下头："车后备厢里还有几个大的，搞上去？"

明家后面有个小阁楼，最上面特意留了露天阳台，就是为了方便时不时出去透个风。

两人出去搬烟花，卓晓桐自然地带着林漾先走过去。林漾走得慢，卓晓桐还得等着她，她多少有点儿给人添麻烦的感觉，靠在楼梯上喘气："要不你先上去，不用等我，我自己会注意的。"

"没事啊。"卓晓桐搀扶着林漾，"反正放烟花又不急，我先上去也是吹风。"

身后的两个男人一人抱着两桶大烟花进来，触及楼梯上停下来的两人，沈妄停下脚步："先别上去了，在这里等我一会儿。"这话很明显是跟林漾说的。

卓晓桐也听出了弦外之音，她干脆拉着林漾在台阶上坐下，摆弄着仙女棒："那等会儿让沈妄背你上去，反正他力气大，不使白不使。"

明珩顺手把卓晓桐怀里的那一大袋烟花棒拿过去，拍了下她的头："先给你拿上去。"

小丫头双手托着腮，眼底明亮又耀眼。

这两个人可以说是兄妹，但实际上并没有血缘关系。

林漾发现，卓晓桐对明珩的依赖更像是血缘上的兄妹，只是一种纯粹、毫无顾虑、顺着自己心思的依赖。

她把明珩当作家人，所以一些举动都自然而然地展现出来，这种亲昵是建立在完全信任的基础上的，想做什么就做什么。

而明珩对卓晓桐的疼爱和纵容，同样让林漾感慨。

她在想，她和沈妄之间，作为兄妹关系是不是已经算得很冷淡了。

她和自己的哥哥，平时相处是不是太客气了。

林漾的思绪飘忽不定，就在这时，沈妄和明珩已经从楼上下来了。

沈妄让卓晓桐先起来，然后走到林漾身边，弯腰，和她平视：“这楼有三层，楼梯陡，要是让你自己上去，估计你今晚就得进医院，所以，背你和抱你，自己选一个。”

林漾：“……”

卓晓桐也震惊了，这沈妄天天都是这么照顾人的啊。

“沈妄，你懂不懂得怜香惜玉啊？”她转向明珩，撒着娇，“四叔，你看看沈妄。”

明珩双手虚环，靠在楼梯上笑道：“桐桐，走，先上楼。”

转身前，他听见沈妄说：“你确定要背？上次背的后果你还没长教训？大过年的，你还想再进一次医院？”

卓晓桐彻底服了。林漾也无语，只好撑着楼梯站起来，带了点儿脾气：“随便你吧。”

明明他都有主意了，干吗还问她。

沈妄径直把林漾打横抱起。他步伐迈得又快又稳，很快超过了正在看戏的明珩和卓晓桐。

卓晓桐：“四叔，你说这林漾在家是不是天天受沈妄剥削啊，他就是这么照顾自己妹妹的啊？”

“剥削？”明珩重复这两个字，狭长的眼尾若有所思地眯了下，“我看不见得。”

一上到顶楼时，明珩拍了拍卓晓桐：“去跟人说说话。”

他眼神示意被沈妄放到单人躺椅上的林漾。

她腿上盖了条毛毯，桌子上还放了一杯热茶，这些是谁做的不言而喻。

明珩径直走到最边上正在拆烟花的沈妄身旁，状似不经意地提起：“这次来，我还没听见你提你爸，你爸身体怎么样了？”

“还行，正在恢复期。”沈妄说完又觉得奇怪，转头问道，“舅舅，你不是一向不关心我爸的吗，你问他干什么？”

“我不关心你爸正常，你作为他儿子不关心可就不正常了啊。”

沈妄撕包装的动作顿了下，垂着眼：“舅舅，你不必多说，我有分寸。”

见状，明珩也没再说什么。

但沈妄有句话没说，他要是确定的事，也没什么好遮掩的。

又不是什么丢人的事，本就该正大光明。

姹紫嫣红的烟花在天空中相继炸开，令这一片夜色流光溢彩。

烟花虽只是昙花一现，转瞬即逝，却绽放了它一生的美丽，受人瞩目和赞叹。

林漾忽然想通，很多事情其实并不一定非要去求个结果，至少在当下，她是该享受的，而不是把自己陷于庸人自扰中，徒增烦恼。

放完烟花棒的卓晓桐过来找林漾，火光映着她眼底的火苗，她蹲在林漾身边：“沈妄现在变化挺大的，四叔刚才放烟花点了一支烟，想把它抽完再扔，沈妄都嫌弃他难闻。

“你没看到四叔刚才吃瘪的脸，也就沈妄敢说他身上难闻。”卓晓桐又歪头，“不对，我也敢说。”

林漾的关注点在她后面半句：“你和舅舅，是什么时候认识的？”

“十四岁。”卓晓桐语气平常，“我爸妈出了点儿意外，后来就被明叔接过来养了。那个时候，四叔刚回国，明叔看他生活混乱，就想着把我这小孩儿丢给他，看他能不能收敛点儿，有点儿做长辈的样子。

“再然后，我就一直被养到了现在。”

这么算来，卓晓桐跟明珩已经生活了三年。

“你是不是，早把他当家人了？”林漾看着不远处的那个身影，声线缥缈地问道。

烟花棒只剩下两三根，卓晓桐随便拿了一根在地上画着，埋着头说：“是啊，是家人，很重要的家人。”

林漾听出她语气下的那层起伏，转头去看她。

卓晓桐头抵在膝盖上，只留了个乌漆漆的发顶，声音也更闷：“至少暂时是。”

“暂时？”

"对啊。"卓晓桐再抬头时，已经恢复了平常的笑脸，"以后的事我暂时不去考虑，至少现在我可以肆无忌惮地在四叔面前胡来，跟四叔要任何我想要的东西，跟四叔在一起很开心，我知道这个就够了。"

卓晓桐活得通透，她知道林漾想问什么，于是拍了拍林漾的手："其实你也应该这样，很多事情你真没必要把它当作心结锁在心底。未来的事变化多端，谁知道之后会怎么样呢？趁着现在还有机会，珍惜当下就行了。即便以后没什么好的结局，但现在总不能过得不尽如人意吧。

"很多事情，还是应该开心又勇敢地面对的，最起码别让你以后回想起来，觉得自己的人生没有什么值得的事，只有失败和遗憾。"

耳边又传来一声爆响，前面的两人相视一笑，击了下掌。林漾回过头："这是最后一个了，放完就下去了。"

卓晓桐扬着笑说："好。"

林漾对上沈妄看过来的视线，也笑了下，用口型无声地说着：很好看。

沈妄得意地挑了挑眉。

少年意气风发，轻倦张扬，一如她初见时的青春肆意。

就像卓晓桐说的，很多连结果都不确定的事情，她干吗患得患失，不如好好地享受当下，让这个过程圆满又无憾啊。

至少在这一刻，她知道，自己是想要依赖沈妄的，自己是会因为沈妄的那些小细节所感动的，自己是，偏向于走向沈妄的。

无关于任何，只是出于自己当下的内心。

那个晚上，林漾一直等到了零点倒计时的最后一秒，随着新年钟声的敲响，沈妄的手机也收到了两条在零点准时发送的"生日快乐"。

他自动把上一条忽略，墨色的瞳眸只盯在备注栏里的"林漾"两个字上。

似乎有些意外，而后缓缓地，薄唇向上扯了下，他在手机上敲了几下，回复："行，你哥收到了。"

林漾刚锁上手机，听见声音立马又解开看，手机淡蓝色的光亮在关了灯的屋内尤其刺眼，她却盯着看了好一会儿，眉眼微微弯着。

QQ 上收到一条新消息，纪逸苒问她现在在哪儿。

“纪磊说你们不在家，本来还想给你哥过生日的，现在只能在刚刚零点的时候给他发送了祝福短信，也不知道你哥看到没，到现在也没有给我回复。”

林漾的视线落在了最后面那几个字上。

她哥刚刚给她回复了，却没有给纪逸苒回复。

林漾眨眨眼，给纪逸苒回复消息：“我们不在长川，过完年才会回去。”

至于那条信息，她并没有对纪逸苒提起。

大年初一。

刘甄和明学成作为长辈给几个孩子都包了大红包，给林漾的时候又叮嘱了一番：“以后想来了随时来，跟沈妄说一声，让人去接你们。”

“好，谢谢外公外婆。”

刘甄挺喜欢林漾的，这丫头不多问不多说，知礼数又懂事，性格也好，也难怪沈妄会把她归为“家人”那一列。

大年初一作为沈妄的生日，明家又准备了一桌丰盛的酒席。明珩特地订了一个三层的大蛋糕，今年生日礼物更是豪气地送了沈妄一张卡，许诺：“等你高考完，来海京，舅舅再送你一辆车。”

这些小辈的热闹两位老人也不往上凑，只不过听见高考时多问了一句：“大学确定来海京上是吧？”

这一次，沈妄没像平常一样立即回答。

他视线稍移，望向正垂眸吃着蛋糕的林漾。她侧脸柔和，眼尾低垂，看起来并没因为这句话受到任何影响。

沈妄语气也淡了下来，他象征性地吃了口甜腻的蛋糕就放下了：“应该吧。”他现在也不确定了。

老爷子没多想，只以为他同意，便语重心长地叮嘱：“来这边也好，我们都能照顾到，这以后公司还是要交给你和你舅舅打理的，你看看你舅舅现在这不着调的样子，这以后……”

明珩一听这话又气笑了：“您老又来挤对我，大过年的没给我红包就算了，这现在还要往我身上抹黑，爸，您这可太偏心了啊。”

“我就偏心！”老爷子哼了一声，和刘甄一起搀扶着上楼了。

卓晓桐喜欢吃甜食，吃完还要再去切一块蛋糕时，明珩握住她的手腕：“你不能再吃了。”

就是因为卓晓桐小时候糖吃多了，时不时就牙疼，明珩这几年一直管着她，找了不少医生给她看牙护牙，这才恢复了一点。

在其他事情上，明珩一直惯着她，但在吃甜品这事上，明珩绝不松口。

卓晓桐也知道，她气呼呼地瞪了他一眼，跑林漾旁边坐着，给他甩脸色看。

明珩有些无奈地捏了捏眉心，这丫头，又开始跟他耍小脾气。

沈妄见惯不怪，提醒林漾：“别吃了，一会儿就吃饭了。”

林漾听话地放下了叉子。

他们明天一早就要回长川了。沈妄开学早，回去还有其他事要处理，在这边也不能多待。林漾想着一回去就得把那个生日礼物给他。

明珩坐在沈妄对面，两条长腿斜斜地搭着，神情懒散地问：“说说，你舅舅我送给你的是不是今年你收到的最好的生日礼物？”

沈妄正玩着刀叉，听见这话，并不以为意地笑了笑，抬头：“不是。”

“还有谁给你送的更好？”

不止明珩，卓晓桐和林漾也因为他这句话惊讶地抬头看过来。

沈妄却吃准了大家这反应，唇边的笑意更甚，手上玩着刀叉，就是不多说。

“沈妄，你许生日愿望啊，这可是十八岁的生日，很重要的。”卓晓桐示意他。

十八岁。蛋糕上面插着两个数字蜡烛，沈妄垂眸，目光落在那上面，却又淡淡地移开。

“既然是十八岁，那就该许个重要的，先放着吧，等我以后想起来再许。”

几人都看过来，问他什么意思。

沈妄并未多解释，只说："该许的时候我自然会许的。"

这个十八岁的愿望，他先欠着。

卓晓桐和明珩在家也只待了两三天，沈妄和林漾第二天离开的时候，他们也跟着走了。明珩要出差，卓晓桐则约了同学出去吃饭，干脆收拾东西先搬回明珩房子那里。

坐上车，林漾从后视镜里看到明珩拉着小丫头的帽子，有些不放心地叮嘱着什么，看口型，好像是：不准喝酒。

明学成和刘甄站在一旁，摇了摇头，对两人的事也懒得管，相继进了屋子。

"路上还有一段时间，困了就先睡觉。"沈妄抬腕看了下手表，提醒林漾。

林漾想起卓晓桐提起的那款定制的女士手表，到嘴边的话还是没问出来。沈妄看出她的犹豫，合上书："想说什么？"

他手上拿着的是一本竞赛题，林漾视线扫过，顺势转了话题："高三是不是很累？"

再过半学期，林漾也要升高三了。

沈妄没什么感觉，手上翻转了下，语气冷冷的："还行，你的成绩也不需要太担心。"

沈妄有时候也会去看高二的分数榜单，自然也看到了同样在年级前列的林漾。她这个分数，可以上很好的大学。

又聊了几句，察觉林漾对这个话题兴致并不是太高，沈妄也就没再多说，偏头时扫过她仍裹着纱布的脚，询问："什么时候复查？"

"初四。"

估计开学前，她就能恢复得差不多了。

沈妄初三还要去淮灵市参加比赛，初四那天应该能赶回来。

他琢磨着，得把回程的时间提前一些。

大年初四那天，林漾一大早就接到了沈妄的电话。

她当时还在被窝里没起床，被铃声吵醒后头脑还有些蒙，直到那边响起沈妄大清早清冷至极的嗓音："林漾，你这是故意不接我电话？"

林漾睡眼惺忪地揉眼，因为冷，她不想伸手拿手机，就按了免提键："大哥，麻烦你也看下现在是几点？"

"七八点还睡，你今天不用复查？"

林漾当时脑袋还有些蒙，忘了自己曾说过的话："你怎么知道？"

那头沈妄没回答她这个问题，丢下一句"我上午回家"就把电话挂了。

被沈妄那通电话吵醒后，林漾也没有再继续睡的心思了，就起来了。她不想麻烦李姨，何况现在那只脚已经逐渐恢复，甚至可以触地了，所以她洗漱好就自己来了医院。

她复查的诊室在医院七楼，林漾小心翼翼地乘坐电梯，医生说她的脚恢复得挺好，嘱咐她回去的路上小心点儿，毕竟现在冬天路滑。

林漾道了谢，从诊室出来时，不经意间看到对面病房里的人。

她立马给周弦思打电话："思思，你在医院七楼？"

"你怎么知道？"周弦思有些惊讶，下意识地回头望向门边。

下一秒，电话里的声音和屋外的声音重叠，林漾的身影出现在门口："思思，你真在这里啊？"

她拄着拐杖，单脚跳着进入病房，周弦思吓了一跳，忙过去扶她："你脚怎么了？怎么伤成这样？"

林漾上次去上学时，周弦思已经因为生病请假住院了，所以她不知道林漾脚伤的事。

听见周弦思担心的语气，林漾满不在乎地摆手："就是不小心摔伤了，没什么大事。"

林漾嘴上说不严重，可右脚踝上还有未完全消下去的又紫又肿的痕迹，跟个小山丘似的，上面还缠了绷带，可见之前伤势有多重。

周弦思扶着林漾在病床上坐下，两人许久没见，林漾也默契地不提及她离开那天许纵的事，只说："你在医院住了多久了？"

周弦思的下巴变得更尖了。

“没多久，等再过两天可能就可以出院了。”

“老钱在班级里跟我们说了，说你生病了。”林漾看着她说，“我们班同学那天说要来看你，本来让老钱给你爸妈打电话问地址的，但后来叔叔阿姨说你要多休息，也就没过来。”

周弦思母亲那天接电话的时候，周弦思也在旁边，她淡淡地应道：“我知道。”

但那天吧……林漾想想，也不知道怎么说。

她只知道许纵那天请了假，她去送本子的时候，老钱正问许纵：“请假？还请一天？你有什么大事要干？你给我说出个理由。”

放下本子，林漾也不好再多待。临出门前，她听见许纵那漫不经心的腔调：“您别管了，反正就是挺重要的事。”

林漾不知道怎么跟周弦思说，毕竟许纵那天到底有没有来，她也不知道。

思思喜欢许纵的事，林漾多少能看出来一点儿。

她之前并未当回事，只是现如今，那些曾让她不以为意的喜欢，林漾此时此刻却也能站在别人的角度感同身受，为之纠结、矛盾。

她好像有点儿理解他们十七八岁的年纪对一个人突然的动心、爱意。

哪怕这层喜欢并不能与未知的未来去抗衡。

两人聊了有十多分钟，林漾的手机响了，看清上面的来电显示，她抿了下唇，接通电话：“哥。”

电话那边大概是问她在哪儿，林漾也没打算瞒着：“医院。”

“我有没有说过今天回来？”沈大少爷的声音泛着冷意，“你可真有本事，单脚也能蹦到医院是吧，你怎么不给我表演个飞上天呢？”

林漾叹气：“你说的是你要回来。

“你没说你要来医院。”

“你……”沈妄服了，人都到医院门口了，也不想再跟她废话，“几楼？”

“七楼。”

挂了电话，林漾估摸着沈妄上来的时间，起身跟周弦思说再见。

周弦思听了刚才电话里两人那夹枪带棒的语气，有些不放心地问：“你跟你哥……”

林漾立刻明白了，拄起拐杖：“就那样，他脾气不好也不是一天两天了。”

上午那通电话里就他沈大少爷当时那个欠扁的语气，林漾实在想象不到这是要送她来医院的意思。

周弦思认真地想着，总结：“那你哥还是挺好的。”

林漾拿拐杖的手慢了半拍，声线若有若无的，周弦思像是听到了她的一个“嗯”字。

林漾出去的时候，刚好碰上找过来的沈妄，他走得很快，眉眼轮廓锋利清晰，他身上还穿着长川三中的校服。高三的校服跟高二的校服有明显的区别，从青蓝色变成了灰白色，他刚从竞赛场地回来也没来得及换，校服大敞着，露出里面的黑色毛衣。

沈妄过来，蹙眉看着林漾。他心里确实来火，这丫头胆子越来越大，大冬天的外面还结着冰，路这么滑，她倒是厉害，拄个拐杖自己就来医院了，连个人都没通知。

“挺行啊。”看了她许久，沈妄冒出这一句。

林漾靠着墙，单腿无意识地点了两下，脑袋倚着墙：“嗯，还行。”

沈妄想骂人，但忍了几秒还是过来拿起她的拐杖架着人：“……你别说话了。”

林漾也没矫情，任他扶着，难得和他和平共处，又跟周弦思说了再见。

两人的身影渐渐消失在拐角。

周弦思看了一会儿，不知想到了什么，脸上浮现了这几日来的第一抹笑容。

回去的路上，沈妄冷脸了一路，林漾也不知道这人一天到晚哪来这么多气生的，靠在后座上叹气，手指还颇有闲情逸致地在冒寒气的玻璃窗上画着。

沈妄额角跳了下，还是没忍住开了口：“医生怎么说？”

“下周过来拆绷带。”之后就可以正常走路了。

“周几来？”他又问。

林漾收回手，手指尖捻了下，才状似很随意地应话：“沈叔明天就能出院了，下周哥哥你也开学了，到时候我妈陪我来就行了。”

沈妄漆沉的眼眸看了她一会儿，见她眼底坦荡毫无心虚和躲闪，他才移开。

林漾说得确实没错。沈妄隔天就投入了三中的备考阶段。

距离高考如今只剩下四个月了，长川三中高三年级组尤其重视。

连老钱都在班级里提醒，没事少往高三的教学楼跑，给人家一个安静的学习环境。

开学没多久，高二举行了成人礼，林漾的脚也恢复正常，要过成人门的时候，吴泽昊还过来关心：“你累不累啊，要不要去歇歇？”

“不用。”

周婕在一旁搀着林漾，看着前面要排队签名的长长的队伍，感叹道：“三中每年都这样，明明我们才十七岁，却放在高二过成人礼。”

“高三不会花费这么多时间在这些活动上的。”

像沈妄，林漾有时夜里一两点下来倒水喝时，他那屋的灯都还亮着。

他是比别人优秀，但也一直在付出才能保持着不被别人所追赶上。

吴泽昊听两人聊了几句，又想起：“过两天是许纵的生日，你们要不要来参加啊？”

一提生日，林漾才想起来，自己要送沈妄的那个生日礼物还没送出去。

周婕表示那天自己有事，就不去参加许纵的生日聚会了，吴泽昊又来问林漾，她也摇头：“不去了，你们玩吧。”

“你们这一个两个都怎么了？这过个成人礼是不是都变了啊。”吴泽昊视线有意无意地扫过林漾，“我可提醒你们啊，这都过成人门了，以后的青春可就不能这么肆无忌惮了啊，你们有没有什么喜欢的人赶紧表白啊，别等真过了十八岁，这些想干的事都没干成。”

沈曼凡签完名，被风吹得打了个喷嚏，她有些嫌弃地嘁了一声：“你以为谁都跟你一样啊，你还以为谁都喜欢你啊。”

“哎，沈曼凡你这人，你一天到晚不当哑巴就嘴痒是吧？”

“我高兴，我好好的人为什么要当哑巴？”

周婕习惯了两人的互呛，凑过来问林漾：“你呢，有没有喜欢的人啊？”

笔下的“林”字那一撇划得长了些，林漾重新修改了下，眼睫跟着冷风动了下，才说：“没有。”

“也是，你家都有一个这么帅的哥哥了，那些男生哪能比得上。”

林漾没说话。走过成人门，签了名，因为外面天冷，年级主任也没在台上再继续多说什么，交代了几句就让各班有序离场。

下课铃打响，这会儿正是高三年级学生傍晚下课出去买饭的时间段。

林漾也不知为何，被周婕拖着听她嚷嚷要在路口看能不能遇见沈妄时，她也没拒绝。

“你陪陪我嘛，高三这么忙，我都很久没见你哥了。”

不只周婕，林漾这段时间和沈妄见面的次数也越来越少了。

沈妄的周末从原来的一天变成了半天，两人有时还会错过。

在冷风中吹了十多分钟，在吴泽昊再一次过来问两人到底要干什么时，沈妄和展子鑫、纪磊等人从逸夫楼门口出来，展子鑫手里还抱着个足球。

看样子，球还挺新的。

这会儿已经过了人流拥挤的时候，几人也看见了林漾，沈妄脚尖换了个方向，拐过来：“站在这里干什么？”

他也同样看到了站在一旁的吴泽昊。

吴泽昊总觉得有种被家长审视的压力，和林漾说了一声，就赶紧转身走了。

“没事，准备去吃饭。”林漾淡定地说，“哥，你们现在要去踢球吗？”

“对啊，我们现在的娱乐时间就只有这一会儿。”展子鑫手指在足球上拍了两下，有些嘚瑟地炫耀，“看这足球怎么样，这可是限量版。”

他说着又啧啧两声，问纪磊：“你妹这次可真是下了血本，沈哥这次生日她居然送了个这么贵的，也真是下定决心不计代价地追沈妄啊。”

沈妄正烦着呢，闻言凛眉沉声叫他：“展子鑫。”

“行，知道了。”展子鑫把球丢给纪磊，“拿回去还给纪逸苒啊，让她下次理智点儿。”

纪磊也有些无奈：“你觉得她会收？这足球她从过年前就开始抢了，这要不是沈哥过年去了海京，她估计都得堵到他家门口。”

周婕有些八卦地点了下林漾的后腰，林漾则觉得越来越听不下去了，朝正听得烦躁的沈妄点头：“哥，我跟我同学先去吃饭了。”

林漾说完拉着周婕就往食堂走。

沈妄确实烦着，朝纪磊发话：“这玩意儿随便你怎么处理，反正别拿来碍我的眼。”他又看向展子鑫，“让你带的球带来了吗？赶紧去打一会儿，我还要做题。”

展子鑫看手表：“我们的球上次放体育室了，已经让人去拿了，马上就到。”

石桥上，周婕没察觉到林漾的异常，只是觉得：“他们口中的女生是不是就我上次看到的那个啊？他那足球你看到了没，真的是限量版啊，关键不是价钱，是现在能买到都是一个奇迹，我上次在我表哥手机上看到过，好像都是绝版的！

“看来这个女生，是真的很喜欢沈妄。”

是很喜欢。知道沈妄喜欢足球，也在零点给沈妄发送了祝福短信。

纪逸苒的喜欢是坦荡而勇敢的。

林漾回头，看见那几人高挑的身影，最前面的男生双手插兜，步子闲散，走得大大咧咧的。

那个足球，林漾还是没送出去。

四月底，长川三中对高三学生进行了二模考试，林漾从校报上看到了沈妄的名字，看到沈妄的名字并不意外，只是意外他这次只考了第二名。

上次一模考试，沈妄还是年级第一，这次却被上次第二名的学生超过了五分。对此，卓季芳还怕他受打击，想着要不要安慰一下，却见沈妄压根没放在心上。

他对第一名的执念并不深，只是从来没掉出过前三名罢了。

但是林漾在饭桌上忍不住多看了沈妄两眼，弄得他心累地放下筷子，看她："是觉得你哥受打击了？"

"……不是。"

"不是你一直看我干什么？"

林漾也不知道怎么说，讪讪地摇了摇头。

"放心。"沈妄重新拿起筷子，"只是五分，你哥我能追回来。"

更何况，他的分数也不在意那几分之差，无非就是高考时，争个省状元的头衔罢了。

林漾自然相信这话。

沈柏裕告诫道："即便再有把握也不能不把这事放在心上，该重视的还是要重视，离高考就剩下一个月了，现在是最重要的阶段。

"家里不逼你，怎么选择也都看你自己，你也不用太给自己压力。"

沈妄心态本就好，对于沈柏裕这话左耳朵进右耳朵出的，只是分神间瞥了一眼对面那丫头心神不宁的模样，总觉得奇怪。

吃完饭上楼时，沈妄在身后伸手拍了下她发圈上的珠串，林漾回头瞪他。沈妄并未在意，边走边问："你这瞪了我一中午了，到底想跟我说什么？"

林漾手从头发上拿下来，上楼的步伐有些慢。

说什么，她其实也不知道。

只是前几天她不小心听见沈妄跟他母亲的通话，沈妄好像在跟他妈妈争吵，这次的考试，林漾不知道是不是受那通电话的影响。

"林漾，有话就直说，你知道瞒不过我。"他倏地弯腰，两人四目相对，一个讶然，一个沉静。

林漾慌忙别过头，随便扯了个借口："我、我就是怕你当不上省状元。"

"当不上省状元？"沈妄笑了，"我当上省状元你高兴？"

"当然啊，哥哥考上了，我脸上很有光啊。"

“那你就不怕你妈再拿这事烦你？”他要是以第一名当上省状元，卓季芳大概在林漾接下来高三的一年都会对她耳提面命这事。

林漾自知这事不能开玩笑，上了楼也没立即回房，认真道：“那不一样，高考的第一名很重要。”

林漾眼眸清澈，秀眉因为不赞同还轻蹙了下，红唇抿紧，如同刚刚沈柏裕语重心长的叮嘱告诫一般。

沈妄慢条斯理地屈了半条腿抵在门边，语气听不出起伏地问她：“你就这么希望我成为省状元？”

林漾并不觉得这是她希不希望的问题，只是觉得沈妄应该考上。

于是她点头：“我相信你可以。”

沈妄缓缓扯唇，插在口袋里的一只手拿出来拍了拍她的头：“行，不就是个省状元吗，你哥考回来给你看。”

“不过，”他收回手前又补充了一句，“我要是把省状元拿下了，到时候，你给你哥一个祝贺礼吧。”

这倒是容易。林漾一口答应：“可以。”

她问他想要什么。

沈妄收回手，指尖仍留着她发顶的细腻，他说他还没想好，等到时候再看。

可其实，在刚才林漾答应的那一刻，沈妄就想好了。

五月下旬的时候，三模考试成绩一出来，沈妄又回到了第一，而且直接甩了第二名二十多分。

林漾是从周婕的嘴里听到这个消息的，当时她还在班级里擦黑板，周婕和几个女生一进来就激动地和她分享：“林漾，你哥太牛了，这次直接甩了第二名那么多分，这还是最后一次模拟考，那个第二名想翻身的机会都没有。”

其他人也都说着夸奖的话。

林漾倒没什么意外。只是她想起了前不久听到的沈妄和他母亲的通话，心里觉得有些不安。

她一一道了谢，回到座位才发现沈妄在十多分钟前给她发了消息：“这次还担心你哥我考不上第一名？”

下面附了一张分数排名表，正是高三这次的三模成绩。

林漾嘴角微微牵起，回复：“恭喜哥哥。”

她想，如果不出意外的话，沈妄很有可能就是今年的省高考状元了。现在，就连他们高二的老师都是这么预测的。

再过半个月，高二年级就要搬到对面的逸夫楼了，沈妄也要去海京读大学了。

这样其实挺好，很多她不可控制的事情好像还是被控制住，慢慢朝正轨发展了。

下午放学的时候，林漾因为要给物理老师统计分数，吃饭的时候去得迟了一些，从办公室回来拿钱包的时候，她偏就好巧不巧地遇上买饭回来的陶文霜。

两人迎面碰上，陶文霜无语地抿了抿唇，心想自己这是走了什么狗屎运。

看出这人不想理自己，林漾也落得清静，沉默地从她身边路过。陶文霜见她这模样更不自在了，转身喊住人：“林漾，你就这么高兴吗？”

林漾停下，靠在楼梯扶手上，实在不理解她这莫名其妙的话：“我一没笑二没乐，你怎么就看出来我高兴了？”

自知在嘴上肯定占不了便宜，陶文霜也不是想挑事，只是觉得她这状态不对：“你没看到你爸发的动态？”

林漾慢腾腾地眨了下眼：“什么动态？”

陶文霜纳闷：“你还不知道啊？”

林漾不安：“到底什么事？”

“就、就是……算了算了，你自己去看吧。”

林贺因为工作的关系要发送和接收邮件，几年前也申请了 QQ，当时一系列信息还是林漾给他填写的，“家人”那一栏里林贺的头像就没变过。

她直接点进QQ空间，林贺的动态还停留在三个月前转发的公司宣传的一条新闻，没有今天刚发的什么动态。

“陶文霜，你到底什么意思？”林漾把手机给她看。

陶文霜睁大双眼：“不是吧。”

她忙掏出自己的手机：“我的都能看到啊，你看，这是我妈刚转发的啊。”

页面上是陶文霜母亲几个小时前刚转发的，关于“林贺发布的新得了一个儿子”的链接。链接里是刚出生的婴儿照片，林贺所配文字是：“老林家有后了，感谢林太太，我的老婆。”

后面还提到了葛青。

林漾如当头一棒，脑袋一阵眩晕，她握着手机的手用力到指骨泛白，陶文霜见不对，忙把自己的手机夺过去。林漾双手都在颤抖，许久都没缓过神。

“不是，”陶文霜话都不知道怎么说了，“这事可不怪我啊，我哪知道林叔叔把你屏蔽了啊，可能就是不想你看见吧。”

怕自己再惹到沈妄，陶文霜急着补充：“这事你就当我没说，真不关我的事啊，我什么都没给你看啊，我先走了。”她赶忙心虚地跑回教室。

林漾仍站在原地，缓过那阵无力的眩晕后，这才艰难地收回手，紧紧攥了下，直到指甲用力戳到掌心里的嫩肉泛起疼意时，她才有力气抬步下楼。

只是每一步，林漾都走得艰难又沉缓。

有买饭回来的同学跟她打招呼，她连笑都扯不出来，只是麻木地抬了下眼，唇瓣想张开都费力。

她的父亲，林贺，到底还是食言了。

沈妄和几个同学吃完饭回来本打算直接回教室，刚打完球回来的两三个同学从他们身边路过，因为平常在一块儿打球大家也都熟悉，有人直接就说了：“沈哥，刚才看你妹妹好像在操场，已经走了好几圈了，就一个人，状态不太对。”

"操场？"沈妄往远处的那个大操场望去。

"不是，是那个旧的。"有人指了下思学楼后面的那个小门。

那里有个旧操场，操场上只有两个掉了漆的篮球架，就是因为平常没什么人去，当初沈妄教训杨瀚时才选择了那里。

偶尔等不及排队等场地的人，他们也会到那处打篮球。

沈妄奇怪："就她一个人？"

"对，来来回回已经走了好几圈了。"

展子鑫和纪磊都看过来："沈哥？"

他把手上的校服扔过去："你们先回教室。"

展子鑫和纪磊非常有眼色，也没多问，看着他的背影进了小门。纪磊叠着沈妄的校服，感慨："沈哥对他这妹妹真挺照顾的。"

"何止啊。"展子鑫笑着说了这么一句。

"什么何止？"

没跟纪磊解释太多，展子鑫偏头示意回班："走吧，别管了。"

操场是许久没翻新的老旧操场，除了篮球架下的水泥地，周围大多是黄土。四处杂草乱生，有的都高过了人。

林漾就在最外圈的黄土地上走着，步伐缓慢，她穿着中袖的T恤，下身是一条七分牛仔裤，身影纤弱又单薄。

大概是走得累了，她走到最破烂没人用的那个篮球架前，随意地坐在下面的铁架上。铁架掉了漆，颜色乌黑，看着都不干净。

沈妄走过去，并没收敛脚步声。

林漾听到声音抬头。

"怎么不回去？"沈妄站在她面前，眼神微沉，"又被人欺负了？"

林漾顿了两秒，仰头勉强扯出一个弧度："没有，只是走走路，在这儿冥想人生哲理。"

对于她这乱扯的理由沈妄都懒得拆穿，他嫌弃地从上而下打量了她几眼，面无表情地问道："吃饭了吗？"

林漾沉默，她确实没吃，刚才下了楼直接就来这里了。

“暂时没胃口。”她说。

沈妄眉心跳了跳，越发觉得她现在这状态太窝囊，一受了欺负就自己躲起来，因此刚缓下来的语气又冷了：“你就是这么折磨你自己的？

“林漾，你能不能有点儿出息？”

他说完就走，一步也没停留。

要是平常，林漾可能还会追上去解释一两句，但当下她实在没心情。她仰头望着西边逐渐落下去的夕阳，抬手拢成一个圈，眯着眼从那个圈里欣赏落日余晖。

没过几秒，她还是松手掏出手机拨通了林贺的号码。

电话响了很久才被人接起，林贺的声音听起来有些疲惫：“漾漾啊，怎么了？”

“没怎么。”林漾食指在地上随意地画着，“你现在很忙吗？”

“嗯，有点儿忙，快到月底了，公司里有很多事要处理。”

“你现在……是在公司吗？”问出这个问题，林漾竟然有些害怕听到他的回答。

但林贺很快就给出了答复：“对，现在还在公司。”

电话里喧闹的声音有些大，林漾听见有孩子哭的声音。

林贺干巴巴地解释：“有员工把孩子带过来了，有点儿吵，爸爸有时间再给你打回去，马上要开会了。”

“爸。”林漾喊住他，指腹在水泥地上用力磨了下，泛着火热，她冷眼看着，扯唇，“你没什么要跟我说的吗？”

林贺：“爸爸现在真的挺忙的，你有什么事可以先给我发消息，等爸爸忙完再给你打过去。”

林漾这边久久没有回音，他察觉不对，有些商量地又问了一遍：“林漾？”紧接着说，“别瞎想，要记住，你永远都是爸爸最重要的女儿。”

林漾直接挂了电话。所以现在他也有了最重要的儿子。

林漾不是三岁的小孩子了，也知道林贺跟葛青结婚后会有自己的生活，可能也会有他们自己的孩子，可能也会慢慢把她这个女儿淡忘……

但林贺曾跟她保证过，曾在她那些希望磨灭前告诉她，这辈子只会有她一个孩子，永远只会是她一个人的父亲。

林漾是真的相信过，哪怕明知道这承诺只有百分之一的可信度，但她还是宁愿选择相信林贺，就是因为林贺是她的父亲。

只是终究，她这位父亲还是对她失信了。

她失望的只是林贺在黑暗中给了她足够亮的火光后，又再一次把那道火光熄灭，令她重新陷入黑暗。

对于已经享受过光明的林漾来说，这一次的黑暗远比最开始经历过的要更深刻，也更强烈和恐惧。

林贺终究还是抛弃了她。

她眨眨眼，有些可笑地将那些湿润憋回眼眶。

鸡蛋的香味在空气中扩散，林漾抬眸，望向入口处的方向。

沈妄的身后是一片橙红色的夕阳，耀人的余晖在他身后照亮，散在他周身。沈妄的面容也跟着朦胧起来，五官却在此刻更加清隽深邃。他就这样，逆着耀光，向她走来。

那一刻，林漾是真的不想再隐藏心脏某处忽然柔软的那一角。

是哥哥吗？是，又或不是。

她本以为沈妄刚刚是气得离开，原来他是去给自己买饭了。他买了奶茶，买了饼，还买了鸡蛋和寿司。

如果忽略他此刻不爽的脸色，林漾还是很感动的。

“谢谢哥哥。”

沈妄烦躁地踢了下篮球架，把饭递给她：“吃完回教室。”

寿司盒子里估计是忘了给竹签，林漾也没在意，直接伸手就要去拿。

“等会儿。”沈妄注意到她指腹上的灰尘，抿唇，“你到底是吃灰还是吃饭？”

林漾两只手在一块儿拍了两下，有些无奈：“行了吧，沈老师？”

这称呼，沈妄差点儿骂出口，他训斥着：“你给我好好说话。”

林漾点头：“行。”

她伸手去拿，即将碰到寿司的时候，手腕忽地被人握住。

沈妄一只手稳稳地圈住她的手腕，皱眉不解："上次吃个荔枝都要用湿纸巾仔仔细细擦几遍，怎么现在一点儿也不讲究？"

"那不一样。"林漾解释，"那次是因为手上沾了奶油。"

她没那么洁癖，当下也没心思注意自己手上刚沾上的灰。

见沈妄坚持，林漾只好盖上寿司盒子，示意自己还被握住的手："那我不吃寿司了，我先吃饼，行了吧。"

她言下之意让沈妄把手放开。

沈妄确实放开了，只是下一句是："有纸吗？"

"嗯？"

这人洁癖什么时候这么严重了？林漾记得他没到这种程度啊。

"我没带，在书包里。"

沈妄并不意外她这回答，下一秒，他从口袋里摸出一盒糖，他就这么奢侈又浪费地把里面剩的十多颗糖直接倒在了地上，然后展开糖盒里面的那层锡纸，来来回回折叠了好几下，直到纸质没那么硬才把她的手拉过来——

他低着头细细地擦着林漾那沾了灰尘的手指。

林漾怔在原地，许久都没动。

"行了，吃吧。"十多秒后，沈妄拿过她腿上的寿司盒子，重新打开，递过去，"发什么呆，吃啊。"

林漾动作有些僵硬。

她一直都知道，沈妄看似表面冷硬，可他对待周围人一直都很细心。

但即便如此，他今天这样不经意间泄露的柔软与细腻，也同样让林漾震撼。

他似乎，把这唯一的温柔只给了她一人。

人在这个时候，无论是信任还是依赖都会被无限放大。

林漾缓缓咀嚼着寿司，等咽下去了才看着远方的杂草开口："哥，我今天真的没被人欺负，我只是有些难过。"

沈妄手上还拿着刚刚的那张纸，他把纸捏成了一个纸团，用力按压了两下，垂眼“嗯”了一声。

“我爸，他和他现在的老婆生了一个儿子，他给我生了一个弟弟，但我是从别人口中知道的。

“他在QQ空间里发了那个孩子的照片，但我并没有看到。我爸，他把我屏蔽了，他故意瞒着我不让我知道。

“我刚刚试着给他打电话，我想看看他是不是会亲口告诉我，但他没有。他还是说，他只有我这一个女儿。”

林漾缓慢且沉重地说着，她偏着头，看向沈妄时已经把眼底的失落藏好，眼角一弯：“哥，说实话，一开始知道会有我这个妹妹后，你是不是很烦？”

“瞎说什么？”沈妄扔了那个纸团，“你一开始不是也烦我？”

她哥就是她哥。

林漾忍不住弯唇笑：“是啊，刚开始吧，只是刚开始。”

“嗯。”沈妄眯眼，“我也是。”

他说：“林漾，没人讨厌你，不只是我，我爸也是，连李姨也很喜欢你。你刚来的时候，我对你不是烦，只是对突然闯入我家的一个外人的排斥，这是正常反应，但仅仅，只是一段时间，很短的一段时间。

“你当初跟你妈说，跟我们的隔阂是一辈子也消除不掉的，我当时就觉得那是屁话，人心又不是石头做的，我就不信我们沈家融不了你这块冰。”

林漾听得嗓子里涌上涩意，她偏过头，快速扒拉了两下侧边的头发，不让沈妄看见她眼尾的湿润，带着鼻音故意说：“哥，你好好说话。”

沈妄听出她语气里的异常，但并未看她，一只手搭在膝盖上，声线低沉：“林漾，我早就说过，在这个家里，没人把你当外人。一直以来，只有你自己愿不愿意的问题，你要是愿意，我们沈家会永远欢迎你，你要是不愿意……”

他忽然的停顿，让林漾不由得问出口：“要是不愿意呢？”

“不愿意？”沈妄轻笑，“那就关门放狗，逼着你愿意。”

“……”好好的气氛全被这一句话破坏了。

林漾感动的泪水全数憋回去，她瞪了沈妄好几眼，瞥到地上那些浪费的糖，话锋一转：“你今天口袋里怎么装这么多糖，你心情不好啊？”

在沈家这么久，林漾已经观察出规律了，沈妄只有在心情捉摸不定和烦躁时才会吃那么多的薄荷糖。

放在两人中间的手机不合时宜地发出振动声，两人同时偏头看过去。

林贺给林漾打来了电话。林漾直接挂断了电话。

她很坦然地继续问沈妄：“哥，该你回答了。”

沈妄转回头，捡起被他扔掉的纸团，又展开，问：“你很想知道？”

“想啊。”

对于这件事，沈妄其实并不想多提，但她刚刚跟他说了一件心事，礼尚往来他也该回一件，总不能让林漾这么一直难过下去啊。

“我妈最近给我打了个电话，她让我去国外读大学。”

林漾早知道他跟他妈那通电话不愉快，却没想到是这层原因。

“那你……要去吗？”她问得小心翼翼。

手上的纸又被沈妄揉成一团，他转开眼，声线清冷：“你很想让我去？”

“没有啊。”林漾很真诚地睁大双眼，为了证明，她坦白，“之前有次我无意中听到了你跟你妈妈打电话，但我真的是无意的。”

“听了多少？”沈妄不在意地问道。

“没听仔细，只是知道你们的谈话过程好像很不愉快。”

沈妄的眉尾跟着扬起一抹不明显的弧度：“嗯，是挺不愉快。”

不过不是他，而是他妈不愉快。

“她在国外，也想让我去那边读大学，以后留在国外发展，但我并不想去。”

听到这个答案，林漾心安了一些：“我知道，哥哥一直想考海京大学。”

想考吗？沈妄只是一直把海京大学作为高考的目标，所有人也都觉得他该考那所大学，但对于他自己，从没想过“到底想不想”这个问题。

“你觉得应该去哪里？”沈妄问她。

要去哪里林漾其实也不知道，只是觉得：“海京大学确实挺好的，而且那座城市也很漂亮。”

“你很喜欢？”

“喜欢啊。”林漾回忆过年去待的那几天，笑着说，“人好，景好，就连空气都是好的。”

沈安看着她侧脸因为笑意的弧度，嘴角也跟着扬起：“行，我知道了。”

他说完起身：“快上课了，回教室吧。”

林漾并没有深究他上一句话的意思，只是在凝到地上的那些糖时安静了几秒。

尽管自己可能会有些多管闲事，但林漾还是提了。

“哥，以后心情不好别吃糖了，有什么事可以跟我说。”

沈安的确想说一句：“胆子大了，这都敢管了？”

但到嘴边的话又被他生生截住。

算了，林漾今天心情不好，他就多顺着她点儿吧。

“知道了，从今天开始，我改。”

第十章

「725」

六月临近高考的前几天，三中给高三学生放了假。林漾下晚自习回来时，客厅里灯火通明。沈柏裕、卓季芳和沈妄都坐在沙发上，面前是李姨刚切好的一盘水果。

看见她，沈柏裕开口道："漾漾，正好，过来吃点儿水果。"

林漾没有拒绝，在卓季芳旁边坐下。伸手拿水果的间隙，她才注意到卓季芳手腕上戴了一个新的镯子，是白玉的，通透亮丽，在灯光下泛着细腻润泽的纹路。

"那是我今天出差看到的首饰，感觉合适就给你和你妈都带了一个，一会儿那个红玛瑙的镯子你给漾漾戴上，看看合不合适。"后面那句是跟卓季芳说的。

卓季芳忙上楼："我现在就去拿。"

林漾要阻拦的话也没说出口，毕竟这是沈柏裕送给她的礼物。但其实她不太喜欢戴这些玩意儿，她两只手腕上一直都是光光的。

沈妄的视线从她光洁的手腕上收回，又继续问沈柏裕："爸，你想跟我说什么？"

马上就要高考了，沈柏裕交代来交代去，无非也就那几句话，顺便提一句："那天我们公司会比较忙，我不一定能去送你。"

"不用送。"沈妄的心理素质不是那么差。

"不送怎么行啊？"卓季芳下楼，不赞同，"这么重要的考试，最好有家人在身边啊，出来的时候，有人等着，心里也会安心些。"

她一提到"家人"，气氛就有些尴尬。

如果沈柏裕去，倒也无妨，但沈柏裕不去的话，卓季芳去了算哪门子的家人呢？

林漾也同样听出了这里面的门道。她咽下香蕉，打破此刻的僵局："我们高二那天放假，要不我和哥哥一起过去吧，正好提前感受一下高考的紧张气氛。"

她的解围瞬间让气氛轻松了不少，沈柏裕也笑着应道："这样也好，漾漾明年也要参加高考，正好可以提前感受一下。"

沈妄低头转了转手腕上的表，没有说话，只是薄唇在没人注意时轻扬了一下。

红玛瑙镯子戴在林漾的手腕上有些大，但她并没有提出来，而是违心地说自己很喜欢，镯子很合适。

沈妄眼睫轻掀，审视的目光再一次落在她的手腕上。

林漾下意识地用另一只手盖了上去，总感觉骗不过沈妄。

“关于大学，现在想好了吗？”沈柏裕突然又开口问道，顺便提及，“你妈那边也给我打电话了。”

沈柏裕并没有在卓季芳和林漾的面前避讳这件事。

前几天，沈妄的母亲明媛打来电话时，卓季芳就在沈柏裕旁边。

“她跟我说了，想让你去国外读大学，她也能多照料点儿。你现在怎么想？”沈柏裕并不会强求沈妄去做他不愿意的事，但在这件事上，他多少存了一点儿私心，还是想让沈妄留在他身边。

沈柏裕形色一向不外露，这会儿却因为不确定而有些不安，端起了茶杯遮掩自己的情绪。

“我没有去国外的打算。”沈妄早已做出了自己的决定，“海京……”他停顿了一下，只是轻轻地抬起眼睫并很快地垂下了，眼睛并没有望向那个方向，“海京大学的可能性比较大。”

但沈妄没有说的是，其实他也考虑过长川的大学。如果在长川，他可以申请住在家里，不用住在学校宿舍。只是，她到底说过海京这座城市更好。如果最终，她还是去了海京……

沈妄的眉头微微皱起，但很快就松开了，准备起身：“这件事还不急，等高考过了再说吧，到时候选大学我会看着填。”

时间已经不早了，沈柏裕也不再让孩子们继续熬夜，叮嘱了一番之后，就让两人上楼休息了。他和卓季芳留在楼下坐着。

林漾吃完了一根香蕉和一个蜜橘，满足地抱着书包上楼去。下一秒，书包就不见了，沈妄径直把林漾的书包提到了自己手中，轻松地拎着，然后大步流星地上了两级楼梯台阶，俊眉微扬：“一会儿你到我房间门口停一下。”

林漾：“干吗？”

沈妄看了她一眼，唇边扬起笑，仿佛在说：你觉得我还能把你卖了吗？

他直接开门，把书包挂在门把手上。

林漾过去又把书包拿回来，她不明白他为什么要抢她的书包，上楼梯只是几步路，她的脚已经好了，手也没有残疾。

几秒钟后，沈妄从房间里出来，手上拿着一个盒子。盒子的大小说明了里面装的是什么。林漾大概能猜出这是那块一直没送出去的女式手表。

沈妄把手表取出来，直接道：“把手伸过来。”

他也没有询问林漾是否想要手表，直接把手表戴在了她的手腕上。

反正这块手表本来就是要送给她的。

林漾咬了咬唇，看着他修长的手指在她的手腕上灵活转动，感受着银质表带在皮肤上的清凉感觉，注意到表盘上那精心设计的花纹，突然她感觉手腕变得沉重，有点儿抬不起来。

想到这里，她不自觉地向后缩了一下。

沈妄握着她的手腕，稍微用了一点儿力量，足以让林漾无法挣脱。他没有抬头，问道：“你在躲什么？”他眼睛仍注视着手表，给她调节着表带的长度。

林漾动了动唇，心不在焉地说：“这块手表太贵重了。”

终于把手表戴好，沈妄向后退了一步，直起身子，懒洋洋地挑起眉毛看着她：“我们家已经穷得养不起你了？”

林漾有点儿迷茫地问道：“哥，你为什么这样问？”

“那你怎么得出了这个结论？”沈妄不觉得这是她口中应该说出的话。无论是林漾以前的原生家庭还是现在的沈家，在金钱上，绝对不会把“贵重”这个词挂在嘴边。

林漾谎称这是专门定制的，需要的花费会很高。

“这不需要花很多钱。”沈妄知道价格，但并不在意，“不必为我省钱。”

林漾反驳道：“不是你的舅舅付的费用吗？”

这跟明珩有什么关系？

安静的环境下，沈妄的嗓音不轻不重地响起：“你知道？”

他半眯着眼睛问。

知道自己不小心泄露了秘密，林漾自知瞒不过他，盯着手表盘说出了实情：“上次听晓桐无意间提过一次。”

这倒不是什么奇怪的事。

沈妄反应很淡地移开了视线，并提醒她：“是让我舅舅定制的，但钱来自我的账户，不是我舅舅的钱。所以你该感谢的人不是我舅舅，明白了？”

言下之意：“你该感谢我。”

林漾拿了人家的好处，自然要顺着。

“嗯，谢谢哥。”

“不是白送给你的，”沈妄倚着门说道，“说好考了省状元给我准备份祝福礼，这手表就当是我提前的回礼了。”

他稍抬下巴示意：“手镯太大，用手表挡一挡也好。”

手表戴在了手镯的前面，手镯滑下来时被前面的手表挡住，倒也不用担心会从手上脱落。

沈妄没再说什么，摆了摆手：“行了，回去早点儿休息吧。”

门关上后，林漾抬腕看了下银色的女士腕表，想起沈妄刚给自己戴手表时他手腕上的同款。林漾当初只是说好看，却没想，他真的给自己定制了一块。

还是用他自己的钱。

沈妄的确有自己的私房钱，他竞赛的奖金、奖学金，以及明家这些年转到他账户上的分红，都已经远远超出一个十八岁少年该有的额度。

所以这些钱对他来说，可能真的不算什么。

但沈妄这么大方地给她花了一大笔钱，林漾多少也有点儿心理负担。

毕竟当时沈妄提的那份祝福礼，林漾只以为他是随口一说，并未当回事。可如果这样，她要拿什么来还他的“贵重”呢？

高考那日依然是高温的天气。

沈妄的考场设在本校三中，高一和高二都放了假，高考那天，林漾一大早起来跟着沈妄吃了早饭就坐上了王叔的车。

沈柏裕那天也难得没早走，路上还叮嘱了沈妄几句，直到把沈妄送到学校才让王叔掉转方向离开。

三中大门口的对面是一条小吃街，摆小摊的今日不能出摊，只剩下几家正准备食材的餐馆店铺。

林漾站在一家冷饮店门口，怕水雾润湿试卷，她买了两瓶常温的。林漾给沈妄递过去一瓶，轻声道："哥哥，你先进去吧，别紧张。"

大太阳顶在头上，周围人山人海，闹哄哄的。三中已经到了开门点，考生依照秩序排着队一一进入，冷饮店里原本正在等的学生也一窝蜂出来，里面的座位瞬间空了下来。

"你进去等吧。"沈妄示意里面的位置，拿过水，"进去吧，不用在这里等我，等急了也可以先回家。"

"不用，我等你结束一起回家。"林漾并不打算来回折腾。

沈妄盯着她看了几秒，临走前还是从嗓子里应了一声"嗯"。

他高大的背影逐渐汇入人群，满目拥挤中，属于他的光芒依旧。林漾一直都知道，无论什么时候，沈妄永远是最耀眼的。

"哥，"林漾呢喃，"加油，我等你。"

沈妄的高考成绩下来那日，林漾还在学校里上课。但不用等到回家，高三优秀学子的高考分数已经传遍了全校，沈妄以 725 分稳居全市第一，三中喜报在广播里一条接一条地播报。

各科老师也无心上课，听着喜报给学生们讲心灵鸡汤。

周婕激动地拍掌："漾漾，你哥真牛，他是全市第一哎，估计今年省状元也是他吧。"

很多人都过来让林漾回去说声恭喜，林漾一一道了谢，心头却有些隐隐不安。

如果沈妄是省状元，现在三中的广播就不会说他是市第一了，而是直接说他省第一，同样，卓季芳也没有发来任何消息。

这并不是一个好的征兆。

一班的许纵也预参加了今年的高考，大家过去问试卷难度，林漾听见他回答："数学卷是有点儿难。"

周弦思注意到林漾的心不在焉，问她怎么了。

"你哥哥考得很好，我刚才去办公室送本子还听见老师在说他的成绩，数学那么难的情况下他还考了 145 分。"

许纵听见，分神地看过来，告诉林漾："你哥的数学应该也是第一。"

今年的数学试卷是几年来最难的一年，高考过后各大专家就预测，因为今年的数学卷，录取分数线可能要下降几十分。

刚统计出来的今年高考数学分数，全省平均分只达到了六十多分。

林漾没在意这些，走过去问许纵："你知道今年的省状元是谁吗？"

许纵坐在座位上，一只手肘搭在桌子边缘，指间还夹了一支笔有规律地轻点着。或许知道她问这个问题的缘由，他停下轻敲的动作，开口："省状元不是你哥。"

林漾一放学就赶忙跑回了家，她晚自习一直心不在焉的。

卓季芳和沈柏裕这个点都还没睡，客厅里灯火通明的。

"我哥呢？"林漾一进门就问。

"成绩出来后，他就跟同学出去踢球了。你说这孩子是不是难过了，即使没考到省状元也没什么，这个分数已经很好了，全省第二，他可别受什么打击。"

相比于卓季芳此刻的担忧，沈柏裕则很淡定地摘下眼镜："他这小子，心理承受能力没你想的那么脆弱，他本来就对省状元这个头衔没怎么放在心上，725 和 727 就相差两分，他已经达到了海京大学的录取分数线，根本不在意这一两分。"

今年的省状元是北咸市第一中学的一名复读生，因为家庭关系多了一项加分政策，原本总分低于沈妄，加完分后总分比沈妄高出了两分。

但实际上，大家都心知肚明，这第一还是沈妄，只是没省状元的头衔罢了。而且市区及外省各大重点高校都已经开始联系沈家，省区那边也打了招呼，纷纷向沈妄抛出橄榄枝。

他们承诺，条件全部任由沈妄提。

市政府那边也要派人上门道喜，媒体更是把电话打到了爆。

林漾在家嫌吵，她也知道就像沈柏裕所说的，沈妄一向不在乎这第一第二的头衔，但总觉得这一次不一样。

因为沈妄当初答应要给她考个第一回来时，眼中的势在必得林漾到现在还记得清楚。

沈妄不在乎。可她怕，沈妄会因为她在乎。

快到夜里十二点的时候，林漾还是出了门。

沈柏裕和卓季芳都在书房里，正忙着和电话那边的人周旋应付，也没人管她。

她知道沈妄常踢球的那个足球场，沈妄的确是在那儿踢球。

展子鑫累得不行，已经撑不住先回去了，寂静偌大的足球场只有沈妄一人。旁边的路灯依稀照亮了那一片。

“哥，”林漾喊他，头发被风吹散，她随意拢了下，扯着嗓子，“太晚了，沈叔让我来喊你回家。”

风声把她的声音吹得有些零散，沈妄踢了太久的球，衣服都汗透了，他头发也跟刚洗过一般，汗珠从他额头不断地滴下来。

足球被沈妄用脚尖熟练地踢起，他抬手，一只大掌轻松接住，胸前剧烈地起伏着：“几点了？”

因为要踢球，他摘了手表。

手机和毛巾、水就放在离林漾不远的地方。

林漾没看手表，应他：“快十二点了。”

夏日的黑夜本就来得迟一些，一抬头，夜幕缀满了漫天星光。沈妄也没再踢球，他抱着球走过去，甩了两下胳膊，然后站在和林漾隔了两米远的位置，抬手：“把毛巾和水扔过来。”

林漾照做，她今天尤其配合。

隔着半明半暗的夜色，沈妄的视线凝在她的脸上顿了几秒。

一瓶水被他喝了大半，沈妄用毛巾恣意地撸了把头发，又粗略地擦了下身上的汗，才抬手，继续把剩下的半瓶水喝完。

手臂肌肉偾张有力，线条利落锋利。

矿泉水瓶子在他手中被捏扁，变成一团，沈妄这个时候才喘了口气问："想找我说什么？"

沈柏裕不可能让林漾过来喊他回家。

这个时候，沈柏裕在忙什么沈妄很清楚，更何况，沈柏裕知道，他并没有因为这次的高考分数而受到打击。

"觉得你哥我会难过？"他看出林漾的犹豫，扯着唇笑，被汗水打湿的眉眼依然是少年放恣的傲然。

"我寻思着，725 这个分数也没那么差吧，你们就这么担心我？"

全省第二，725 这个分数要能用差来形容，那他沈妄两个字也可以倒着写了。

林漾说："我知道。"

身上的汗味被风吹得差不多了，沈妄才走过来，把足球放在地上，一只脚踩着，然后问道："那就是因为省状元？"

他的声音听不出起伏，嘴角淡淡地压着："一个第一名而已，没考到还给你省了一份祝福礼，你哥可是给你省钱了。"

沈妄还在想着那份祝福礼吗？

"省状元是因为加分，真正的第一名还是你。"林漾答应他，"之前说好的祝福礼该给的还是得给，哥，你想要什么？"

她今天这么顺着他，沈妄反倒有些不习惯，知道这个分数他并不惊讶，725 分的成绩跟他高考结束后估的分数差不多。

更何况，他觉得这个分数是真的挺好。

虽然沈妄并不在乎有人的分数在他之上，他尊重每一个努力的对手，但只是这一次，也只有这一次，他对省状元，对第一名，生出了想要争夺的想法。

平常只是顺其自然，沈妄甚至没去看过几次成绩排名，但这一次，是他自己明确地想要想得到。

只因为，林漾曾答应送他一份祝福礼。

而这份祝福礼，他早就有了要什么的想法。

但当下，沈妄没有多说，转而垂首捏着矿泉水瓶，他把矿泉水瓶两头对折，围成一个中间空心的圆圈，把矿泉水瓶完完全全变成了一个塑料的圆形框架。

林漾不知道他要干吗。

林漾正要问的时候，沈妄抬头望了一圈，把手上的东西放下："坐这里等我一会儿。"

他朝不远处正在打篮球的那几人跑去，林漾看见他跟那几个男人说了句话，似乎是在问对方要什么东西，对方很大方地从自己的背包里掏出来给他，最后还击了下掌。

再回来时，她才看清沈妄手中拿着的那支烟。

"怎么……"

"帮个忙，"沈妄让她拿着矿泉水瓶制成的圆形框架，又把那支烟竖在框架最中间，用林漾的掌心做托盘，塑料圆框做蛋糕，一支烟做蜡烛——一个简易的生日蛋糕就完成了。

林漾睁大眼睛，不解他这是什么意思。

沈妄虽然不吸烟，但口袋里常装着打火机，他掏出打火机，指腹在滑轮上摩挲了两下，火光亮起，燃了那根"蜡烛"。

青白色的烟雾逐渐飘起，在两人间蔓延。

林漾托着那个简易蛋糕，看着猩红随着烟丝逐渐往下燃烧，隔着火光跳动的朦胧，她凝向沈妄那双被星火浸染的瞳眸，鬼使神差地问出口："你是要提前给我庆祝生日吗？"

她的生日在八月，沈妄的生日在年初，只有这个推测最合理。

却没想，沈妄收了打火机，扶了下被风吹动的"蜡烛"，淡声道："陪我补过个十八岁生日。”

十八岁？他的十八岁年初不是已经在海京过完了吗？

“当时没许生日愿望。”

那个时候，沈妄说既然是十八岁的愿望，要留给重要的时刻，所以一直没许愿。

林漾：“所以哥哥，你现在想好你的十八岁愿望了吗？”

沈妄盯着那唯一的一根“蜡烛”，看见有烟灰被风吹散落入她的掌心，他拿起那根“蜡烛”，自己竖着，漆沉的目光缓慢又认真地移到林漾的脸上。

四目相对，林漾听见他说：“725。”

“725？”

沈妄：“嗯。”

林漾：“不是许生日愿望吗？跟高考分数有什么关系？”

这个问题并没有得到沈妄的回答，许完愿他把“蛋糕”拿起，烟头在矿泉水瓶盖上碾了下，燃了一半的“蜡烛”熄灭了。

沈妄抱起足球：“走吧，回家了。”

林漾不知道他这愿望是许了还是没许。

她更不知道自己只是伸出个掌心做托盘，给他充当了一下十八岁“蛋糕”的组成部分，就算他要的祝福礼了？

那一晚，沈妄的QQ个性签名更改为：“谢谢大家的关心，我很喜欢725这个分数。”

不知道的人还以为他在炫耀，但只有林漾知道——

沈妄，好像是真的很喜欢“725”这个分数。

要填志愿的前两天，明珩接到了沈妄的电话。

他也不磨叽，直接开门见山：“舅舅，我要填志愿了，你怎么看？”

早在之前，明珩就觉察出沈妄对海京大学的兴趣好像没那么浓了，似乎有什么其他的大学在令他动摇，明珩站在落地窗前，啪的一声点燃了一支烟。

“你先跟我说，你现在是什么想法？”

沈妄的想法很简单：“要么海京，要么长川。”他回答得毫不犹豫。

明珩吸了一口烟，喉结滚动间嘴角扬着：“沈妄，你自己都已经有答案了还来问我，你想听我给你什么选择？”

沈妄也轻笑出声：“舅舅，留在长川的话，我能多陪她一年。”

“那如果来海京呢？”

林漾很喜欢海京，明年去海京读大学的可能性也比较大，如果……

“如果我今年去了海京，也就是提前在那边等她一年，以后我还可以再多陪她三年。”

“你这不是已经做好选择了吗？三年和一年，你肯定选择了前者。”

他这个外甥聪明得很，明珩懒得费太多口舌，只提醒：“你妈可能这段时间会回海京，你做事给我收敛点儿，志愿的事也跟你爸妈说一声。”

“我知道。”沈妄明白明珩未说出口的话，“舅舅，你放心，有些事我有分寸。”

填完志愿，沈妄去了趟海京，林漾以为他是要提前过去看看海京大学的情况，直到沈柏裕在饭桌上无意提起：“他妈可能过两天要回海京。”

但沈妄已经去海京三四天了，倒也不像是特地要和他妈见面，而且他还是和同学一块儿过去的。

沈柏裕也没当回事：“他舅舅什么的都在那边，又高考完了，过去放松放松也正常。

“倒是漾漾，最近高三生活怎么样？”他转而问林漾。

林漾夹了块鱼肉，点头：“还可以。”

高考结束了，他们一班也从思学楼搬到了逸夫楼，高三部比高一、高二部多了空调，倒不会觉得夏日炎热，但学习任务明显要重很多。

“多补补。”卓季芳给她盛了碗汤，“就今年一年了，多努努力，向你哥学习。”

在家里，尤其是在沈柏裕面前，林漾一向不会拂了卓季芳的面子，她很认同地乖巧应下：“我会向哥哥学习的。”

沈柏裕又问她想考什么大学。

林漾拿着筷子的手有一瞬间的停顿，然后才摇头："我还没有想好，沈叔。"

"没关系，还不急，还有一年时间慢慢想。"

"对了。"沈柏裕又提起她马上要到来的生日，"今年有没有想要的生日礼物？"

卓季芳劝道："小孩子哪有那么多想要的，她还要上学，今年就不费心办了，到时候在家里大家一块儿吃个饭就行了。"

"沈叔，我没什么想要的。"林漾道了谢，对卓季芳欣慰的眼神并未有过多反应。

她的确不想大办，只是一个生日而已，林漾压根没放在心上。

这一年的夏天是长川市最热的一个夏天，整个校园里只有高三年级在上课，大部分学生也都坐在班级里吹空调，不愿意出去。

后面饮水机上面的桶装水一桶接着一桶换，林漾也懒得跑到小超市里买水。

下午放学的时候，林漾也没什么胃口，她趴在桌子上昏昏欲睡。周弦思和沈曼凡过来问她要不要带饭，林漾摇头："不用，我书包里还有面包和牛奶。"

周弦思还以为她是因为最近的周测成绩不好而难过，于是拍拍她的肩安慰她："没事的，排名只是下降了一点点，下次还可以升回来。"

被这么一提，林漾才记起她上周下降了四五名的成绩，有些无奈地说道："思思，我没因为成绩难受，就是单纯热得不想吃饭。"

"怎么不想吃饭啊？"磨蹭着一直没走的吴泽昊听岔了话，还以为她是因为考差了不想吃饭，忙跑过来，"你成绩都这么好了怎么还担心？

"林漾，你说实话，是不是因为你哥考进了海京大学，你家里人又逼着你，拿你跟你哥做对比啊？"

吴泽昊早就想问了，他总觉得林漾那一家人不对劲。

“没有的事。”见有人看过来，林漾皱眉，“我哥考入海京大学是他的本事，跟我没关系，沈叔也不会因为他的成绩来要求我。”她话里话外都是维护。

吴泽昊不好多说，有些古怪地嘀咕：“你现在是把他们当一家人了吗？还有你那个哥，你好像很信赖他。”

林漾彻底坐起，敛起了眼底惺忪的倦意。

“吴泽昊，这些话我听一次就行了。”她语气里明显带了怒意。

林漾一向不喜欢把自己的家事宣之于口，更何况还是这么复杂的家庭关系。吴泽昊说的那些话她不想更深层次地去探究到底是什么意思，但以两人的关系，他到底逾越了。

沈曼凡和周弦思也看出不对劲，两人对视一眼，沈曼凡拉着吴泽昊往外走：“你瞎说什么啊，那是她哥，她把他当一家人不是更好吗？

“这样以后还有个人一起疼林漾了。”

吴泽昊就是觉得这句话不顺口，烦躁地下了楼梯。

被这么一搅和，林漾也睡不着了，她坐在位置上写了几道题目，但效率很低，根本静不下心。

她拿出手机，看到上面多了两通林贺的未接来电。

林贺说他现在在学校大门口，车子停在路边，问林漾有没有时间，出来见一面。

许久没和他联系的林漾，有些惊讶他这个要求，她握着电话：“找我有什么事吗？”

“这不是你明天就生日了吗？爸现在有空，刚好过来给你送个生日礼物。”

去年的生日他都没联系过她，今年林贺还能记得她的生日，真是难得。林漾一时说不上来该是什么心情。

她抬手看了下时间，见还早，便道：“你等我几分钟，我现在就下去。”

怕引人注目，林漾让林贺把车子开到了下坡路下面那一条小吃街的停车场。林贺也没下车，两人直接就在车里见了面。

“明天你生日，爸把生日礼物给你送过来。”他递过一台价值不菲的笔记本电脑。

林贺第一次送她这么昂贵的东西。以前要么是娃娃、玩偶，要么是裙子，很少会送她这些电子产品。

林漾反应很冷淡，并没有接那台电脑，而是看向窗外：“你找我来，还有其他事吗？”

她不觉得林贺会为了生日礼物专门跑过来一趟。

林贺讪讪地放下笔记本电脑，确实有些难以启齿。

等林漾没耐心再次望过来时，林贺才斟酌着开口：“你葛阿姨，怀孕了。”

“不是都生了吗？”林漾很淡定地接了一句。

没想到林漾会说出这话，林贺怔在原地，有些震惊地盯着她：“你，漾漾，你怎么知道？”

“所以你故意屏蔽我发了动态，故意屏蔽我说你们林家有后了？还是故意以送我生日礼物为由，实际是为了说这事才来见我？”

车厢里空调冷风直吹，林贺却觉得汗如雨下：“漾漾，爸、爸爸不是故意的。”

那她应该回什么，有意的吗？

“是觉得现在瞒不住了，所以才过来跟我说？觉得趁着我生日，你送我生日礼物，我的宽容心和容忍度都在最高忍耐度的时候才告诉我说她怀孕了？

“爸，你是来跟我打感情牌的吗？”

被一个十七岁的孩子堵得哑口无言，林贺惭愧地低下头：“林漾，你要知道，爸爸真的很无奈，爸爸有了新家庭，爸爸不能那么自私。”

多冠冕堂皇的理由啊，林漾嘴角浮现一抹苦笑：“孩子嘛，迟早都会有的，但是爸，你既然做不到，一开始就不要轻易许诺啊。是你说不会跟她有孩子，是你说让我相信你的，可现如今，又是你亲自来打破我对你的这层信任。

“爸，到底是谁自私啊？”

回应她的只有林贺翻来覆去的“对不起”。

林漾不想再听，她抬手利落地擦了下眼角，推开车门：“以后不要再来了，我也不需要你的生日礼物。

“但我还没到十八岁，希望你在养你儿子的时候也尽到你对你女儿的抚养义务，离十八岁就一年了，也希望你不要在这件事上继续失信。”

一个林贺已经够让林漾烦的了，她不想再因为抚养费的问题和卓季芳争论。

晚自习的时候，周婕和周弦思都看出林漾心情不好，周弦思给她带的晚饭她也没怎么吃。

沈曼凡还以为林漾是因为吴泽昊说的那些话生气，放学时特地跑过来安慰：“他那么没脑子的人说话从来都不思考的，你听他的干吗？别跟他生气。”

几人也认识好几年了，林漾自然不会把这点儿小事放在心上。但和林贺之间的种种她也没法和沈曼凡解释，收拾书包的动作故意放慢了一些：“我一会儿还有一道题目要做，你们先走吧。”

“行，那我们先走了啊，明天见。”

几人告别。吴泽昊被沈曼凡拉着，他几次瞥向林漾那边，有些别别扭扭地没敢过去。

“你今天少去惹林漾，她被你弄得心情不好，你可有点儿眼色吧。”沈曼凡提醒。

班里的人陆陆续续地走了，还有两个值日生在洒水、扫地，看见林漾问她怎么还不走。

“马上。”林漾背上书包离开。

高三的晚自习下课已经是夜里十一点半了，她又在教室里坐了会儿，现在已经是十一点四十五分了。

林漾下了楼，走得慢悠悠的，校园里已经没几个人了，路灯下就她一个，孤零零的。她还真生出了几分自己是个“没爹疼没娘爱的可怜孩子”的想法。

刚这么想，手机响了起来。

远在海京的沈妄这个时候打来了电话。

“哥？”

“林漾，你还要磨蹭到什么时候？”沈妄的语气并不好，像是等了许久，非常不耐烦。

林漾莫名其妙：“你在说什么？”

“我说，”沈妄压了压脾气，深吸了一口气，“高三到现在都放学这么久了，你还坐在班里，赏花还是喝水？”

短暂的沉默后，林漾后知后觉地问道：“你在哪儿？”

“在你学校门口！”

沈妄咬牙切齿，一个字一个字地从牙缝里蹦出来。

挂了电话，林漾脚步加快。

这人不是好好在海京游玩吗？怎么突然回来了？

他大晚上的不回家，跑三中学校门口干吗？

他这是来缅怀母校，还是专门过来堵她的？

林漾忽然觉得，自己好像也没那么可怜。就算再没爹疼没娘爱，这不还有个脾气暴躁的哥管着自己吗？

但沈妄此刻的出现，确实让林漾始料未及。

他站在学校大门口正对面的一棵高大老树下，因为穿了一身黑，林漾只能通过昏暗的灯色辨认他看得并不清晰的五官，只是身影太熟悉，并不难认。

走近了，林漾才看见他手上拿的东西——

一个透明的蛋糕盒子，里边装着一个小型的水果蛋糕。

林漾还看见正中间做成了一瓶迷你橙汁，橙汁的瓶子上写着“17”。

给谁做的，不言而喻。

沈妄率先抬腿走上前，神色不耐烦：“高三早就下课了，你坐到现在才出来？”

“要值日？”

林漾摇头。

“写作业？”

林漾再次摇头。

沈妄没了耐心，脸色越发不好看：“那你到底干什么了？”

“热。”林漾就一个字。

“什么？”

林漾：“热，坐教室里吹一会儿空调再走。”

沈妄的脸色越来越黑。

“我要不来你还打算坐到明天早上？”

“不是，”林漾没让他在这个话题上继续探讨下去，指了指他手上的东西，“哥，这是买给我的吗？”

沈妄故意呛她：“你这么热，要买也是给你买空调，买什么蛋糕？”

“……”

那行吧，林漾也配合着：“行，哥给我送台空调来吧，我提前谢谢你的生日礼物。”

沈妄气笑了：“你怎么就知道我今天非得是来给你过生日的？”

“过了零点不就是我的生日吗？”林漾抬起手腕，敲了敲表，“哥，快到十二点了，不回家吗？”

这个时候过来，上面还写着自己的年龄“17”，林漾没那么傻。

本就快到时间了，沈妄也没再耽搁，往周围瞥了一圈，抬头：“去亭子里。”

停了下，他又说：“王叔的车子还有一会儿才到。”

回来的路上，沈妄提前打电话给司机了，因为林漾下课迟，怕耽搁，沈妄本想跟他一块儿接林漾，这样零点的时候也能在车上跟她说句“生日快乐”，吃块蛋糕。

但因为王叔今晚要先送沈柏裕回家，再去三中的话，时间上就会比较迟，所以沈妄才自己先来了三中，想着半个小时两人走回家也差不多，谁知道林漾会磨蹭到现在。

总不能在回家的那条巷子里给她点蜡烛、吃蛋糕，过个零点生日吧。

三中本就古典建筑多，周围开放的一座小公园里更是隔着几米就放了一张石桌石椅，进门不远处还有一座竹木的小凉亭，大多数同学吃晚饭时都会选择在那处。

蛋糕拆开，林漾开了手机上的手电筒，光亮映照着上面的水果图案，橙汁的两边是两棵绿色的小树，林漾一开始不明白什么意思，沈妄没忍住说了一句："笨。"

"两个'木'字还能是什么字？"

"林？"林漾不解，"那为什么不直接写个'林'字？"

手电筒的光亮照到沈妄的脸上，映着他立体的五官。沈妄拆着蜡烛，懒得理她这个问题。

卖家给的是数字蜡烛，沈妄在林漾那侧插上两根数字蜡烛，拿出打火机却并没有立即点燃，示意："先把手电筒关了。"

林漾以为他是要制造许愿氛围，照做关了手机上的手电筒。

下一秒，沈妄掏出自己的手机，在上面点了几下，停下："许愿前先给你看个视频。"

他把调好的手机推过来，是一段五分多钟的视频，林漾好奇地点开。

开头就是海京从上往下的俯瞰全景，其中飞机场、高铁站、火车站最上面的红色"海京市"三个字被无限放大，一一展示。

海京靠海，视频里从小的河流到大海的全景几乎全被拍摄了下来。

拍摄的日期应该就是夏天，海边的人们穿着清凉的衣服在沙滩上玩耍，海浪打到膝盖，水流清澈，一浪接着一浪。

头顶蓝天白云，风光极好。

视频里大多数都采用的无人机远景拍摄，近景并不多，但海京市全城的标志性建筑风景几乎全被拍摄在内，有耸立的高楼，有壮丽的山河，有似锦繁华的街道，也有怀旧的小巷。

但远景片段中有些镜头拉得也很近，还有随机的路人采访，也有游客的观光体验，有对美食的品尝鉴赏，也有对海京文化的缅怀感叹。

视频的最后，还通过春、夏、秋、冬四个角度展示了海京不同季节的全貌风光，无论是春日绿意、夏日艳阳、秋日硕果，抑或是冬日白雪，海京的盛大壮阔都让林漾不自觉地被吸引、被代入。

她瞳眸睁大，淡粉的唇瓣也跟着微微翘起。

拍摄完这样一段视频，无论是时间还是精力都要投入许多。

林漾忽然明白过来沈妄这段时间去海京干什么了，她十分震撼："哥，你特地去拍了这段视频？"

沈妄挑了挑眉，默认。

视频已经播放结束，林漾意犹未尽，她递过去："能把这段视频发我一份吗？"

她不知道沈妄是从什么时候开始玩无人机的，也不知道他是从什么时候开始研究摄影的，但这段视频中的海京，是真的美不胜收。

"不过视频中为什么会有那么多鸟？"几乎在每个场地切换处都会出现一只鸟，而且都是不同类型的鸟，没有一只是重复的，甚至有很多是林漾叫不出来名字的鸟。海京难道盛产飞鸟？

沈妄没回答她的这个问题，转而反问道："很喜欢？"

"嗯，海京很漂亮。"这是林漾早就认识到的事实。

"那视频就不发了。"沈妄关了手机，"等以后你亲自去探索吧。"

一个大胆的猜测在林漾的脑海里冒出，她有些难以置信地问道："什么意思？"

"林漾，大学去海京吧。"他点亮了蜡烛，朦胧的火光在两人之间跳跃。

林漾听见他又低又沉的诱惑嗓音："那么漂亮的城市，你该亲自去看一看、逛一逛。"

他说："林漾，我在海京等你。"

或许这个要求有些自私，但沈妄并不想放过这唯一的机会，他到底，还是把那份迟来的祝福礼说了出来。

那份只要他考上省状元，林漾就答应送给他的祝福礼。

从两人许诺的那一刻起，沈妄就一直在朝这个目标靠近。

有些话即便不说，她也明白。

有风吹过，烛火快被吹灭的一瞬间又很快燃起，像是上天都在暗示着什么。

她很确定自己想要什么，哪怕脚下是深渊，她也想主动试一试。

她第一次，因为一个人，想去一座城。

想明白这一点，林漾双手缓缓合十，在沈妄的注视下闭上双眼，心底默念：“我不知道我今年的愿望是什么，但我只知道，在这一刻，我想考入海京这座美丽的城市。在这一刻，我想要我的哥哥，沈妄，如愿以偿。”